T. N. Murari wurde in Indien geboren und hat verschiedene von der Kritik hochgelobte Bücher veröffentlicht, von denen »Taj« in neun Sprachen übersetzt wurde. T. N. Murari lebt in Indien und Amerika, wo er auch Drehbücher schreibt und Filme macht.

Von T. N. Murari ist außerdem erschienen:

Der Virus von Cochos (Band 2978)

Dieses Buch wurde auf chlor- und säurefreiem Papier gedruckt.

Deutsche Erstausgabe Oktober 1993

Titel der Originalausgabe »Lovers are not People«

Originalverlag Sphere Books, London
Dieses Buch erschien bereits im Fischer Taschenbuchverlag unter dem Titel »Liebende sind ganz anders«.
Umschlaggestaltung Adolf Bachmann, Reischach
Umschlagfoto Comstock, Berlin
Satz IBV Satz- und Datentechnik GmbH, Berlin
Druck und Bindung brodard & taupin
Printed in France 5 4 3 2 1
ISBN 3-426-02934-0

T. N. MURARI

Lieben ist menschlich

Roman

Aus dem Englischen von Renate Michel

Knaur®

Für Molly,
die ganz Besondere,
mit Liebe

Mit vielem Dank an ...

Sabina Iardella

Dick Duane

Bob Thixton

Renni Browne

für ihre außerordentliche Hilfe
und Ermutigung

KAPITEL 1

Es war ein Uhr in einer Samstagnacht, einundfünfzig Tage, nachdem er mich verlassen hatte, als ich mich entschloß, meinen David zurückzuholen.

Der Junge, der mich umarmte, dessen Mund an dem meinem klebte, als wolle er mich künstlich beatmen, störte mich in meinen Gedanken. Auch sein Fuß auf meinem Zeh war nicht sehr hilfreich. Ich trat einen Schritt zurück, um nicht an dem süßsauren Geruch seines After-Shaves zu ersticken.

»Mein Gott, du bist schön, Shelley!«

Es klang nicht so romantisch, wie er es gemeint hatte; er erstickte beinahe, als er versuchte, gleichzeitig seine Krawatte und sein Jackett auszuziehen. Hätte er genug Arme gehabt, dann wäre er innerhalb von fünf Sekunden ausgezogen gewesen. Im Bett war er bestimmt wie die meisten jungen Männer: nur Arme, Beine, Finger, Enthusiasmus und vorzeitige Ejakulation.

»Danke!« sagte ich und zog mich aus seiner Reichweite zurück.

Mir gefiel das Schlafzimmer nicht, das so eindeutig für schnelle Verführungen gedacht war. Der schwache orangefarbene Schimmer ließ uns verschwommen aussehen, und die Musik war zu süßlich. Die Kugellampe hing über meinem Kopf wie eine Straßenlaterne. In unserem Schlafzimmer zu Hause gab es einen kleinen, filigranen Kronleuchter.

Seine nackten Arme streckten sich nach mir aus und umfingen

mich; sein flüsternder Mund preßte sich gegen mein Ohr. Ich hörte ihm nicht zu. Seine Hand landete wie zufällig auf meiner Brust, blieb dort liegen, knetete sie. Die andere fummelte an meinem Reißverschluß herum.

»Das kann ich doch machen... Gerry.«

Ich hatte seinen Namen nicht völlig vergessen; er war mir nur für einen Augenblick entfallen. Ich hatte ihn erst vor ein paar Stunden kennengelernt, bei seiner Mutter. Eigentlich wäre ich erst in sechs Monaten wieder an der Reihe gewesen, bei ihr eingeladen zu werden, aber zweifellos hatte sie von Davids Fahnenflucht gehört und nahm gerne die Gelegenheit wahr, ihr Mitgefühl zu demonstrieren und dabei natürlich Einzelheiten zu erfahren.

Ich wäre normalerweise nicht hingegangen, aber das Haus und die Kinder waren wie schmerzende Wunden in meinem Fleisch, und die Cocktails und das Partygeschwätz würden sich ja vielleicht als heilsam erweisen. Ich hatte mir geschworen, mich nicht von Marion Keatings Mitgefühl redselig machen zu lassen, aber dann erzählte ich doch. Das Reden erleichterte den nun schon vertrauten, mich langsam vergiftenden Druck ein wenig: die Plötzlichkeit von Davids Verschwinden, die Einzelheiten seiner nur halb gelesenen Nachricht, diese eigenartige Gefühlsmischung aus Verwirrung und plötzlicher Wut. Gerry Keating war dagewesen und hatte zugehört und die Gelegenheit ergriffen. Ich konnte ihm wirklich keinen Vorwurf daraus machen. Ich brauchte ihn, wenn auch nur aus Gehässigkeit.

Allerdings würde David, wo immer er war, weder den Jungen auf mir liegen noch meine eigene Demütigung sehen... Shelley, ausgelaugt und vor Schmerz wie betäubt. Und obendrein allein. Selbst wenn ich mit hundert Männern ins Bett ginge, es wäre dasselbe. Ich würde das Gefühl haben, in einem Sarg zu liegen, eine Million Meilen vom nächsten menschlichen Wesen entfernt zu sein und mit Lichtgeschwindigkeit in die Dunkelheit zu fliegen.

O Gott, wie sehr ich David vermißte. Seine Arme fühlten sich anders an, stark und sicher, und wenn er sich in der Nacht bewegte, dann fühlte ich mich getröstet. Seine Stimme konnte in mein verängstigtes Herz eindringen und ihm Ruhe geben. Selbst sein schläfriges Brummen konnte mich in Frieden einhüllen. Dieses glückliche Miststück, weiß sie es zu würdigen? Nun hört sie ihn brummen, während ich nur Stille höre.

Sie sollte ihn genießen, so gut sie kann; sie wird ihn nicht lange haben.

Ich drehte mich um, ich mußte mich beeilen. Gerry stand nackt neben dem Bett, er trug eine erwartungsvolle Erektion zur Schau. Er hatte einen ansehnlichen Körper mit flachem Bauch, stark muskulösen Schenkeln und den richtigen Muskeln, um seiner Brust Breite und Form zu geben. In diesem Augenblick ließ mich das alles ziemlich kalt. Er kletterte ins Bett und glitt auf die eine Seite. Ich hob meine Handtasche und meinen Mantel auf und ging zu ihm.

»Du willst gehen?«

Er setzte sich auf.

»Ja!«

»Du machst wohl Witze?«

Es würde zu lange dauern, diesem Kind alles zu erklären. Ich küßte ihn auf die Stirn.

»Das tue ich nicht!« sagte ich und streichelte seinen Kopf.

»Und es hat nichts mit dir zu tun.« Er konnte das interpretieren, wie er wollte.

Ich konnte fühlen, wie er seine Hand zwischen meine Beine schob, wie er versuchte, seinen Finger durch das Nylon zu drücken.

»Wag es ja nicht, ein Loch in meine Strumpfhose zu machen.« Das war der letzte Platz, an dem ich Luftzug wollte.

»Komm ins Bett!«
»Ich muß nach Hause gehen.«
»Wann sehe ich dich wieder?«
»Wann du willst. Aber nicht fürs Bett.«
Ich konnte sehen, wie er nachdachte. Er hatte sich einen unkomplizierten Fick erhofft – und ich sollte hinzufügen, daß es ein guter gewesen wäre, denn dank David, der ein guter Lehrmeister gewesen war, weiß ich alles, was es übers Ficken zu wissen gibt.
»Wie wäre es mit einem für den Weg?«
Mein Gott... ich war ein Glas Bier, und jemand hatte die Sperrstunde ausgerufen.
»Hol dir selbst einen runter!« Ich sagte es nicht unfreundlich.
Der Flur der Wohnung war kälter als das Zimmer. Ich fand schließlich die Wohnungstür, nachdem ich in einem Schrank, im Badezimmer und der Küche gelandet war. Ich fuhr mit dem Aufzug nach unten und drückte mich am Portier vorbei.
Die Pembroke Road war völlig leer, von den Bäumen auf beiden Seiten fielen sanfte Tropfen vom Regen der letzten Nacht. Der Wagen war an der Kirche geparkt, und meine Hand zitterte von der Morgenkälte, als ich versuchte, die Tür des Rolls zu öffnen.
Es war ein Corniche – nicht schlecht für einen Arbeiterjungen aus dem englischen Chelmsford, der nie einen Schulabschluß gemacht hat. Wir hatten ihn vor einem Jahr gekauft, als David vierzig geworden war; ein junges Alter, um einen teuren, glänzenden Schlitten zu besitzen. Jetzt fühlte ich mich darin so einsam wie in einem Eispalast.
Vor achtzehn Jahren und vier Monaten hatten wir uns im Tiffany's kennengelernt, der Tanzhalle auf der Shaftesbury Avenue. Ich war eine jungfräuliche, intellektuell-snobistische Zwanzigjährige aus der Mittelklasse, die ihr erstes Jahr in London verbrachte, nachdem sie behütet in teuren Schulen aufge-

wachsen war. Wir waren zu sechst an jenem Abend – Marion Keating war eines der Mädchen gewesen, ich frage mich, ob sie sich daran erinnert – und wir hatten die Zeit damit verbracht, in den Pubs von Soho zu trinken und in die Striptease-Clubs zu spähen und über die Prostituierten zu kichern, die auf der Wardour und der Greek Street die Männer anmachten. Es war alles kindlich übermütig, und Tiffany's sollte an diesem Abend unsere letzte Station sein.

Damals war es ein riesiger scheußlicher Tanzsaal. Hier trafen sich die Sekretärinnen und die jungen Fabrikarbeiter, die die Taschen mit ihrem bißchen Geld vollgestopft hatten, und man tanzte zu einer Achtzehn-Mann-Kapelle unter einer sich drehenden Spiegelkugel. Gräßlich und geschmacklos, aber wir wollten sehen, wie »gewöhnliche« Leute ihre Samstagabende verbrachten, wir wollten sie aus der Nähe betrachten, bevor wir in die heiligen Hallen der Kunstschule zurückkehrten. Wir nippten an unseren Sherrys und machten uns gerade über die hochtoupierten Frisuren der Mädchen und über die Anzüge der flotten Burschen lustig, als ich fühlte, wie jemand meinen Arm berührte. Ich drehte mich um.

Ein Mann stand neben mir. Einen Augenblick lang tat er nichts, außer mich in aller Ruhe zu betrachten. Ich spürte, daß er eine wichtige Entscheidung getroffen hatte und sie in aller Ruhe auskostete. Ich starrte ihn an, weder seine Frisur noch sein gutgeschnittener Anzug noch sein Selbstvertrauen gefielen mir. Er lächelte nur, als hätte ich ihn in seiner Meinung bestärkt.

»Du gefällst mir, Herzchen. Komm, laß uns tanzen.«

Ich wurde von hinten geschubst – das war June Thornfield – zur Tanzfläche hin, während ich noch ablehnend den Kopf schüttelte. Einen Augenblick lang tanzten wir schweigend. Doch da ich dazu erzogen worden war, jederzeit höflich Kon-

versation zu machen, in welcher Situation oder mit welchem Gesprächspartner auch immer, tat ich schließlich genau das.
»Sagen Sie das zu jedem Mädchen, das Sie treffen?«
Er neigte den Kopf und lauschte, ich war nicht sicher, ob auf die Musik oder auf meine Worte. Seine Hand zog mich sanft an sich heran; ich schob ihn ebenso sanft von mir weg.
»Machen Sie einen Ausflug, um zu sehen, was die unteren Schichten so treiben?« Seine Augen hatten lange Wimpern und dichte Augenbrauen und ihnen entging wenig.
»Keineswegs!«
Ich drehte mich um, um mich nach den anderen umzuschauen, obgleich ich immer noch den Druck seiner Hand spürte.
»Ich wette, du kommst täglich her, mein kleines Schätzchen!« Seine Stimme in meinem Ohr war weich, aber brutal. »Nach acht Stunden an einer Schreibmaschine... oder bist du etwa ein Fabrikmäuschen? Ja, das ist es. Ich sehe dich vor mir... am Fließband... du verkabelst Radios, und du träumst von nichts anderem als davon, hierherzukommen und in deinen hübschen roten Schuhen zu tanzen.«
»Ich bin hierhergekommen, um zu tanzen, nicht, um meine Arbeitssituation zu diskutieren. Und im übrigen arbeite ich nicht in einer Fabrik. Wenn Sie es unbedingt wissen müssen.«
Er nahm meine Hand und strich, ohne hinzuschauen, mit seinem Daumen über meine Handfläche. Die Geste war überraschend sanft.
Dann zog er mich am Arm mit sich mit.
»Du willst sehen, wie die Unterschicht lebt, also komm mit.«
Der Absatz meines Schuhs brach ab, und ich fiel beinahe hin. Er hielt meine Hand mit festem Griff und zog mich über die riesige Tanzfläche, schob mich zwischen den Paaren hindurch. Ich humpelte ein Stück mit, während ich mich gegen ihn

wehrte, dann schlitterte und segelte ich vorbei an June und meinen anderen Freundinnen. Er bemerkte, wie ich bestürzt zu ihnen hinsah.
»Willst du um Hilfe schreien?«
Ich versuchte, einen festen Stand zu finden, mit einem Fuß in der Luft.
»Ich bin eine Frau, die niemals schreit.«
»Eines Tages werde ich dich dazu bringen!« Und weiter ging es.
Ich war draußen in der kühlen Nacht. Die Shaftesbury Avenue war nahezu menschenleer; die Lichter der Theater waren alle erloschen. Zur einen Seite hin, zum Piccadilly, glitzerte die Straße voller Lichter, am anderen Ende war sie dunkel. »Ich will meinen Mantel holen.«
Mein Rücken und meine halbe Brust waren bloß. Er nahm seine Jacke ab und warf sie über meine Schultern. Ich war an Männer gewöhnt, die mir meinen Mantel aufhielten.
Wir kamen zu seinem Wagen, einem alten MG, sorgfältig poliert, so daß er trotz des Regens und der trüben Straßenbeleuchtung glänzte. Aus irgendeinem Grund, den ich nicht verstehen wollte, stand ich da und wartete, während er einstieg und die Beifahrertür von innen öffnete. Ich kletterte hinein und warf sie zu.
»Warum sind Sie so zornig auf mich?« fragte ich.
»Das bin ich nicht.« Ein Grinsen verwandelte sein Gesicht. »Diese Tanzhalle ist nur das Lametta, Herzchen. Du willst Slums sehen, ich werde dich dorthin bringen. Ich werde dein Fremdenführer sein. Ohne Lohn.«
Ich beobachtete ihn aus dem Augenwinkel, während er fuhr. Er war jung, Anfang Zwanzig; sein Gesicht war stark und seine fleischige Nase nicht besonders aristokratisch. Er kniff die Augen zusammen, um durch den Nieselregen zu spähen.
Ich weiß nicht, wohin wir fuhren. Ich erspähte den Fluß, und

dann waren wir südlich davon. Er hielt den Wagen so plötzlich an, wie er losgefahren war. Ich schaute hinaus und erkannte nichts. Ich hätte auf dem Mond sein können.
Er stieg aus und wartete auf mich. Es waren nur ein oder zwei Straßenlaternen an, die Gebäude waren schmal, schäbig und unbeleuchtet. Einige sahen sogar kaputt und leer aus. Der Nieselregen war heftiger geworden, der Geruch der Straße war widerlich. Wir gingen schweigend. Einige wenige Fenster waren gelblich erleuchtet, die Bewegungen dahinter waren nur undeutliche Schattenrisse. Zwischen manchen Häusern erstreckten sich verlassene Grundstücke, und wir gingen über Müll und zerbrochenes Glas.
»Leben Sie... hier?«
Er zuckte mit den Schultern. »Man könnte es so sagen. Es ist alles ziemlich dasselbe.«
Er blieb stehen, und wir schauten zurück. Es sah aus, als wären wir durch einen Tunnel gegangen, unheimlich und deprimierend.
»Wo immer ich herkomme, ich habe es hinter mir gelassen. Mit Vierzig werde ich Millionär sein.«
Jemanden wie ihn hatte ich noch nie getroffen. In meiner kleinen, freundlichen Welt waren die Männer höflich. Sie lebten nur, um mir nicht zu mißfallen. Er hatte keinerlei Ähnlichkeit mit ihnen.
»Wie wollen Sie das anstellen?«
Das war ein Verzögerungsmanöver. Ich hatte gespürt, wie er mich prüfend betrachtet hatte. Ich war nicht ängstlich, nur nervös. Die Gebäude, an denen ich vorbeihumpelte und er vorbeischritt, wurden immer abweisender.
»Ich habe meine eigene Fabrik...« Er zögerte und lachte. »Also, bis jetzt ist es nur eine Werkstatt, aber eines Tages wird es eine Fabrik sein. Ich und ein Kumpel, wir machen Spielzeuge und Spiele, und wir machen auch selbst den Ver-

kauf. Im Augenblick ist es hart, aber wir werden es schaffen. Ich weiß es.«

»Sind Sie sich Ihrer Sache immer so sicher?«

»Ja. Ich werde nicht wie mein Vater und mein Großvater mein ganzes verdammtes Leben lang in einer Fabrik für jemand anderen arbeiten. Ich werde meine eigene Fabrik haben.«

Im Schatten wirkte er grimmig, und doch ließ ihn der verzweifelte Wunsch, der Vergangenheit zu entfliehen, so verwundbar aussehen, daß ich anfing, ihn zu mögen.

»Warum wollten Sie mit mir tanzen?«

»Deine Augen. Ich habe niemals so grüne Augen gesehen.«

»Sie standen viel zu weit weg von mir.«

»An der Bar waren wir nur ein paar Zentimeter auseinander. Du hast mich überhaupt nicht bemerkt.« Er schaute mich prüfend an. »Jetzt sehen sie fast grau aus.«

Ich trat einen Schritt zurück.

»Ich kenne Ihren Namen nicht.«

»Eine junge Dame, die auf Anstand achtet, was?«

Er lachte, aber nicht über mich, sondern darüber, daß mir nach fast einer Stunde plötzlich diese steife Formalität einfiel.

»David!« Und er streckte seine Hand aus.

Ich nahm sie scheu. Sie war weder weich noch schwielig; nur einfach trocken und fest.

»Shelley.« Und ich erlaubte ihm, meine Hand festzuhalten.

Er führte mich sanft zu einem verlassenen, zerfallenden Haus.

»Ich will dich als meine...«

»Was?«

Ich drückte meinen einzigen Absatz fest in den Boden.

»...meine Frau.«

Ich lachte verunsichert.

»Was hätten Sie gemacht, wenn Sie mich nicht getroffen hätten? Hätten Sie es mit diesem Schmus bei einer anderen Puppe versucht?«

»Nein.« Er ließ meine Hand los.
Ich hätte fliehen können. Ich fühlte, wie sein Mund, sanft, seidig, nur gerade eben meine Lippen berührte. Dieser erste Kuß, wenn es einer war, dauerte Minuten. Ich fühlte keine Besitznahme, nur ein Fragen. Dann näherte sich sein Mund meinem Ohr.
»Ich hätte dich schon noch gefunden. Ich habe seit langem nach dir gesucht.«
Wieder nahm er meine Hand, und dann waren wir im Inneren des Hauses. Er zündete ein Streichholz an. Schatten tauchten auf, zitterten, erstarben. Die Dunkelheit war jetzt noch schwärzer, aber er hatte genug gesehen, um vorsichtig die Führung zur Rückseite des Hauses zu übernehmen.
Er ließ seinen Mantel auf den Boden fallen, breitete ihn aus, kniete nieder, nahm meine Hand und zog mich langsam zu sich nach unten. Nur die Gerüche waren real: Staub und Ziegelstein und Regen und, ganz schwach, Urin.
»Ich bin Jungfrau.« Meine letzte Verteidigungslinie, als ich mich zurücklegte.
»Seit dreitausend Jahren gibt es keine Jungfrauen mehr, Herzchen.«
Es war, als hätten wir uns schon unzählige Male zuvor geliebt; abgesehen von den stechenden Schmerzen und der dünnen Blutspur auf dem Futter seines Jacketts. Er war sanft, aber bestimmt. Mein Büstenhalter löste sich mit einer Bewegung, mein Strumpfgürtel mit einer weiteren. Er streichelte mich, küßte mich, murmelte zärtliche Worte. Ich faßte ihn an, felsenhart und imponierend, und half mit, denn ich verlangte sehnsuchtsvoll danach, ihn in mir zu spüren. Unter mir der Boden, rauh und unnachgiebig ... und über mir sein bleiches, beschattetes Gesicht. Ich küßte es. Nach und nach wurde er leidenschaftlicher, und ich mit ihm.
O Gott, es war alles wie ein Traum, der selbst dann noch an-

hielt, als wir einfach nebeneinander auf dem kalten Boden lagen. Am nächsten Morgen hatte ich eine zehn Zentimeter lange Schürfwunde auf dem Rücken.

»Wirst du mich wirklich heiraten?«

»Ja!«

»Warum?«

»Das habe ich dir gesagt.«

»Sag mir mehr.«

»Nun, wenn ich mit einem Mäuschen aus meiner eigenen Schicht ausgehen, sie heiraten und mit ihr Kinder haben würde, dann würde ich mich, wenn ich vierzig und reich geworden bin, von ihr scheiden lassen und jemanden wie dich heiraten.« Meine Augen waren weit aufgerissen und mein Blick starr. »Weißt du, sie wäre nicht in der Lage, mit mir Schritt zu halten, und eines Tages würde sie feststellen, daß ich sie hinter mir gelassen habe. Also... brauche ich jemanden, der mit mir Schritt halten kann.«

Ich war das, wovon er träumte: gute Familie, gute Erziehung und Schönheit. Auch wenn ich ganz und gar englisch war, sah ich südländisch aus mit meinem schulterlangen dunklen Haar, meinen wechselhaften haselnußbraunen Augen und dem geschwungenen Mund. Ich war nicht üppig; meine Brüste hatten die Größe seiner hohlen Hand, und meine Beine waren lang und schlank.

»Und wie viele Kinder soll ich produzieren?«

»Drei.« Er bemerkte meinen Sarkasmus überhaupt nicht.

»Und was passiert, wenn du im magischen Alter von vierzig zu dem Entschluß kommst, daß ich nicht gut genug für deine Träume bin? Wirst du dich von mir scheiden lassen?«

»Das werde ich nicht.«

Er tat es nicht. Er verschwand einfach mit einem anderen weiblichen Wesen. Vielleicht ist sie eine Aristokratin, eine Prinzessin aus königlichem und altem Geblüt, vielleicht sogar eine

Rockefeller oder eine Rothschild, die mit seinem Ehrgeiz Schritt halten wird. Noch schlimmer: Sie könnte ein junges Mädchen sein mit einem jungen, frischen Körper und geschmeidigen Gliedern.

Ich muß eine halbe Stunde dagesessen und das Haus angestarrt haben, bevor mir klar wurde, wo ich war. Das gute Stück! Glas und Mörtel und Ziegelsteine und Holz, Wiesen und Rotbuchen, alles hübsch und gepflegt im Mondlicht. Ich fühlte mich wie eine Schnecke, deren Haus man gestohlen hat, um darin Weinbergschnecken zu servieren. Ich kann wieder hineinkriechen, aber das Gefühl ist nicht länger dasselbe. Der Schmerz, der in dieses Haus eingebettet ist, wird es zu schwierig machen, sich dort wohl zu fühlen.

Im Haus war es still. Keines der Kinder würde wach sein: Noch lagen einige Stunden ungestörter Ruhe vor mir. Es war Ferienzeit, und ich erlaubte ihnen, so lange zu schlafen, wie sie wollten. Die Luft war unbewegt und ohne einen Laut, als ob auch sie schliefe. Ich streifte von einem Zimmer zum anderen und berührte ziellos verschiedene Gegenstände.

Um ein Uhr morgens in einem fremden Raum war es leicht, den Entschluß zu fassen, David zurückzuholen. Ich hatte nicht die leiseste Ahnung, wie ich das anfangen sollte, ich wußte nicht, wo er war; sein Brief trug nur ein Datum und die Briefmarke den Stempel des Flughafens Heathrow. Aber es bestand kein Zweifel daran, daß ich ihn zurückhaben wollte.

Es war Liebe, aber nicht das allein. Mit der Zeit hätte sich vielleicht die Intensität der Liebe, der Zuneigung, der Zärtlichkeit – bisweilen sogar die von Verzweiflung und Haß – gemindert und in Gleichgültigkeit verwandelt. Ich wollte diese Gleichgültigkeit nicht, ich wollte ihn auch nicht durch einen anderen ersetzen. Er war Teil meines Lebens, mein Trost, mein lieber, lieber Freund. Wir waren zusammengewachsen, einer in den anderen verwachsen wie Bäume, die in einem Dschungel eingeschlossen sind: Unsere Gedanken, unsere Gefühle, unser Geschmack waren untrennbar eins. Er hatte sich selbst losgerissen, und ich würde zur Axt greifen müssen, um ihn zu befreien. Und ich wollte ihn zurückhaben, aus dem ganz und gar eigensüchtigen Grund, daß ich geplant hatte, daß wir zusammen alt werden, zusammen sterben, zusammen begraben werden würden.

Vor achtzehn Jahren hatte er gesagt, daß er mich zur Frau haben wollte. Nun wollte ich ihn mit derselben egoistischen Kraft, mit der er mich vor achtzehn Jahren für sich beansprucht hatte. Ich hatte nicht die Absicht, ausrangiert zu werden wie irgendein Mäuschen aus der Arbeiterklasse. Unser Schlafzimmer sah unbewohnt aus. Das Doppelbett aus Walnußholz mit dem unberührten lavendelfarbenen Überwurf wirkte riesig. Mein Ankleidetisch war mit Sachen überhäuft; seiner war fast leer, bedeckt mit einer Schicht Staub, die so dick war, daß ich seinen Namen hätte hineinschreiben können. Auf seinem Nachttisch lag »Eine Art Held« von John Le Carré, auf meinem, ungelesen, »Geheimes Wissen – Das Natürliche des Übernatürlichen«. Es war unmöglich, so alleine zu lesen.

Ich zog mich aus und ließ das Bad einlaufen. Die Wände waren aus Holz und bernsteinfarben angestrichen, und neben der Badewanne war ein deckenhoher Spiegel. David hatte eine Dusche einbauen lassen, nachdem er angefangen hatte, Reisen in die Vereinigten Staaten zu machen. Ich benutzte sie nie; ich war damit aufgewachsen, in warme, parfümierte Bäder einzutauchen. Sein elektrischer Rasierapparat war immer noch im Schrank. Ich hoffte, er benutzte keinen normalen Rasierer, denn damit schnitt er sich immer. Der elektrische war einmal ein Weihnachtsgeschenk von mir gewesen.

Ich nahm seinen Brief, den ich fest zusammengeknüllt hatte, aus der Schublade. Ich hätte ihn zerrissen, aber ich wußte, daß ich eines Tages noch einmal den Schmerz würde durchleben wollen. Ich hatte ihn nur ein einziges Mal durchgelesen, in aller Eile. Es war, als würde man sich sein eigenes Todesurteil anschauen, und man mußte nicht die Kommas lesen, um den scharfen Stich der Worte zu fühlen.

Liebe Shelley,

(Hatte ich ihn in achtzehn Jahren so ausgelaugt, daß er kein »Liebste«, kein »Liebling« benutzen konnte? Es war die Formalität gewesen, die mich erschreckt hatte.)

> ich bin sehr traurig, daß ich Dir dies schreibe. Das ist etwas, das ich nie geplant hatte, und ich habe alles getan, was mir möglich war, um es zu verhindern. Ich habe mich in jemanden verliebt, Du kennst sie nicht, und ich bin in den Vereinigten Staaten, in der Hoffnung, mit ihr ein neues Leben anfangen zu können. Ich wünschte, ich könnte erklären, wie und warum es geschah, aber wie Du weißt, fehlen mir einfach die Worte. Die vergangenen achtzehn Jahre waren sehr glücklich für mich, und ich hoffe, für Dich auch. Du warst die wichtigste Person in meinem ganzen Leben, und wenn das hier nicht geschehen wäre, dann hätten wir noch achtzehn weitere Jahre und danach nochmals achtzehn Jahre gehabt.
> Es schmerzt mich auch, die Kinder zu verlassen. Sie bedeuten mir so sehr, sehr viel. Irgendwann einmal werde ich versuchen, ihnen zu erklären, warum ich gegangen bin, wenn ich es je selbst verstehe. In der Zwischenzeit, das weiß ich, wirst Du es ihnen erklären, ohne daß Du es nötig hast, mich in ihren Augen herabzusetzen. Du bist nicht diese Art Frau.

Ich hoffe, Du bringst es fertig, mir die mißliche Lage, in der ich Dich zurückgelassen habe, zu verzeihen, aber Du bist eine starke Frau, und ich weiß, Du wirst damit fertig.

In Liebe... David!

Plötzlich fröstelte ich. Ich hatte den letzten Satz zuvor nicht gelesen – ich hatte den Brief zusammengeknüllt, als ich bei »Kindern« angekommen war. Mißliche Lage? Ich kannte David gut genug, um zu wissen, daß damit mehr gemeint war als bloß sein Verschwinden.

KAPITEL 2

Am Montag morgen hatte ich mein bestes Kleid an, ein zitronenfarbenes Kostüm aus gelber Shantungseide. Ich hatte mir die Haare gewaschen und sie sorgfältig gekämmt und fast zwei Stunden damit zugebracht, mein Gesicht zurechtzumachen und meine Kleidung und die Accessoires auszuwählen. Ich trug die Handtasche, die David mir vor einem Jahr aus Rom mitgebracht hatte. Es war nicht meine Lieblingstasche, aber sie war teuer und schön. Das erlesene Äußere aus Seide und Parfümduft verbarg mein unsicheres Inneres. Nichts, was in der Bank geschehen konnte, würde die gelassene Fassade erschüttern.

Ich ließ den Wagen in die einzige freie Parklücke gegenüber der Bank am St. James' Square gleiten, wobei ich knapp einem schrecklichen roten Sportwagen zuvorkam. Frustriert ließ er den Motor aufheulen, als ich ausstieg.

Die Berman-Bank, an der nächsten Ecke neben der London Library, hatte nur ein halbes Dutzend Filialen im ganzen Land. David liebte den Eingangsbogen aus Granit und die schwere Eichentür, den Portier, der daneben stand, um sie aufzustemmen und wieder zu schließen. Die weitverbreiteten Banken mit ihren zahllosen Filialen erinnerten ihn an eine Supermarktkette.

Auf dem St. James' Square war viel Betrieb, und als ich den Platz überquerte, konnte ich die langen Blicke der vorbeieilenden Männer und Frauen spüren. Jeder Blick liebkoste mich auf angenehme Weise. Als Charlie schließlich für mich die

Tür aufstieß, hatte ich genug Selbstvertrauen, um einem Erschießungskommando ins Auge zu schauen.
Bei Berman änderte sich niemals etwas. Die Teppiche haben in alle Ewigkeit dasselbe dunkle Grün, die Türen sind warm und poliert, die Scheiben mattiert, die Luft mit Schweigen angefüllt. Ich brauchte die Türen mit den Messingschildern nicht anzufassen. Sie wurden für mich geöffnet, eine nach der anderen, entlang weitläufiger Korridore. Es war eine majestätische Prozession, die für einen Augenblick an der Schwelle der »Kundenkonten« ins Stocken geriet. Auch diese Tür wurde geöffnet. Ich lächelte und segelte hinein.
Mr. Samuels, groß und mit rundem Rücken, kam hinter seinem Schreibtisch hervor, um mir einen Stuhl zurechtzurücken. Ich setzte mich, lächelte und wartete. Er wollte wissen, wie das Wetter draußen aussah. Ich hatte keine Ahnung. Offensichtlich regnete es nicht, denn ich war trocken.
Er strich die Papiere, die vor ihm lagen, mit trockener, steifer Hand glatt. »Es wird später noch regnen. Schauer, hat die Wettervorhersage gesagt.« Ein Kind hätte Regen voraussagen können. Ein Genie hätte Sonne angekündigt.
»Haben Sie unsere Konten überprüft, Mr. Samuels?«
»Ja, Mrs. Warwick.«
Ich spürte die Bedrohung, die von diesen Papieren ausging, als er das sagte; seine grauen Augen waren betrübt und voll unausgesprochener Entschuldigungen. Er hantierte mit den Papieren herum und hustete.
»Sagen Sie es mir in aller Kürze... bitte!«
»Ich verstehe nicht ganz, was Mr. Warwick da getan hat. Im Lauf der letzten drei Monate hat er große Summen abgehoben, was ziemlich ungewöhnlich für ihn ist. Wissen Sie...«
»Was ist übrig?«
Er zwinkerte, und seine Augen fixierten einen Punkt über meiner linken Schulter.

»Nichts.«
»Nichts?«
»Überzogen, fürchte ich.« Er warf einen Blick auf die Unterlagen und blätterte darin. »Er hat in drei Monaten einhunderttausend Pfund abgehoben. Ich habe ihm geraten, nicht alles flüssigzumachen, aber er wollte nicht hören.«
»Was ist mit den Aktien, den Anlagen ...?« Mein Wissen über finanzielle Angelegenheiten war damit erschöpft.
»Alles zu Geld gemacht. Er sagte, er brauche das Kapital für ... äh ... andere Investitionen.«
»Wann hat er sie eingelöst?«
»Vor über drei Monaten.« Er brütete über seinen Papieren wie ein Priester über einem geheiligten Papyrus. »Am fünfzehnten März ... fünfundzwanzigtausend ... am dreißigsten März ... zwölftausend ...«
Ich konnte das nicht anhören. Meine Hände flatterten, als ich eine Zigarette anzündete und mir beinahe eine Augenbraue ansengte. Drei Monate und einhunderttausend Pfund? David war großzügig, aber kein Dummkopf, was Geld betraf. Er hätte die Kinder oder mich nicht vergessen. Wenn er soviel Geld abgehoben hatte, so bedeutete das entweder, daß er verrückt vor Liebe war, oder ganz einfach nur, daß er verrückt war. Daß ich über seine Affäre nichts wußte, hatte so wenig Bedeutung wie der Rauch, den ich über Mr. Samuels Dokumente blies. Ich war keine Frau, die Haare vom Mantelkragen ihres Mannes sammelte oder die die Luft einzog, um ein fremdes Parfüm zu erschnüffeln. Betrug ist leicht in einer Ehe. Um zu vögeln, braucht es nur ein paar Stunden, und eine Spur muß niemals hinterlassen werden.
Es hatte drei oder vier Seitensprünge für David gegeben – die Zahl hätte höher sein können. Eine Einkäuferin eines Warenhauses, eine Schauspielerin, ein Modell. Die erste hatte weh getan, aber im wesentlichen hatten diese Begegnungen für uns

keine Bedeutung gehabt. David hätte Frauen haben können, soviel er nur wollte, aber wenn er zum zweiten Mal mit ihnen im Bett war, langweilten sie ihn.
Genau wie mich die beiden Männer, die ich gehabt hatte – in einem Sommer einen Rennfahrer, und davor einen Dichter, dessen Seelenverwandtschaft mit Dylan Thomas sich nur aufs Trinken beschränkte –, nach einem Wochenende nicht mehr interessiert hatten. Wir hätten beide Affären bis zum Umfallen haben können, aber statt dessen waren diese Körper nur kurze Zerstreuungen gewesen.
Mr. Samuels hustete. Die Verlesung von Zahlen und Daten war vorbei. Seine Neugier schwankte zwischen diesen Papieren und meinem Dekolleté. Ein Hauch von Begierde, rostig von langer Nichtbenutzung, brachte Farbe in sein Gesicht. Verwirrt entschied er sich für die Papiere.
»Hat Mr. Warwick seine Investitionen gemacht... äh... wie er es beabsichtigte?«
»Selbstverständlich!«
»Vielleicht könnte er dann ja in den nächsten Tagen vorbeikommen und die Angelegenheit regeln. Wie ich schon sagte, ich habe einen Brief...«
»Er ist im Augenblick nicht da. In einem Monat wird er zurück sein.«
Ich erhob mich. Ich würde ihn zurückbringen.
»Ich möchte etwas aus unserem Bankschließfach nehmen.«
Er nahm meinen Schlüssel entgegen, der feucht von Schweiß war. Ich hatte ihn so krampfhaft umklammert, daß er sich auf meiner Handfläche abgedrückt hatte. David hatte ebenfalls einen Schlüssel.
Mr. Samuels ging voran, öffnete die Türen, murmelte etwas über das Wetter. Wenn er ein Baum oder eine Pflanze gewesen wäre, hätte ich sein zwanghaftes Interesse am Wetter ja verstehen können. Eine gräßliche britische Angewohnheit.

Der alte Fahrstuhl, mit Spiegeln und goldenen Leisten verziert, brachte uns ein Stockwerk tiefer. Mr. Wilson, der noch älter und gebrechlicher als Mr. Samuels war, schlug das Kontrollbuch auf. Ich unterschrieb und war dabei, es zurückzugeben.
»Entschuldigen Sie.«
Ich blätterte die Seiten zurück. Ein Monat, sechs Wochen, sieben Wochen. Ich hätte fast laut aufgeschrien, als ich Davids ausladende Handschrift sah.
»Hier, bitte.«
Der Raum mit den Schließfächern war kalt und sah aus wie eine Leichenhalle. Weiße Wände, graue Fächer, grüne Teppiche. Die Ausstattung ließ Übelkeit in mir aufsteigen. Mr. Samuels öffnete das eine Schloß, Mr. Wilson das andere. Ehrerbietig zogen sie den Kasten heraus, überreichten ihn mir und zogen sich zurück. Ich suchte mir eine Kabine aus und saß einen Augenblick lang reglos da. Zeigte meine Fassade Risse? Ich blickte mich prüfend in meinem Spiegel an: Keine sichtbaren Anzeichen eines unmittelbar bevorstehenden Zusammenbruchs. Ich zog meine Liste mit dem Verzeichnis des Inhalts hervor und legte es neben den Kasten.
Eine sinnlose Geste. Das Diamanthalsband, der Diamantring, die beiden Smaragdarmbänder, die Smaragdohrringe, die Topaskette und zweitausend ICI-Aktien waren fort. David war ein Mann von Ehre. Er hatte nur genommen, was ihm gehörte. Die Schmuckstücke waren Geschenke von ihm gewesen: Das Halsband zur Geburt von Miranda, die Kette zu unserem zehnten Hochzeitstag, das Armband war in Beirut gekauft worden, aus keinem anderen Grund, als daß wir glücklich gewesen waren...
Er hatte zurückgelassen, was ich brauchte. Die Besitzurkunde des Hauses. Ich entfaltete die Dokumente. Er hatte es mir vor zwei Monaten überschrieben. Ich legte sie rasch wieder zusammen; ich hatte nichts davon gewußt. Ich öffnete den Lederka-

sten: In ihrem Samtbett lagen dicht beieinander die Münzen, die Onkel Cecil mir vererbt hatte. Sie sahen stumpf und alt aus, schwer von Blei, Gold und Geschichte. Ich bewahrte sie für die Kinder auf und ließ sie einmal im Jahr von Arthur Horden, dem Numismatiker unter der Charing Cross Brücke, schätzen. Im Februar hatte er ihren Wert zusammengerechnet und anerkennend gepfiffen. Dieses Pfeifen war einhunderttausend Pfund wert gewesen. Ich ließ sie in meine Handtasche fallen, warf die Dokumente zurück in den Kasten und schloß ihn ab.
Mr. Samuels begleitete mich bis auf die Straße hinaus.
»Sobald Mr. Warwick zurück ist, wird er, darf ich wohl annehmen, die Angelegenheit zufriedenstellend regeln.«
»Bei Ihnen hört sich das an, als ginge es um ein Duell.«
»Ganz so ist es nicht. Auf Wiedersehen, Mrs. Warwick.«
Als ich losfuhr, stand er noch immer da und beobachtete mich. Noch ein weiterer Schritt war zu tun, bevor ich nach Hause fahren konnte. Jetzt, wo ich das Schlimmste wußte, fühlte ich mich ein bißchen besser. Der Sonntag war nervenaufreibend gewesen, und ich hatte mich schrecklich gefühlt. Ich schlich sorgenvoll und schmerzerfüllt durch das Haus; die Kinder hatten meine Stimmung gespürt und sich von mir ferngehalten. Charles war nach seinem morgendlichen Fußballspiel in seinem Zimmer geblieben, und die beiden Mädchen hatten so leise wie Engel gespielt. Ich stand, wie mir schien, stundenlang vor dem Rollpult in Davids Arbeitszimmer. Dort gab es Geheimnisse, die ich nie hatte sehen wollen. David hatte den einzigen Schlüssel, und das Möbelstück war so schön, daß ich es nicht gewaltsam aufbrechen wollte. Ich hatte mich entschieden, das aufzuschieben, bis ich bei der Bank gewesen war.

Die Chelmsford-Spielzeug-Company war auf der St. John's Road. Von einem kleinen Raum im East End hatte sie sich zu einer Fabrik in Ilford und dann zu einem schweren Messingschild an einem zweistöckigen Gebäude in London entwikkelt. Die Büroräume erstreckten sich über das ganze obere Stockwerk. Ich war für die Einrichtung verantwortlich gewesen: leicht und luftig, mattweiße Wände, Kletterpflanzen und Kunstdrucke an den Wänden.

Vor Davids Büro saß eine neue Sekretärin.

»Wo ist Mrs. Clayton?«

Der verständnislose Gesichtsausdruck des Mädchens paßte zu ihrer Persönlichkeit. Ich wiederholte die Frage, sie setzte denselben Gesichtsausdruck auf. Ich ging an ihr vorbei zur Tür.

»Ich nehme an, Mike ist da?«

»Haben Sie einen Termin?«

»Seien Sie nicht albern.«

Sie griff gerade nach dem Telefon, als ich eintrat. Im Büro hatte sich nichts verändert, außer dem Mann, der hinter dem Schreibtisch saß. Als Davids Partner hätte Mike Pierce eigentlich in dem Büro auf der anderen Seite des Vorraums sitzen müssen. Er war ein großer Mann mit schiefen Zähnen und einem sauber geschnittenen Bart. Ich hatte ihn immer gemocht.

»Shelley, du siehst wunderbar aus. Wirklich hinreißend.«

Ich mochte ihn. Er sagte immer die Wahrheit, gleichgültig, wie ich aussah. Wir umarmten uns. Sein warmer und vertrauter Geruch brachte mich fast zum Weinen. Das Gesicht und der Raum verschwammen vor meinen Augen, dann wurden sie wieder klar. Mike bemerkte es nicht.

»Es ist schon eine ganze Weile her, Shelley. Drei Monate? Am Anfang haben wir uns so oft getroffen. Wie geht es dir? Wie geht es David?«

Das versetzte mir einen Schock. Mike beobachtete mich mit freundlichem Interesse.

»Er hat mich verlassen.«

Er brauchte einige Augenblicke, um zu begreifen. »Das... das tut mir leid. Das wußte ich nicht.«
Ich fragte mich, ob unsere Sprache so unzureichend ist. Jeder sagte dasselbe »Das tut mir leid«, als wäre er es gewesen, der mir diesen Schmerz zugefügt hätte.
»Ich dachte, du hättest es gewußt.«
Ich machte eine Handbewegung. Während ich mich umschaute, bemerkte ich eine weitere Veränderung. Ein kleines Gemälde, ein Selbstporträt, das ich im College gemalt hatte, fehlte.
»Ich wußte es nicht. Vor sechs Wochen ist David zurückgetreten. Er sagte, er wollte etwas Neues machen; seine Kräfte ausprobieren, hat er gesagt. Er hat immer noch seine Anteile an der Firma, aber... wann ist er fort?«
»Vor sechs Wochen. Er hat einen Brief hinterlassen, das war alles.«
»Ehrlich, ich habe es nicht gewußt. Er ist ein idiotischer Mistkerl, daß er jemanden verlassen konnte, der so hinreißend ist wie du.« Er kam hinter dem Schreibtisch hervor, jede Falte seines Gesichts drückte seinen Kummer aus. »Gibt es irgend etwas, das du brauchst?«
Ich schüttelte verneinend den Kopf. Ich würde *nicht* in Tränen ausbrechen.
»Wo ist Mrs. Clayton?«
»Als David aufhörte, ist sie auch gegangen.«
Wir lächelten beide. Das wäre ein Ding: David und Mrs Clayton. Sie war fünfzig und seit Jahren bei ihm gewesen. Ihr Mann war ein fanatischer Kricketanhänger, und sie verbrachte ihre Samstage damit, für seine Mannschaft die Punkte aufzuschreiben.
Mike brachte mich zum Wagen, wobei er ungeschickt meine Hand tätschelte, so wie es mein Vater tat, wenn er mir seine Zuneigung zeigen wollte.

»Wußtest du etwas von einem Mädchen? Und bitte, Mike, versuche nicht, irgend etwas vor mir zu verbergen!«
»Nein!« Seine Augen wichen mir nicht aus. »Du weißt genausogut wie ich, daß David ein oder zwei Affären hatte, aber die waren niemals wichtig. Du hast ihm alles bedeutet.«
»Bis jetzt.« Ein Verkehrspolizist begann, sich für meinen Wagen zu interessieren. »Ich werde ihn mir zurückholen. Als wir uns zum ersten Mal trafen, hatte er eine ganz feste Vorstellung davon, was ich mit meinem Leben machen sollte. Heute weiß ich, was er mit seinem machen soll.«
»Hast du eine Ahnung, wer sie ist?«
»Noch nicht.«
»Viel Glück, Shelley!«
»Ich werde mehr als nur das brauchen.«
Wir küßten uns, und ich stieg in den Wagen. Ein kindlicher Impuls überkam mich. Ich steckte dem Verkehrspolizisten meine Zunge heraus, während ich davonfuhr. Das war besser, als zu schreien.

Als ich sechzehn war, zwei Jahre bevor ich das Klosterinternat in Dorset verließ, hatte ich mich nach Heiligkeit verzehrt. Obwohl ich die erschreckende Erfahrung der Geschlechtsreife schon zwei Jahre hinter mir hatte, war ich mir meiner Sexualität immer noch nicht bewußt. Der Körper war immer noch unentwickelt, wie eine Wiese, nach einem sehr langen Winter, bevor der Frühling kommt. Ich war angeekelt und verschreckt von den Gesprächen über Sex; es hatte sich nur um kichernd vorgebrachte Anspielungen gehandelt, denn wir waren alle unerfahren, weil wir weder Voyeure, noch, wie ich damals gedacht hatte, Opfer gewesen waren.
Wenn ich die Mädchen reden hörte, dann wußte ich, daß ich zu solch schrecklicher körperlicher Leidenschaft unfähig sein würde, zu dieser Lust, die mich in den Wahnsinn treiben

würde. Gott, so entschied ich, würde mir Unberührbarkeit gewähren. Meine Lieblingslehrerin war Schwester Bianca; ihr Bild ist verblaßt, aber ich erinnere mich ihrer als schön, mitfühlend und sanft. Ihre einzige Leidenschaft galt Gott, und in diesem meinem sechzehnten Jahr schwor ich, daß ich erwachsen werden würde, um Schwester Shelley zu werden: vom Manne unberührt, den Leprakranken in den dunklen Gegenden der Erde helfend, voller Leidenschaft und Schönheit leidend und dienend.

An einem Winterabend vertraute ich meinen ehrgeizigen Wunsch Schwester Bianca an. Sie lächelte, denn sie hatte schon tausend Mädchen gehört, die gelobt hatten, dieser besudelten Welt zu entfliehen. »Wenn du mit der Schule fertig bist, werden wir weitersehen!« sagte sie mit ihrem reizenden englischen Lispeln. Als es Sommer wurde, hatte ich diesen Traum vergessen und mich wahnsinnig in einen Captain verliebt, der unter Vaters Befehl stand und der diese Liebe nur zurückhaltend erwiderte. Trotzdem vergaß ich dieses kurze und erhebende Gefühl der Reinheit nie.

Im dritten Jahr unserer Ehe erlangte ich es wieder. Charles, dessen Geburt sehr schwierig gewesen war, war gerade zwei Monate alt. Ich, erschöpft und wund, konnte nicht mit David schlafen, obwohl ich wildes Verlangen danach hatte. David war geduldig, aber ich nehme an, daß ein Mann seine Erektion nicht unterdrücken kann, koste es, was es wolle.

An jenem Herbsttag hatte es bis gegen sechs genieselt, und dann klarte es auf. Das Licht draußen vor dem Wohnzimmerfenster war sanft und unbestimmt wie auf einem Gemälde von Turner. Die Welt schien zu leuchten, so weit ich sehen konnte: die Bäume, der Himmel, das Gras. Ich befahl ihr, so zu bleiben, ein Fest fürs Auge, bis David von der Arbeit nach Hause kam, damit er es auch sehen konnte. Die Welt draußen strengte sich an, mir zu gehorchen: Ich saß stundenlang da und schaute

zu, bis sich graue Streifen über das ganze Bild zu legen begannen, es sanft, fast zögernd verdunkelten, bis das Grau die ganze Landschaft einhüllte und mich mit einem schlaflosen Kind allein zurückließ.
In dieser Stunde in der Dunkelheit war ich weder Mensch noch reiner Intellekt noch Körper, nur ein zerbrechlicher Geist voller Schönheit und Liebe. Wenn David damals gekommen wäre, dann hätte er nicht nur mein Herz erblickt, sondern mein ganzes Wesen. Ich fühlte mich wie ausgelöst; bereit, mich über ihn zu verströmen, ihn mit meinem Haar, meinen Augen, meinem Mund, meinen Händen demütig anzuflehen.
Er kam um drei Uhr morgens.
Mein Verschmelzen hatte sich in Wut verwandelt. Er war naß vom Regen, der gegen Mitternacht begonnen hatte, sein Bauch war aufgebläht von Bier, und sein Körper und sein Gesicht rochen nach Tweed-Parfum. »Es tut mir leid!« sagte er unzählige Male, liebkoste, küßte, streichelte mich. Er wollte Vergebung, aber das ging über meine Kraft hinaus, selbst wenn ich gewollt hätte. Ich war zu wütend.
»Faß mich nicht!« fauchte ich, um ihn zu bestrafen – nicht so sehr für den Schmerz, den er verursacht, sondern für die Liebe, die er sich hatte entgehen lassen.
Am nächsten Morgen nahm ich Charles, packte einen Koffer und begab mich in das Kloster nach Hertfordshire, wohin Schwester Bianca gezogen war. David kam am zweiten Tag – ich fand es klug von ihm, daß er mich so leicht gefunden hatte.
Erst viel später erfuhr ich, daß Schwester Bianca ihn angerufen hatte. Er war völlig außer sich gewesen, nachdem er vergeblich meine Mutter, Onkel und Tanten und zahllose Freunde angerufen hatte.
Ich weigerte mich, ihn zu sehen. Ich hätte es wissen müssen: Er weigerte sich, das Kloster zu verlassen oder auch nur einen Bissen zu sich zu nehmen, was die armen Nonnen völlig aus der

Fassung brachte, die es gewohnt waren, es mit einem wohlwollenden Gott und fügsamen jungen Frauen zu tun zu haben. Zwei Tage und zwei Nächte lang beharrten David und ich auf unseren jeweiligen Positionen wie Armeen in einer Pattsituation. Als meine Kapitulation endlich kam, war es keine Unterwerfung. Ich rauschte mit Charles im Arm an ihm vorbei – er saß niedergeschlagen in der Halle. Ich fand, dieses fromme Zwischenspiel hatte uns beiden gutgetan.

»Ich habe den Wagen da.« Ein gebrauchter Ford, verbeult und bequem. David, zerknirscht und meinen Launen hilflos ausgeliefert, hielt Schritt mit mir.

»Und ich habe ein Taxi.« Ich stieg ein und warf die Tür hinter mir zu. »Du kannst nachkommen.«

Der Fahrpreis würde ausreichen, um jeden Mann kleinzukriegen. Ich vergab ihm, als ich das Gefühl hatte, er wäre hoch genug, und schickte das Taxi an einer Verkehrsampel fort, als er zum x-ten Male neben meinem Fenster anhielt und um Vergebung flehte.

»Ich habe vergessen, was in der letzten Woche geschehen ist, David.« Er stolperte um den Wagen herum, während sich hinter uns der Verkehr staute, um die Tür aufzuhalten. »Mach es beim nächsten Mal weniger offensichtlich.«

Das war nicht als Bitte, sondern als Befehl vorgebracht, und er gehorchte.

Mrs. Clayton wohnte im sechsten Stock, und während ich die Treppen hochkletterte, betete ich, sie möge zu Hause sein. Als ich ihren Treppenabsatz erreicht hatte, keuchte ich. Ich lehnte mich gegen die kühle Wand. Wenn ich ein Mann gewesen wäre, hätte ich mir geschworen, in Zukunft jeden Tag einmal um die Gemeindewiese zu joggen. David machte das immer. Ich schwor mir nur, nie wieder zu versuchen, so hoch zu klettern.

Mrs. Clayton, gutgelaunt, grauhaarig, untersetzt und immer überschwenglich, war zu Hause. Als sie mich fest an sich drückte, hoffte ich, daß sie nicht genauso ahnungslos in bezug auf die ganze Sache sein würde wie Mike. Die Wohnung war viel zu bunt dekoriert. Es gab zuviel Blau, und die Drucke an den Wänden hatten mit Pferdezucht zu tun.

»Tee oder Kaffee?«

»Wodka. Pur.« Sie warf einen Blick auf die Uhr. Es war erst Mittag. »Bitte.«

Mrs. Clayton reichte mir das Glas. »Wie geht es den Kindern?«

»Wo ist David?«

Ich mußte gleich zur Sache kommen. Höflich, wie sie war, hätte sie sonst ununterbrochen über die Kinder geschwatzt. Sie hatte keine, und ich wußte, daß sie das schmerzte.

»Oh, meine Liebe!« Sie sah nicht glücklich aus, als ich diese Frage stellte.

Sie wollte diese Worte gerade wiederholen, als sie meinen Blick über dem Rand des Wodkaglases sah und innehielt. Der Grund ihres Zögerns lag, so vermutete ich, in dem Bedürfnis, David in Schutz zu nehmen. Sie war zwölf Jahre lang bei ihm gewesen, und ihre Liebe zu ihm, auch wenn sie anders war als die meine, wollte mir die Schuld geben. Frauen gehören nicht zur selben Sorte Lebewesen wie Männer.

»Ich weiß es nicht. Es ist so merkwürdig, daß er Sie ... Sie und die Kinder ... verlassen hat.«

»Ich versuche herauszufinden, warum. Und ihn zurückzuholen.«

Sie faltete die Hände. »Wie wunderbar. Ich habe meinem Jimmy immer erzählt, daß Sie beide ein so glückliches Paar sind, und er sagte ...«

»Wie hat sich David verhalten, bevor er wegging?«

»Ruhelos. Er schien nicht sicher zu sein, was er eigentlich

wollte. Verstehen Sie, es ist nur meine Meinung, aber ich hatte das Gefühl, daß er es eigentlich nicht wirklich tun wollte. Ich meine, Sie zu verlassen. Zu der Zeit wußte ich natürlich nichts davon.«

Ruhelos? Ein eigenartiges Wort in bezug auf David. Er war nie ruhelos. Er war ruhig und überlegt. Er brauchte wenig Zeit, um eine Entscheidung zu fällen, und wenn er es einmal getan hatte, dann hielt er daran fest. Irgendwie würde ich ihn lösen müssen.

»Ich habe nichts davon gemerkt.«

»Das habe ich auch nicht, bis er mich einmal anbrüllte. Mr. Warwick hat mich niemals angebrüllt. Es war wegen eines Anrufs von einem Mädchen. Ich kann mich nicht an ihren Namen erinnern.«

»Versuchen Sie es. Sie müssen ganz einfach!«

»Ich kann es nicht. Es war ein komischer Name. Sie wollte mit ihm sprechen, und ich wollte sie nicht durchstellen, bis sie mir gesagt hatte, was sie von ihm wollte. Sie weigerte sich. Es ist meine Aufgabe, die Anrufe zu sortieren, sonst hätten ihn andauernd irgendwelche Leute belästigt.«

»Können Sie sich an gar nichts an ihr erinnern?«

»Sie war Amerikanerin. Das weiß ich. Ich würde denken, aus Chicago.«

»Woher wissen Sie das?«

»Ich habe mal einen Monat dort zugebracht.«

Nach Ablauf einer halben Stunde konnte sie sich immer noch nicht an den Namen des Mädchens erinnern. Sie versprach mir, mich anzurufen, sobald er ihr wieder einfiel.

Es hatte zu nieseln begonnen. Mr. Samuels würde vor Begeisterung auf seinem Schreibtisch tanzen. Dieser Gedanke brachte mich zum Kichern. Er war die Art von Mann – und ich stellte mir vor, daß es Millionen von ihnen gab –, bei dem eine Ejakulation nur Staub aus seinem vertrockneten Körper hervorbringen würde.

Zu Hause zog ich mir Jeans und einen Pullover an und ging dann zu dem Schreibtisch. Das Mahagoni schimmerte im Sonnenlicht, und wenn ich mich darüberbeugte und daran schnüffelte, dann roch ich das Wachs, das ich so oft so großzügig in das Holz gerieben hatte. Ich packte den Schraubenzieher und stieß ihn in das Schloß. Er rutschte ab und zerkratzte das Holz.
»Charles!«
Aus seinem Zimmer kam ein Murren. Beim zweiten Rufen kam er herunter, schlapp und zerknittert von seinem Schlummer. Oder von dem, was Jungen in der Abgeschiedenheit ihres Zimmers auch immer so treiben mögen.
»Brich ihn auf.«
Ich wies mit der Hand auf den Schreibtisch und gab ihm den Schraubenzieher. Er war ein modernes Kind, das Gesten eher verstand als Worte. Mit Fünfzehn war er ein Fachmann. Er studierte das Schloß, gab mir verächtlich das Werkzeug zurück und holte ein anderes. Drei Jahre kostspieliger Schulen hatten ihn wenigstens gelehrt, mit Schlössern umzugehen. Er zog fragend eine Augenbraue hoch, um sich zu vergewissern, daß ich meine Aufforderung ernst meinte, und brach das Schloß mit einem Schlag auf.
»Danke, Charles. Jetzt kann ich alleine weitermachen.«
»Dad wird das nicht gefallen.« Neugier hielt ihn zurück.
»Ich verspreche dir, ich werde ihm nicht erzählen, daß du es warst.«
Ich schob ihn zur Tür hinaus. Ich mußte allein sein, um ertragen zu können, was ich da möglicherweise finden würde.
»Du hast mir gesagt, ich soll es aufbrechen.«
»Das habe ich getan, aber wenn du es schriftlich willst, dann fange ich an zu schreien. Und jetzt geh, und was immer du getan hast, mach weiter damit.«
Die Rolltür schob sich ein Stück auseinander, blieb stecken, ließ

sich weiterschieben. Als ich sie ganz nach oben geschoben hatte, schwitzte ich, nicht von der Anstrengung, sondern vor banger Erwartung. David war ein ordentlicher Mensch. Die kleinen Fächer waren sauber beschriftet: Steuern, Haushalt, Kinder, Shelley. Vor fünf Jahren hatte ich empört verlangt, nicht in ein Fach gesteckt zu werden, aber David bestand sanft, aber nachdrücklich darauf, daß dies seine Art sei, mit meinen Ausgaben Schritt zu halten. Ich blätterte die Shelley-Papiere durch. Es gab keinesfalls so viele Rechnungen, daß es einen Mann hätte aus dem Haus treiben können. Die Schubladen auf der linken Seite enthielten Geschäftsunterlagen, aber trotzdem sah ich sie sorgfältig durch.

Ich stockte. Da gab es zwei Hefte mit Flugkarten einer tunesischen Luftfahrtgesellschaft. Ich öffnete sie. Die Durchschläge zeigten, daß es Flüge nach Djerba waren. Ich war nie dort gewesen, und meines Wissens auch David nicht. Die erste war seine, die andere war für eine Ms. C. Schraft.

Ich hatte mich tief über den Schreibtisch gebeugt; mein Rücken schmerzte, als ich mich aufrichtete. Schraft, C. Das Datum vom 20. Januar. C? Cathy? Caroline? Clitoris?

Die Flugscheine lagen wie Wunden in meinen Handflächen. Sie enthielten Geheimnisse: seine Leidenschaft, ihre Attraktion, von einem Fremden ausgestellt. Ich ließ sie auf den Fußboden fallen.

Ich kehrte mit einer Flasche Wodka und einem Glas zum Schreibtisch zurück. Mein Gesicht war nicht länger meine schützende Fassade. Es fühlte sich an, als wäre es von Schmerzen versengt, als ich die Linien unter den Augen und um den Mund herum berührte. Für meine empfindlichen Finger fühlten sie sich tiefer an als sonst und so, als wären neue hinzugekommen. Ich ging nicht mehr voller Neugier an den Schreibtisch, sondern voller Angst. Andere Papiere konnten in seinem Inneren verborgen sein, und jedes würde eine weitere Wunde

werden. Wenn ich mit ihnen zu Ende war, dann würde ich auf dem Boden liegen wie ebenso viele Scheiben Schinken, natürlich in Wodka gepökelt.
In unseren Anfängen hatte David nur Presley gekannt. Jetzt kannte er Puccini, Pollock, Pinter und – ich schaute auf den Rechnungsdurchschlag – Kutchinsky. Ein kleeblattförmiger goldener Anhänger mit eingesetzten Diamanten, neunhundert Pfund. Das Bedürfnis, diese C. deutlich vor mir zu sehen, die ein goldenes Kleebatt von Kutchinsky trug, war übermächtig. Ich mußte mehr haben als nur ihren Nachnamen und den Anfangsbuchstaben ihres Vornamens. Ich rief den Juwelier an.
»Hallo, hier ist Mrs. Warwick. Vor ein paar Monaten habe ich einen kleeblattförmigen goldenen Anhänger gekauft, mit eingesetzten Diamanten. Könnte ich wohl mit dem Herrn sprechen, der ihn uns verkauft hat?«
Schließlich kam ein Mann ans Telefon.
»Sind Sie der reizende Herr, der uns den Anhänger verkauft hat?«
»Ja, Mrs. Warwick, ich erinnere mich an Sie.«
»Ich möchte wetten, das tun Sie nicht.«
»Aber gewiß tue ich das.«
»Also gut, dann beschreiben Sie mich.«
»Sie sind eine sehr hübsche Blondine, nicht zu groß, blaue Augen, ungefähr vierundzwanzig...«
Vor meinen Augen formte sich ihr Bild: schimmernd, schön, strahlend neu, wie eine aus Flammen aufgestiegene Göttin. Als sie sich erhob, hielt sie meinen David zwischen ihren Zähnen.
»...Amerikanerin...« fuhr er fort.
»Sie erinnern sich wirklich!« sagte ich mit langgezogenem amerikanischen Akzent. Ob es einer aus den Südstaaten, aus dem Westen oder aus Kalifornien war, das war mir völlig egal.
»Ich werde morgen vorbeischauen und noch einen kaufen. Ich danke Ihnen.«

Ich setzte mich ganz vorsichtig hin, obwohl ich am liebsten zusammengebrochen wäre. Der Wodka hatte keinerlei Wirkung. Ich hätte mir ein ganzes Faß davon die Kehle hinunterschütten können und wäre trotzdem nüchtern geblieben. Ich zitterte vor Unentschlossenheit. Zweifel, Mitgefühl, Entschlossenheit, glühender Wut. Die widerstreitenden Gefühle waren heftig und wechselten rasch.

Ich empfand sie alle mit einer Intensität, die mich erschöpfte.

Erneut löste sich die Entscheidung, die ich unzählige Male getroffen hatte, in nichts auf. Er hatte mich verlassen, jetzt wollte ich ihn verlassen. Ich konnte es nicht.

Und David?

Ich hörte, wie die Hintertür ins Schloß fiel. Samantha und Miranda, rosig und wunderschön, zogen Sammy, den kleinen Spaniel, hinter sich her, als sie ins Zimmer hüpften. Um sieben Uhr hatte ich sie gebadet und fürs Bett fertiggemacht. Als ich sie an mich drückte und zum Abendessen nach unten brachte, konnte ich den unschuldigen Duft ihrer Körper riechen. Sie waren allem, was mir von nun an geschehen würde, so hilflos ausgesetzt.

Wenn ich Erfolg hatte, dann würden sie ein ganz normales Leben führen, wenn nicht, dann würde alles schieflaufen. Was auch immer geschehen würde, ich würde sie nie als Mittel einsetzen, um David zur Rückkehr zu bringen.

»Ich habe euch nicht ganz die Wahrheit gesagt.« Drei Gesichter schauten von ihren Tellern hoch. »Euer Vater macht keine Geschäftsreise. Er hat uns verlassen.«

»Ich weiß.« Charles klang selbstzufrieden.

»Du wußtest es. Deine Schwestern wußten es nicht. Ich werde euch alle zu Großvater und Großmutter bringen, damit ihr dort für einige Zeit bleibt. Ich fahre fort, um euren Vater zurückzuholen.«

»Und wenn er nun nicht zurückkommen will?« Samantha, die Zehnjährige, stellte diese Frage.
»Er wird.« Ich mußte mich selbst dazu bringen, es zu glauben.
»Wenn er uns verlassen hat, bedeutet das dann, daß er uns nicht haben will?« Miranda schwebte am Rande des Schluchzens.
»Natürlich will er uns. Bisweilen vergißt man in einer Ehe, weil man sich so daran gewöhnt hat, was sie einem bedeutet. Liebe und Bedürfnisse und Verantwortung. Wir sehen jemand anderen, und plötzlich sind wir begeistert von dieser Person und wollen dem entfliehen, was wir haben. Aber es ist nichts als das – eine Flucht!« Wir Frauen, dicht um den Eßtisch gedrängt, waren fast soweit, daß wir uns die Augen aus dem Kopf geheult hätten. Charles beobachtete uns skeptisch.
»Die meisten Eltern meiner Freunde in der Schule sind geschieden.« Feierlich zählte er sie auf. »Die von Dick, Tony, Roger. Die Eltern von Norman leben getrennt. Dereks Mutter hat etwas mit einem Schauspieler ... sagt er jedenfalls.« Er unterzog mich einer sorgfältigen Prüfung. »Du siehst gar nicht so schlecht aus. Ich meine, für dein Alter. Ich bin sicher, du findest jemanden, dem du gefällst.«
»Danke, Charles. Ich will keinen anderen. Ich will deinen Vater.«
Sie dachten über die Neuigkeit nach. Charles wollte gerade etwas sagen, als das Telefon zu klingeln begann. Ich kam ihm zuvor. »In dieser Familie herrscht keine Demokratie, Charles. Es ist eine Diktatur. Es gibt keine Redefreiheit, keine Bewegungsfreiheit und keine Gedankenfreiheit, bis du achtzehn bist. Und jetzt geh bitte ans Telefon.«
Er stand auf und trottete hinaus. Benimmt man sich wie eine Mutter, reagiert er störrisch, benimmt man sich wie ein Schulpräfekt, ist er ganz Ohr. Die Mädchen grinsten. »Diese Diktatur bezieht sich auch auf euch. Wenn ich euch bei euren Groß-

eltern lasse und höre, daß ihr auch nur einmal unartig wart, während ich fort bin...«

Charles kehrte an den Tisch zurück. Er sagte nichts, setzte sich nur wieder hin.

»Schon gut. Wer war das?«

»Vater. Er will mit dir reden.«

KAPITEL 3

»*Oh, mein Gott. Worüber!*«

»Das hat er nicht gesagt. Er hat mich gefragt, wie es mir geht. Ich habe gesagt... ich habe gesagt, daß ich ihn vermisse.« Er war den Tränen nahe.

Ich hätte Charles gerne an mich gedrückt, aber er wollte tapfer sein. Er erlaubte mir, sein Haar zu zerzausen, als ich hinausging und die Tür hinter mir schloß. Am Anfang, wenn man liebt – und begehrt und verlangt und berührt – genügt allein die Gegenwart des anderen, so entfernt und körperlos sie auch sein mag, um die Wollust zu wecken. Ich zitterte, war feucht und zur Liebe bereit. Es war nicht Jahre, sondern Jahrhunderte her, daß ich das empfunden hatte: eine übersprudelnde, erschrekkende neue Weiblichkeit, ungefähr fünf Jahre, bevor die Wechseljahre begannen.

Ich setzte mich auf den viktorianischen Stuhl und hob den Hörer auf.

»Hallo, David.«

Wenn ich mich nur selbst hätte in den Apparat ergießen können. Worte würden niemals ausreichen für unsere Bedürfnisse, sie vermitteln so wenig von dem, was wir fühlen. Wir hätten sie durch gutturale, sehnsüchtige Laute ersetzen sollen, wie sie die Tiere nachts im Dschungel machen.

»Hallo, Shelley. Wie geht es dir?«

Darauf gab es viele mögliche Antworten. »Ich liebe dich«, »ich fühle mich grauenhaft«, »ich vermisse dich«, »ich komme dich holen«. Keine davon war passend.

»Gut.«
»Oh.«
»Du hast mir geschrieben, ich wäre eine starke Frau.«
»Ja, das habe ich. Shelley, es tut mir alles so leid.«
»Mir auch. Wo bist du?«
»In Amerika.«
»Das weiß ich. *Wo* in Amerika?«
»Das möchte ich dir nicht sagen, Shelley.«
Ich wartete, denn ich hatte das Gefühl, er wollte etwas. Mich?
»Ich brauche etwas Geld, Shelley.«
»Du hast doch alles, Dummkopf.«
»Die Münzen.«
»Die kannst du nicht haben.«
»Ich muß ein Geschäft abschließen und habe das Kapital nicht. Ich *brauche* sie, Shelley.«
»Ich weiß nicht.«
»Bitte, Shelley, du bekommst sie in einem Monat zurück.«
»Nun...«
»Gib sie Burt Mellows. Er wohnt im Connaught-Hotel.«
»Wer ist das?«
»Ein Geschäftspartner.«
»Du triffst wirklich rasche Entscheidungen!«
»Du weißt, daß ich das immer getan habe. Bring sie ihm noch heute. Bitte! Ich schwöre dir, ich gebe dir das Geld wieder. Wie geht es den Kindern?«
»Gut. Sie vermissen dich.«
»Sag ihnen, daß ich sie liebe.«
»Warum sagst du ihnen das nicht selbst?«
»Ich möchte... ich möchte sie lieber nicht aufregen. Auf Wiedersehen, Shelley.«
»Mist, Mist, Mist.«
Die Kinder kamen aus dem Eßzimmer herbeigerannt, als ich das Telefon auf den zerbrechlichen Tisch knallte. Er schwankte

und fiel um. Ich hätte die Kraft gehabt, ihn mit meinen bloßen Händen zu Kleinholz zu machen. Statt dessen trat ich gegen ihn, wobei ich vergaß, daß ich nur Pantoffeln trug. Ich hielt meinen verletzten Fuß und kreischte los. Der physische Schmerz, zusammen mit meiner Wut auf David und auf mich selbst, war zuviel. Ich schrie, hüpfte umher, kreischte weiter. Die Kinder wichen erschreckt ins Eßzimmer zurück und verschlossen die Tür vor mir.

Ich griff nach dem Matrosen aus Meißener Porzellan, den wir in Dublin gefunden hatten, und zielte damit nach dem kleinen goldgerahmten Matisse. Er war ein Geburtstagsgeschenk von David zu meinem zweiunddreißigsten Geburtstag gewesen. In dieser Stellung verharrte ich.

Ein Rest von Zurechnungsfähigkeit, jener Teil meines Wesens, den die Schönheit all dieser Gegenstände tief berührte, hielt meine Hand zurück. Er wollte, daß ich diesen Schrein von Kultur und Zivilisation bewahrte, der aus guter Kinderstube, Erziehung und sorgfältig kultiviertem Geschmack bestand: dieses verdammte Grabmal, mit toter Luft erfüllt. Ich hätte mir meine Welt aus dem Auswurf aufbauen sollen, den ein Verrückter ausgespien hatte, Wasserspeier, von wahnsinnigen Zwergen aus Eisen geschmiedet.

Ich warf den Matrosen. Er traf die Ecke des Matisse und ließ das Glas in schimmernde weiße Scherben zerspringen. Erleichtert hob ich den Tisch auf und schleuderte ihn gegen den Mahagonischrank mit den Glastüren, ein Stück aus dem späten neunzehnten Jahrhundert. Ich schaffte es nicht, die seidenen Kissen zu zerreißen, meine Finger glitten hilflos über den Stoff. Ich warf die Stereoanlage gegen die Wand. Ich wußte nicht, ob sie dabei kaputtging oder nicht, vermutlich ja. Ich stampfte mit den Füßen und trat und zerschmetterte und zerriß.

Als ich endlich auf dem Fußboden zusammenbrach, ange-

nehm erschöpft, war der Raum ein Trümmerfeld. Ich blieb sitzen, bis ich wieder zu Atem kam, dann stand ich auf und ging hinaus.
Die Mädchen hatten feuchtschimmernde Tränenspuren auf den Wangen. Charles stand ganz dicht bei ihnen. Ich zweifelte nicht daran, daß sie ohne ihn immer noch geheult hätten.
»Bist du böse auf uns, Mama?« Miranda begann zu schnüffeln.
»Nein, meine Lieblinge. Mir war nur danach.«
»Geht es dir jetzt besser?«
Ich lächelte über Charles' Besorgnis. »Ein bißchen. Dad hat mich auch gefragt, wie es euch geht, und hat mir aufgetragen, euch zu sagen, daß er euch lieb hat.«
»Was hast du ihm erzählt? Darüber, wie es uns geht.«
»Ich hab ihm gesagt, daß ihr ihn vermißt. Daß wir alle ihn vermissen.«
»Also, ich habe versucht, am Telefon tapfer zu sein.«
»Das habe ich auch. Ich hoffe, du hast ihm nichts von meinen Absichten erzählt.«
Charles grinste. »Nein. Das soll er selbst herausfinden. Er braucht diesen Schock.« Einen Augenblick lang spielte er mit seinem Dessertlöffel. »Ich bin so wütend auf ihn, weil er uns verlassen hat.« Charles lächelte. »Wenn ich die Hoffnung gehabt hätte, daß ich damit durchkomme, dann hätte ich das gemacht, was du gerade gemacht hast.«
»Ein ruiniertes Zimmer ist genug für heute abend, Charles.«
»Das wird uns ein Vermögen kosten.«
»Darüber mache ich mir später Sorgen.«
Charles stand auf und nahm Haltung an. »Irgendwelche Erlasse, bevor ich hinauf in mein Zimmer gehe?«
»Ja. Du wirst deine Sachen für deinen Aufenthalt bei Großvater und Großmutter packen. Ich werde morgen früh nach dem Frühstück mit euch losfahren, wenn du also irgendwelche

Pläne für morgen gemacht hast, dann mach sie rückgängig. Das ist alles, was mir im Augenblick einfällt. Wenn sonst noch etwas ist, werde ich es dich wissen lassen.«

Charles salutierte und rannte hinaus.

»Und ihr beiden auch, hinauf mit euch und ins Bett. Ich komme dann später und gebe euch einen Gute-Nacht-Kuß, und danach, wenn ich gespült habe, packe ich eure Sachen. Los, los.«

Sie rappelten sich auf.

Ich lag in meinem Bett, mit nichts bedeckt als dem sanften Schimmer des Mondlichts, das durch das Fenster fiel. Ich schaute nach unten und wackelte mit den Zehen. Der rechte Fuß pochte ein wenig. Ich beugte meine Knie, meine Finger berührten das dichte Schamhaar, liebkosten das feste Fleisch um meinen Bauch herum, bewegten sich nach oben, um meine Brüste zu umfassen. Ich hatte ein Gefühl der Wärme, der Weichheit und Lebendigkeit. Ich atmete das Parfum ein, das ich verschwenderisch auf meine Haut gesprüht hatte, verschränkte meine Arme unter den Brüsten, was bedeutete, daß ich sie ein klein wenig hob: In dem Zwielicht sahen sie hoch und fest aus wie die einer Fünfundzwanzigjährigen. Ich schloß meine Augen: Es gab Zeiten, in denen ich mich danach sehnte, meinen eigenen Körper zu vergewaltigen.

Ich hatte eine Stunde lang in der Badewanne gelegen, nachdem ich die Mädchen ins Bett gebracht hatte. Abgetrocknet, parfümiert und nackt ging ich hinunter in das Zimmer. Die Überreste der zerbrochenen Gegenstände sahen wüst aus. Zwischen dem zersplitterten Glas und den zerbrochenen Möbeln lagen auch Teile von mir. Ich fühlte kein Bedauern über die Trümmer, als ich auf Zehenspitzen hindurchging und mit dem Fuß an Grabsteine rührte. Ich wollte tanzen. Warum nicht? Ich zögerte, dann summte ich vor mich hin und tanzte.

Ich hatte als Kind getanzt, nicht wild oder tolpatschig, sondern mit verdammt geordneter Zierlichkeit. Mein Ehrgeiz war es, eine zweite Fonteyn zu werden, und pflichtschuldig hatte ich täglich meinen Körper diszipliniert. Jetzt wünschte ich mir, ich hätte statt dessen die Paarungstänze der Orang-Utans gelernt und wie man sich durch die Bäume schwingt.

Das Bett, das so riesig erschienen war, hatte jetzt wieder seine normale Größe angenommen. Der leere Platz würde gefüllt werden; es war eine Frage der Zeit, des Nachdenkens und der Strategie. Es war erstaunlich, daß ich mich nur einen Tag zuvor einsam und eingeschrumpft gefühlt hatte, als ich in diesem Bett lag.

Eine Wolke segelte langsam über den Mond, und mein Körper verblaßte allmählich vor meinen Augen. Einen Augenblick lang fühlte ich mich unsicher. Die Münzen. Ich würde ihren Verlust bedauern, nicht, weil sie das Erbteil der Kinder waren, sondern weil wir sie selbst brauchen würden, wenn David zurückkam. Es mußte einen Weg geben, sie zu behalten. Ich schloß die Augen; ich wollte mir jede Silbe und jede Klangfarbe unserer Unterhaltung zurückrufen, selbst die Pause, denn sie drückten mehr aus als das, was er gesagt hatte. Schweigen, Worte, Schweigen. Ich erinnerte mich wieder an die Dringlichkeit seiner Anordnungen.

Nun, ich hatte nicht die Absicht, die Münzen aus dem Fenster zu werfen. Davids »Geschäftspartner« im Connaught würde mir keine Auskünfte geben. Ohne die Münzen würde ich es nie schaffen, ihn zu finden.

Die Sonne und die Mädchen weckten mich auf. Sie lagen auf Davids Seite des Betts und flüsterten miteinander. Sie waren sofort still, als ich die Augen öffnete. Ich fühlte dieselbe Ruhe, die ich in der Nacht zuvor empfunden hatte. Während sie mir zuschauten und wir miteinander redeten, machte ich voll überschäumender Kraft gymnastische Übungen und fühlte, wie die Muskeln sich strafften und meine Haut rosig und fest genug wurde – vielleicht nicht so, daß ich mich mit einer Fünfund-

zwanzigjährigen messen konnte, aber doch so, daß ich auf mich stolz sein konnte.
»Wird Daddy mit dir zurückkommen?« fragte Miranda.

»Ja.« Ich berührte meine Zehen zehnmal.
»Warum ist er weggegangen. War es, weil wir etwas falsch gemacht haben?«
»Nein, meine Lieblinge, es war nichts, was ihr getan habt. Ich und euer Daddy, wir haben beide vergessen, warum wir verheiratet sind, warum wir uns lieben, wir haben es beide einfach vergessen. Das kann passieren. Wir fangen an, uns um Dinge Sorgen zu machen, die einfach nicht wichtig sind, und wir bauen Wälle, um uns dahinter zu verbergen.«
»Vor wem, Mami?«
»Vor uns selbst. Voreinander.«
Ich schwenkte meine Hüften von einer Seite zur anderen: meine Brüste konnten nie den Takt halten, und ich wurde an eine Striptease-Tänzerin erinnert, die ich einmal in Beirut gesehen hatte. Sie konnte ihre Brüste herumwirbeln, und obwohl ich über sie gelacht hatte, hatte ich einen Anflug von Neid verspürt.
»Jetzt im Augenblick habe ich das Gefühl, es ist einzig und allein meine Schuld, daß euer Vater fortgegangen ist, denn er ist nicht hier und kann mir nicht sagen, warum er es getan hat. Es könnte aber auch seine Schuld sein. Das werde ich herausfinden, wenn ich ihn sehe.«
»Du wirst nicht lange wegbleiben, nicht wahr?« fragte Samantha. »Ich werde dich vermissen, so wie ich auch Dad vermisse.«
»Ich weiß nicht, wie lange ich fortbleiben werde, aber ich werde euch alle vermissen, und ich weiß, daß auch Daddy das tut. Er hat es mir gesagt.«
Wir verließen das Haus eine Stunde später als geplant. Charles war mir eine große Hilfe und erstaunlich gehorsam. Er setzte

sich auf den Rücksitz und ließ die Mädchen vorne bei mir sitzen.
»Wenn Daddy nicht zurückkommt, was tun wir dann?«
Eines Tages würde er wie David aussehen. Jetzt war er ein paar Zentimeter kleiner als sein Vater und dünner. In ein paar Jahren würde er gewachsen sein. Er hatte denselben charaktervollen Mund, und wenn er nicht darauf bestanden hätte, sein Haar so lang zu tragen, dann würde auch sein übriges Gesicht diese Stärke widerspiegeln. Die Augenbrauen waren eine Spur dünner; die Augen aber waren unbeirrbar. Sie glitten nicht scheu und nervös zur Seite, sie hielten fest und drangen ein. Ich hatte es nie bemerkt: Zuvor war er nur mein Sohn gewesen. Er würde die Frauen so nehmen, wie sein Vater es tat.
»Er wird zurückkommen.«
»Aber hast du darüber nachgedacht, was ist, wenn er es nicht tut?«
Es wäre die Einsamkeit, die mir am meisten Angst machen würde, so wie es in den vergangenen zwei Monaten gewesen war. Der Terror, sich zu verlieren und verloren zu bleiben in einer Welt, die einmal von dem Gefühl der Gemeinschaft erwärmt wurde. Doch nichts ist ewig. Mit der Zeit würde dieser Mann ebenso wie der Schmerz verblassen, auch wenn seine Kinder als Mahnmal an ihn erinnerten.
»Was würdest du vorschlagen?«
Charles runzelte die Stirn, offensichtlich dachte er angestrengt nach.
»Du könntest dir einen Job suchen. Aber was würdest du tun? Dad hat immer gesagt, daß du mit Geld nicht umgehen kannst, also könntest du kein Geschäft aufmachen.«
»Ich könnte einen Buchhalter anstellen, wenn du eine gute Idee für ein Geschäft hast.« Ich nahm die Abfahrt an der Edgware Road, lenkte den Wagen in Richtung A 4 und Oxford und glitt auf die Überholspur.

»Du könntest Mikes Partner werden oder so etwas.«
»Ich bin nicht so sicher, ob ich in die Fußstapfen deines Vaters treten möchte.« Ich warf einen Blick in den Spiegel. »Wie wäre es denn mit meinem alten Job?«
»Nach *sechzehn* Jahren?«
»Vermutlich hast du recht, aber ich habe noch meine alten Kontakte. Ich könnte in meiner alten Position beginnen und mich nach oben arbeiten. Es müßte eine Teilzeitbeschäftigung sein, solange Samantha und Miranda klein sind.«
Samantha schaute mit ernstem Gesicht zu mir hoch und hielt meine Hand. »Wir versprechen, daß wir nicht allzu lange klein bleiben.«
»Laßt euch Zeit. Wenn ich an eurer Stelle wäre, dann würde ich immer klein bleiben. Das ist viel besser, als erwachsen zu sein.«
Charles überdachte meine Vorschläge hinsichtlich einer Anstellung und war über keinen besonders begeistert.
»Das wird nicht genug Geld bringen.«
»Dann sehen wir zu, daß wir diesen Wagen loswerden, und ziehen in ein kleineres Haus.«
»Ich glaube nicht, daß mir das gefallen würde!« sagte Miranda.
»Und mir wohl auch nicht. Besonders, weil eure Schulen hier in der Nähe sind.«
»Was ist mit meiner?« Charles sah besorgt aus.
»Das schaffe ich schon, aber ihr müßt einen Lohnstop hinnehmen. Ihr alle, und das betrifft auch mich.«
Das reichte für den Augenblick und gab ihnen Stoff zum nachdenken. Ein Auto, ein Haus, ein paar Kleider. Alles oberflächlich und unnötig und nichts, was wirklich schmerzte. Der Schmerz würde erst mit dem langen, ruhigen Verrinnen der Tage und der Nächte kommen, wenn sie erwachsen würden und ich älter.

»Und was wäre, wenn ich wieder heiraten würde, wie du es vorgeschlagen hast, Charles?«
Ein langes Schweigen. Ich bemerkte aus den Augenwinkeln, wie er unruhig auf seinem Sitz hin und her rutschte.
»Ich vermute... wenn du wolltest. Allerdings solltest du an uns drei denken.«
»Das versteht sich doch von selbst.«
Wir passierten Uxbridge. Voller Ehrfurcht vor ihrem älteren Bruder hatten sich die beiden Mädchen zusammen auf dem Vordersitz tatsächlich ruhig verhalten. Zufällig blickte ich auf. Charles betrachtete prüfend mein Gesicht. Seine Augen wichen mir aus, und er errötete. Es amüsierte mich. Er hatte mich eingeschätzt, nicht als Sohn, sondern als Mann.
Dieser Blick war nicht ödipal gewesen. Charles, der so lange mein Sohn gewesen war, gab mir Punkte, so wie andere Männer es tun. Mein Mund, meine Augen, meine Nase, und als wir anhielten, um zu tanken, ertappte ich ihn, wie er meine Brüste, meine Beine und meinen Hintern musterte. Die Waagschalen wurden ausbalanciert: Fand er mich attraktiv? Würde ein anderer Mann es tun, wenn ich David nicht fand? Wie war mein Wert?
Ich bog ab, kurz bevor wir die M 4 erreichten. Der Verkehr wurde dünner, und ich fuhr langsamer. Es war ein klarer, sonniger Tag, und während wir uns immer weiter von der Autobahn entfernten und auf die kleineren Straßen kamen, die von heckenumwachsenen Weizenfeldern und Kuhherden gesäumt wurden, wurde mir leichter ums Herz. Ich kehrte heim.
»Charles?« Ich beobachtete ihn im Rückspiegel. »Bist du noch Jungfrau?«
Er wich meinem Blick nicht aus, lächelte in sich hinein.
»Was ist eine Jungfrau?« Samantha hörte nur die Worte, die interessant klangen.
»Schon gut.«

»Nein«, sagte Charles.
Irgendwo gab es ein Mädchen, eine Frau – ich hoffte, daß es keine Hure war, denn sie bleiben immer Fremde für den Mann –, die eine Erinnerung von Charles in sich trug. Eigentlich kein Grund zum Jubeln, aber eigenartigerweise wollen wir, daß unsere Söhne Männer werden. Wir wollen, daß sie so viele Frauen haben wie möglich, durch Liebe, durch Lügen, durch Gewalt, obgleich wir selbst nicht durch die beiden zuletzt genannten genommen werden wollen. Ganz gewiß wollte ich es nicht. Und dennoch, auch wenn ich mich selbst hingab, so hatte ich bisweilen das Gefühl, daß eine Vergewaltigung stattfand, wenn David in mich eindrang. Es ist so unmöglich zu lieben, ohne vergewaltigt zu werden.

An dem Wochenende, an dem David meine Eltern zum ersten Mal traf, zwang ich ihn, in meinem Bett mit mir zu schlafen. Mehr als ein Jahrzehnt lang war es von meiner Tugend durchtränkt worden; mein Schulmädchenkörper hatte seinen wachsenden Umriß auf der Matratze eingedrückt – und kein anderer hatte je einen Eindruck darauf hinterlassen. Ich wollte, daß die Erinnerungen an Unschuld und an das erste Menstruationsblut ganz und gar von einem Akt der Gewalt zerstört wurden. Zuerst weigerte sich David, es in Hörweite meiner Eltern zu tun. Die arbeitenden Klassen haben einen so wundervollen Sinn für Schicklichkeit. Ich mußte ihn nicht zwingen – ich knöpfte einfach seinen Hosenschlitz auf. Männer sind so leicht zu vergewaltigen.
Mutter, die immer noch schön und gebieterisch war, war bei diesem ersten Treffen voller Geringschätzung. Ihre Haltung änderte sich nie und die von David auch nicht. Gesellschaftliche Klasse war, wie die Fahne und die Königin, eine Sache, für die zu sterben sich lohnte. Ihr hätte es nichts ausgemacht, von einem Grafen vergewaltigt zu werden, aber kein Rockefeller

dürfte je ihre Wange küssen. Sie war immun gegenüber Charme, Reichtum und guter Erziehung, peinlich empfindlich jedoch hinsichtlich des guten Stalls.

»Was machen Sie?« fragte Mutter bei einigen Cocktails.

»Ich arbeite!« antwortete David fröhlich.

»Oh?«

Ein »Oh« aus dem Mund meiner Mutter konnte so vielsagend sein wie drei Seiten im Oxford-Wörterbuch. »Ich will damit sagen, daß ich meine eigene Firma habe. Mit Vierzig werde ich Millionär sein.«

»Oh!«

Dieses Mal waren es vier Seiten.

Mutter mißbilligte alle kaufmännische Tätigkeit. Als Tochter eines Generals und mit einem General verheiratet – die beide, glaube ich, das moderne Gegenstück zum legendären Angriff der Leichten Brigade anführten, der eine an der Somme und der andere in Singapur, und die für ihre Dienste geadelt wurden – konnte Mutter einfach nicht glauben, daß es Leute gab, die anstrebten, Millionär zu werden. Aber zum Teil war es auch Pose. Als Kind hatte ich gesehen, wie sie ein sterbendes Baby an ihre gestärkte weiße Bluse preßte und seinen kleinen Körper in ihren Tränen badete. Sie tat es jedoch mit dieser besonderen Art britischen Mitgefühls. Sie fühlte sich selbst für das Wohlergehen der menschlichen Rasse verantwortlich,deren größten Teil sie ihrem Richtspruch unterworfen glaubte.

»Mutter, wenn du noch ein einziges Mal ›Oh‹ sagst, dann schreie ich.«

»Was machen Ihre Eltern, David?«

»Mein Dad arbeitet in einer Fabrik, und meine Mutter...«

Er sprach nicht weiter. Mutter war jenseits aller Zugänglichkeit. Sie schmollte hinter ihrem Sherryglas und blickte auf David und mich, ohne mit der Wimper zu zucken. Ich konnte hören, wie sich ihre Gedanken überschlugen.

Mit Vater, dem Guten, ging es einfacher. Er mochte David fast vom ersten Augenblick an. Anders als Mutter konnte er einen Mann danach einschätzen, was er zu leisten imstande war, nicht danach, was er war. Ich hoffte nur, Vater würde das Gespräch nicht auf das Militär bringen. David hatte die meiste Zeit seines Wehrdienstes im Kerker verbracht und es zu keinem anderen Rang als dem eines gemeinen Soldaten gebracht. Tatsächlich war er einem hohen Rang am nächsten gekommen, als er einem Hauptfeldwebel einen Kinnhaken versetzt hatte. Es war nicht so, daß David insbesondere Offiziere gehaßt hätte, er haßte ganz einfach die Armee. Bei einer unserer Verabredungen hatte er über die Armee geschimpft; ich erzählte ihm ganz ruhig, daß Vater General war. Er erbleichte und weigerte sich dann zurückzunehmen, was er gerade gesagt hatte. Ich liebte ihn dafür. David hatte sein Wort gegeben, sich meinem Vater gegenüber zu benehmen. Mir war allerdings nicht klar gewesen, daß sie tatsächlich einige Gemeinsamkeiten hatten. »Shelley hat mir erzählt, daß Sie Spielzeug herstellen.«

»Spielzeug und Spiele, Sir. Dafür gibt es einen riesigen Markt.«

»Gott sei Dank. Ich möchte keinen weiteren Soldaten in der Familie. Dieser blöde Kerl, Andrew, mein Ältester, wissen Sie, ist Soldat geworden. Ich habe versucht, ihn davon abzubringen. Ich habe es gehaßt. Wie ich es zum General gebracht habe, ist mir ein völliges Rätsel. Freut mich, jemanden zu treffen, der Geschäftssinn hat.«

»Noch ist es ein kleines Unternehmen.«

»Es wird größer werden. Als Junge hatte ich eine höchst beschränkte Anzahl sehr dummer Spielsachen. Meistens verdammt zerbrechlich.« Vater strich sich über seinen Schnurrbart und betrachtete David prüfend. »Es gibt so viele Spiele, die man spielen könnte, wenn jemand schlau genug wäre, sie herzustellen.«

»Nun, wenn Sie irgendwelche Ideen haben, Sir, ich würde mich glücklich schätzen, etwas auszuarbeiten.«
»Sie meinen, was Geld betrifft«
»Natürlich.«
»Nun, es gibt da einige Dinge...«
Mutter, die auf der Kante des Sofas hockte, starrte wütend auf die beiden.
»Du wirst ihn doch nicht etwa heiraten, oder?« flüsterte sie, als wir zum Essen gingen.
»Doch. Ist es nicht das, was ein wohlerzogenes junges Mädchen tun sollte?«
»Unsinn.« Sie tat David mit einer Bewegung ihres Handgelenks ab. »Du hast absolut nichts mit ihm gemeinsam, mit diesem...«
»David.«
»...diesem Mann.« Sie benutzte diese Wendung immer, wenn sie es darauf anlegte, mich zu irritieren. »Du mußt jemanden mit deinem eigenen Hintergrund heiraten. Anthony oder Phillip oder Auberon.«
»Wie gräßlich.«
»Was gefällt dir an ihnen nicht?«
»Ich glaube, die vögeln wie guter Champagner, der abgestanden ist.«
Sie zuckte nicht mit der Wimper.
»David, nehme ich an, ist wie Guinness-Bier – oder ist es Starkbier? Bitter, plump und für reichlichen Verzehr geeignet.«
»Du solltest doch wissen, daß ich schon als Kind immer übermäßige Ansprüche hatte.«
Seite an Seite schritten wir ins Eßzimmer. Der polierte Holzfußboden glänzte in dem sanften Licht; der Mahagonitisch schimmerte wie ein Spiegel. Der Tisch hatte Platz für zwölf Personen. Es waren Gedecke für vier aufgelegt: Spitzensets, blitzendes Silber und Kristall und kühles blaues Porzellan.

Meine Brüder, der eine hatte die Militärlaufbahn eingeschlagen, der andere arbeitete in der City, hatten an diesem Tag keine Zeit, um bei dem Treffen mit David dabeizusein. Terrassentüren führten aus dem Raum hinaus auf den wohlgepflegten Rasen, so ordentlich wie ein Paradeplatz. Rosen zur Linken, Hyazinthen zur Rechten und kein einziges Blatt, das aus der Reihe tanzte. Fünfzig Meter weiter hinten, am Ende des Gartens, war ein Regiment von Rotbuchen. Es wurde früh dunkel, aber die Wärme blieb. Wir hatten die Türen geöffnet.

Alton, Vaters Bursche, servierte das Dinner. Mutter und ich saßen Seite an Seite, David und Vater gegenüber. Die Stühle an den beiden Enden des Tisches blieben leer.

»Lust«, informierte mich Mutter, »sollte diskret praktiziert werden. Vorzugsweise außerhalb des Ehebetts.«

David spitzte die Ohren, aber Vater erging sich in weitschweifigen Erzählungen und erwartete Aufmerksamkeit. »Und was ist mit der Liebe?« Ich warf David eine Kußhand zu.

»Vielleicht auch die.«

»Ist das deine Philosophie, Mutter?« Wir schauten einander an. Unsere Augen waren gleich, jetzt waren sie hellgrün und funkelten.

»Gelegentlich.« Sie lehnte sich zurück, um Alton die Möglichkeit zu geben, den Teller wegzunehmen.

Ich schaute auf Vater und David, die beide ins Gespräch vertieft waren, dann wieder zu meiner Mutter. Ihr Profil war scharf, unnachgiebig. Bisweilen gibt uns ein einziges Wort Einblick, was sich hinter der elterlichen Fassade abspielt. Mutter und Lust? Gelegenheiten hatte es gegeben. Wie alle Soldatenfrauen war sie einsam. Pflicht, Arbeit, die von der Front beanspruchten Ehemänner, vernachlässigen die Ansprüche der Liebenden.

Wo? Sich windend, schwitzend unter einem Moskitonetz in Delhi mit einem jungen Unteroffizier? Oder hinter dem Rote-Kreuz-Wagen mit einem draufgängerischen schneidigen Yankee? Ich lächelte.
»Starr mich nicht so an, Shelley. Das ist ungezogen.« Die Mutter in ihr gewann wieder die Oberhand.
»Was flüstert ihr beiden da?« fragte Vater.
»Frauengespräche!« erwiderte sie und lenkte Vaters Aufmerksamkeit wieder auf David.
Einmal, vor Jahren, hatte ich gefragt, warum ich Shelley genannt worden war. Wegen eines Freundes, der ihr die Gedichte vorgelesen hätte, sagte Mutter.
»Ich ziehe es vor, beides im Ehebett zu haben, sowohl Liebe als auch Lust!« sagte ich über Altons Arm hinweg, als ich mir von dem Fasan nahm.
»Die nutzen sich schneller ab, als wir denken. Und wenn es soweit ist, dann braucht man Übereinstimmung.«
»Die haben wir schon.«
Für einen Augenblick ließ ihre Haltung sie im Stich, und ich durfte einen kurzen Blick tief in ihr Herz werfen. Ich sah die Traurigkeit.
»Das hoffe ich um deinetwillen.«
Sie hatte sich wieder in der Hand, und ihre Augen verrieten nichts mehr; sie hatte sich mit David abgefunden.
»Was ich wirklich hasse, das sind Scheidungen in der Familie. Sie sind sinnlos. Die Leute denken, die nächste Ehe wird besser. Sie ist es nie, es ist alles immer dasselbe.«

Ooty Lane. Ich fuhr langsamer und bog ein. Das Empire wirkte noch nach; die Namen von fremden Städten, die auf Steintafeln gemeißelt waren, sorgten dafür, daß die Erinnerung des Reisenden an die Vergangenheit bewahrt blieb. Zu unserer Linken gab es ein paar sanfte Böschungen; unbebautes Weideland, das sich bis an den schmalen Weg herabzog. Zu unserer Rechten war Gebüsch und neben dem Straßenrand ein schmaler Reitweg. Ich war oft darüber geritten. Er führte zu einem kleinen offenen Feld, wo man Springen üben konnte. Das tat ich selten, ich zog den Galopp über die Felder vor.

Das Haus stand ungefähr an der Mitte des Weges. Kletterpflanzen bedeckten den Ostflügel; der Westflügel war aus braunem, regenbeflecktem Granit. Ich verlangsamte die Fahrt und bog in die Auffahrt ein. Die schwere Eichentür war offen. Die Hunde kamen herausgerannt, überschlugen sich fast, bellten, schnappten, sprangen im Kreis herum. Die Kinder schrien vor Begeisterung, sogar Charles, und spielten mit ihnen, noch bevor der Wagen ganz zum Stillstand gekommen war.

Ich ließ sie draußen und ging hinein. Mutter rief aus dem Arbeitszimmer nach mir; sie saß an ihrem Schreibtisch und schrieb Briefe. Älter, makellos gekleidet, das Sonnenlicht hinter sich, sah sie so vollkommen und zerbrechlich aus wie ein Rosenblatt, das zwischen den seidigen Seiten eines Gedichtbandes aus dem neunzehnten Jahrhundert gepreßt wurde. Wir küßten einander. Puder mit Fliederduft, mir so vertraut wie mein Kinderwagen.

»Vater ist oben. Schreibt an seinen Memoiren.«

»Immer noch?«

»Nachdem er Singapur erreicht hat, streckt er jetzt die Hand nach Mandalay aus.« Sie lauschte, was die Kinder und die Hunde machten und neigte den Kopf, um mich prüfend anzublicken.

»David hat mich verlassen.«

»Eine Scheidung?«

»Nein, ich gehe und hole ihn mir zurück. Er ist irgendwo in Amerika. Ich möchte die Kinder hierlassen.«

»Ich werde ihre Zimmer fertigmachen.« Mutter erhob sich

und war im Begriff, sich an den Wäscheschrank zu begeben.
»Willst du gar nichts dazu sagen?«
Sie stand nur einen Viertelmeter von mir entfernt, anmutig ungeschickt mitten in der Bewegung erstarrt. Die Adern in ihrem Hals waren zartblau, die Haut faltig. Unzählige Male hatte ich ihren Hals berührt, in meiner Erinnerung war ihre Haut straff, ewig glatt. Ich wollte diese Hautschicht, diese Maske des Alters, von ihrem Hals abreißen. Es war natürlich in Wahrheit nicht ihr Gesicht, das ich sah, sondern das meine. Ich verkrampfte mich, als ich bemerkte, daß sie etwas sagen wollte. Es würde ein »Ich habe es dir ja immer gesagt« sein. Statt dessen berührte sie meine Wange mit trockenen, sanften Fingern.
»Armes Baby.«
Ich weinte. Sie hielt mich in den Armen. Ich schluchzte und fing mich wieder und wünschte, sie hätte nichts gesagt, weil sie mich dadurch von einer Frau zu einem Kleinkind verwandelt hatte.
»Ich habe deinen Vater einmal verlassen. Und ich bin immer noch hier.«
Ich spielte die Überraschte. Vor drei Jahren hatte Vater David von Mutters Abenteuer erzählt. Es war tatsächlich ein *Unteroffizier* gewesen, nicht in Delhi, sondern im nassen, kalten Wales. Vater hatte ihr ein paar Tage mit dem Mann gegeben und war dann hingegangen und hatte sie zurückgeholt. Ich wurde elf Monate später geboren. Vater erzählte David nie, was genau in den walisischen Hügeln geschehen war; welche Worte er gesprochen hatte; was er mit dem Mann gemacht hatte. Irgendwie glaube ich, daß sie beide die meisten Einzelheiten vergessen haben. Wir denken, daß die Leidenschaft unser Leben durchglüht wie ein Höllenbrand der uns auf alle Zeit verwüstet. Und dann kommt der traurige Tag, an dem wir uns nicht länger dieses Wahnsinns erinnern können.
»War es der Mann, der dir Shelley vorgelesen hat?«

»Oh, nein, Liebes.« Sie lächelte und ging hinaus.
Dieser Mann, das wußte ich, war zu kostbar, als daß sie ihn mir oder einer anderen Person hätte enthüllen können.
Ich blieb die Nacht über dort, borgte mir Geld für meine Amerikareise und fuhr am nächsten Tag. Offensichtlich hatte sie es Vater erzählt. Kurz vor dem Abendessen tätschelte er mir den Kopf, so, wie er es getan hatte, als ich noch ein Kind war.
»Was hat er gesagt, als du es ihm erzählt hast?« wollte ich wissen.
Mutter und die Kinder und die Hunde begleiteten mich zum Wagen. Vater hatte sich wieder der Aufgabe zugewandt, Mandalay zu erledigen.
»Zuerst gar nichts. Dann sagte er, wenn du nur die geringste Ähnlichkeit mit ihm hättest, dann würdest du David zurückholen.« Dann, mehr zu sich selbst: »Ich glaube, er hat sich erinnert.«
»Und du, Mutter?«
»Du weißt, daß ich meine Meinung über... diesen Mann nicht geändert habe. Aber du bist – du warst – glücklich. Und du hast ihm eine Menge beigebracht.«
»Er mir auch.«
Sie zuckte sehr sanft mit den Achseln.
»Mußt du dorthin fahren?«
»Dorthin« bedeutete für Mutter »zu Davids Eltern«, wo sie vielleicht dreimal während unserer Ehe gewesen war.
»Ja. Vielleicht hat er ihnen etwas erzählt.« Ich glitt auf den Fahrersitz, nachdem ich die Kinder und Mutter zum Abschied geküßt hatte.
»Nun, dann solltest du sie wohl von mir grüßen.«
»Das werde ich, Mutter. Und ich werde ihnen sagen, daß du sie eingeladen hast, dich übers Wochenende zu besuchen.«
Die Kinder winkten und rannten dann, wie alle Kinder es

tun, zurück, um wieder zu spielen. Charles, mein junger Mann, war schon wieder ins Haus gegangen.
»Wag das ja nicht.« Sie hielt meine Hand auf dem Steuerrad fest und fügte hinzu: »Viel Glück, Shelley.«
Mutter ließ sich nur bei Taufen auf die Warwicks ein. Es war nicht allein ihre Schuld; wenn Mutter irgendwo am Horizont auftauchte, dann waren sie voller geschwätziger Nervosität.
Am Anfang der Fahrt war es sonnig gewesen, aber eine Stunde später, als ich die Richtung nach Osten einschlug, wobei ich London umfuhr und meinen Weg durch die häßlichen Vorstädte suchte, hatte der Himmel zu spucken begonnen. Die Wolken sahen biblisch aus, vom Sonnenlicht mit einer Gloriole versehen, dunkel in ihrem Inneren.
Chelmsford lag siebzig Meilen entfernt auf der anderen Seite von London, und als ich die Baddow Road endlich erreicht hatte, war ich gereizt, müde und ziemlich hungrig. Ich parkte und blieb einen Augenblick im Wagen sitzen. Die Doppelhäuser, gepflegt, ruhig, sauber, zogen sich zu beiden Seiten der gebogenen Straße entlang wie ein Lattenzaun. Es gab sie in zwei Farben – weiß und schmutzig-weiß.

Wir hatten in dem alten MG auf einer anderen rußigen Straße gesessen. Es war vier Uhr nachmittags, ein sonniger Tag, und wir wurden zum Tee erwartet. Mein Haar saß noch korrekt unter dem Seidenschal, aber die Hitze des alten Wagens hatte mich zum Schwitzen gebracht. Ich tupfte mein Gesicht ab, was auf meinem Make-up Flecken hinterließ.
»Du bist okay, Herzchen.« David schickte sich an auszusteigen.
»Bin ich nicht.«
Ich war nervös. Unter anderen Umständen hätten Schweigen und scheue Zurückhaltung dazu dienen können, mir eine würdevolle Haltung zu verleihen, aber ich wollte, daß sie mich mochten.

David grinste. Er lehnte sich über mich, eine Hand fiel wie beiläufig auf mein Knie und schob sich nach oben über den Rand des Strumpfes zum nackten Fleisch.
»Du bist schön.«
»Und du auch.
Ich schob seine Hand unter meinem Rock weg, wobei ich zufällig zum Haus hinüberschaute. Ein Vorhang fiel über ein Gesicht. David drehte sich nicht um, aber er bemerkte meine Augenbewegung.
»Mutter höchstwahrscheinlich.« Er stieg aus dem Wagen aus. »Wenn sie gesehen hat, was ich getan habe, wird sie zweifellos gegen dich sein. Anständige Mädchen erlauben keinem Kerl, seine Hand unter ihren Rock zu schieben.«
»Wer hat gesagt, daß ich ein anständiges Mädchen bin?« fragte ich, als wir das kleine Tor öffneten und über die Steinplatten zur Haustür gingen. Die Stufen waren poliert, der Türklopfer roch nach Metallputzmittel.
»Und respektabel bist du auch nicht. Nur Klasse hast du, Herzchen.«
Sie warteten schon; die Tür öffnete sich, bevor ich ihm antworten konnte. Seine Mutter war untersetzt, freundlich, nervös. Der Flur war düster, kalt und roch nach Wachs. Noch bevor wir im Vorderzimmer angekommen waren, hatte sie mir schon mitgeteilt, daß David ihr alles über mich erzählt hätte.
»Alles?« Ich schaute David an.
»Absolut alles!« sagte er, als wir das Zimmer betraten.
Es war ein sorgfältig inszenierter Nachmittag. Zwei zu stark gepolsterte Sofas mit Blumenmuster standen vor dem Kamin einander gegenüber. Es gab Blumentöpfe ohne Pflanzen und ein halbes Dutzend gerahmter Fotografien. David, jung und kampflustig und stämmig irgendwo auf einem Pier. Der Wind hatte sein Haar zerzaust, sein Hemd war aus der Hose gerutscht. Ich berührte das Foto.

Wir setzten uns, je zwei auf ein Sofa. Sein Vater war überraschend klein. Er trug einen dunklen Anzug, als wäre es eine Rüstung, die Krawatte ein Pfeil, der in seiner Kehle steckte. Er saß ruhig da und ließ seine Frau reden, bisweilen lächelte er. Ich konnte sehen, woher David sein Lächeln hatte.

»Dein Vater redet nicht sehr viel!« sagte ich, als sie hinausgingen, um den Tee zu holen.

»Ich habe ihm gesagt, er soll den Mund halten.«

»Warum, um Himmels willen?«

»Das erzähle ich dir später.«

»Jetzt!«

»Er ist Sozialist, hat sein ganzes Leben lang die Labour Party gewählt, und als ich ihm von dir erzählte, war die erste Frage, die er stellte – nach langem Schweigen, mußt du dir vorstellen – ›Welche Partei wählt sie?‹ Ich vermutete, die Konservativen, und er verschluckte sich fast an seinem verdammten Bier. Er haßt die Konservativen, glaubt, daß es alles Schwule und Blutsauger sind. Wahrscheinlich bist du die erste, die er je kennenlernt. Jedenfalls habe ich ihm gesagt, wenn er anfängt über Politik zu reden, dann stopfe ich ihm mit meiner Faust das Maul.«

»Schläger!«

»Ich kenne diesen Mann seit fünfundzwanzig Jahren. Er ist klein, aber er ist ein ganz gemeiner Raufbold. Wenn du dich gegen ihn behaupten kannst, dann kannst du es mit der ganzen Welt aufnehmen.«

Im Laufe der Jahre wurden wir Freunde. Wir sprachen nie über Politik, außer auf die allerhöflichste Weise. Er tat sich den größten Zwang an, um sich in Gegenwart einer Konservativen zu beherrschen. Er war Werkzeugmacher, und eines Tages nahm er mich mit in die Fabrik und zeigte mir, wo er vierzig Jahre seines Lebens verbracht hatte. Die Fabrik war düster und still und roch nach Öl, ein trauriger Käfig, in den das Sonnenlicht nur durch die Oberlichter fiel. Als er mir erklärte, wie seine Maschine funktionierte, bemerkte ich eine gewisse Bitterkeit.

»Man muß vorsichtig sein!« sagte er. »Manchmal schneidet sie dich in die Hand, und...«, er unterbrach sich, starrte auf die Maschine, »und noch öfter schneidet sie dir ins Herz.«

Ich hatte das Gefühl, ich käme aus einer hellen, luftigen Welt, die mit ihm nichts zu tun hatte, und obgleich wir Seite an Seite standen, verwandt waren, waren wir für alle Zeiten Fremde. Ich nahm seine Hand, mit der Handfläche nach oben. Sie war voller Narben und schrecklich schwielig. Davids Hände waren weich, seine Fingernägel manikürt.

Die anderen waren hereingekommen, während wir Tee tranken, David hatte sie herein- und wieder hinausdirigiert. Sein Bruder Derek, ein wenig kleiner als David, Lehrling in der Fabrik. Dereks Freundin Mary, ein süßes Mädchen. Dann Hillary, die Schwester, mit kurzen dunklen Haaren und einem Lächeln. Jeder blieb ein paar Minuten – es war nicht genug Platz, damit alle sich setzen konnten – und verschwanden auf ein Zeichen von David wieder.

Alles war sehr förmlich. David, und das gefiel mir, entschuldigte sich kein einziges Mal für irgend etwas.

Er zeigte mir sein Zimmer, das so klein und vollgestopft war und auf den Hinterhof hinausging. Ich schaute mich um und entdeckte wenig von ihm darin.

»Wenn wir hier auf die Schnelle vögeln, dann hören uns vermutlich alle!« sagte ich. Ich streckte die Hand nach ihm aus, er trat einen Schritt zurück.

»Manchmal glaube ich, daß du gut als Hure geeignet wärest.«

»Sei dankbar dafür, Liebling!« Ich küßte ihn, bevor er sich rühren konnte. »Zweihundert Jahre Familiendekadenz hätten mich auf schlimmere Art brandmarken können.«

»Und ich hab schon gedacht, das wäre die schlimmste!« sagte er

und führte mich hinaus, bevor er meiner Verführung erliegen konnte.
»Du wirst es schon noch lernen, mein Engel. Klasse war immer schon ein Freibrief für wundervolle Laster.«

Ich benutzte nicht die Vordertür – das taten nur Fremde. Ich ging vorsichtig über den schmalen Zementweg, ausgetreten und angeschlagen, der an der linken Seite des Hauses entlanglief. Ich zögerte, denn ich wollte ihnen lieber einzeln als gemeinsam begegnen. Sonst wäre es so, als stünde man vor einem Untersuchungsgericht. Sie, nach außen hin voller Verständnis, würde mich im stillen für unser Scheitern verurteilen; er würde unvoreingenommen sein, sich aber nicht festlegen, denn das würde eine Kluft zwischen ihnen aufreißen.
Ich ging am Küchenfenster vorbei; Mutter stand an der Spüle. Ich winkte und ging weiter zu dem kleinen Schuppen am Ende des Hofes. Er hatte nur Schrankgröße, aber das war sein Refugium vor der Familie.
Den meisten Platz nahm eine Werkbank ein, die mit Werkzeugen und Hobelspänen übersät war. Für mich gab es keinen Platz mehr, also blieb ich an der Tür stehen. Es war acht Monate her, daß wir hier einen Besuch gemacht hatten. Er schien kleiner, trug auf seinen gebeugten Schultern die Erschöpfung von fünfzig Jahren Fabrikarbeit. Beständiger Gehorsam gegenüber einer Maschine hatte ihn gedemütigt. Graues Haar stand strubbelig um eine feuchte rosige kahle Stelle auf seinem Kopf, seine Augen wurden von einer billigen Metallbrille eingerahmt. Nur seine Hände waren immer noch ihrer Sache sicher – sie würden ihr Handwerk nie vergessen. Eine durchweichte, braune, dünn gerollte Zigarette klebte zwischen seinen Lippen.
Als wir uns zur Begrüßung küßten, roch ich den vertrauten Geruch von Öl, Tabak und Schweiß. Er tat nichts anderes, als

erwartungsvoll aus dem kleinen Fenster mit den Vorhängen zu spähen.

Ich erzählte es ihm.

»Ich habe es bis jetzt nicht einmal gewußt, mein Mädchen.« Er zündete den Zigarettenstummel an und schüttelte den Kopf. »Wir haben nichts von David gehört – jedenfalls ich nicht, vielleicht hat Mary ja was gehört. Er kam – na, vor ungefähr zwei Monaten – für eine Stunde.« Er rieb sich die grauen Stoppeln auf seinem Kinn. »Ich glaube, er hat eine Jacke hiergelassen. Mary hat sie im Schrank. Komm und trink eine Tasse Tee.« Er legte den Arm um meine Taille und drückte mich an sich. »Du warst gut für ihn, weißt du. Zuerst habe ich gedacht, du wärst schrecklich hochnäsig, besonders die Art, wie du sprachst. Hat einige Zeit gedauert, bis ich gemerkt habe, daß es nicht aufgesetzt war. Es war natürlich. Jetzt bist du mein Liebling.«

Wir gingen Arm in Arm hinein. Wenn wir uns berührten, fühlte er sich zerbrechlich an.

Es gab Tee, es gab Schokoladenkekse. Mary rannte aufgeregt hin und her; sie wollte gerne etwas Besonderes bieten, zumal ich unangemeldet kam. Trotzdem gelang es ihr, ungeachtet aller Geschäftigkeit, den Grund für meinen Besuch zu erahnen. Allerdings war es leicht für sie: Ich war allein.

»Das kommt wirklich überraschend, wirklich überraschend.« Sie sah ihren Mann an. »Überraschend, nicht wahr?« Er nickte. »David hat mir nie etwas erzählt. Das hat er sowieso nie, hat immer alles für sich behalten. Und du hast nichts gewußt, nicht wahr, Shelley?«

»Nein.« Ich wollte gerne wieder in mein Haus zurück. Ein Heim konnte ich es nicht nennen. Es würde außer mir keiner dort sein. »Bist du sicher, daß er dir überhaupt nichts gesagt hat?«

»Das hat er nie getan!« wiederholte sie. »Das letzte Mal, als er

hier war, da ist er nur auf eine Tasse Tee hereingekommen. Hat seine Jacke vergessen. Möchtest du sie mitnehmen oder...«
»Ich nehme sie mit.«
Sie zögerte. David schwebte zwischen uns, ein Geist, den keiner von uns rechtmäßig für sich beanspruchen konnte. Sie hatte den gewichtigeren Anspruch, denn zwischen Mutter und Kind gibt es keine Scheidung.
»Gib sie ihr.«
Sie erhob sich, ein wenig widerspenstig, und holte sie für mich. Es war der kurze braune Ledermantel, den ich ihm gekauft hatte, weil ich wußte, wie gut er darin aussehen würde. Das Leder hatte Falten, und die Taschen waren ausgebeult vom Gewicht seiner Hände. Der Mantel roch nach David, und ich hielt ihn eng an mich gepreßt, bis ich den Tee ausgetrunken hatte und in den Wagen gestiegen war. Sein Vater brachte mich dorthin; Mary beobachtete uns durch die Spitzenvorhänge.
»Wenn du irgend etwas brauchst, dann frag mich. Ich habe nicht viel, aber...«
Wieder küßte ich ihn.
Als ich den Mantel aus dem Wagen nahm, fiel der Briefumschlag aus der Innentasche.

KAPITEL 4

Während des Flugs las ich ein dutzendmal die Postkarte, die der Briefumschlag beherbergt hatte. Ihre Schrift war sauber und gleichmäßig, mit kleinen Kreisen über den I's. Die Linien neigten sich ein wenig nach unten.

> *Mein liebster, liebster D:*
> Ich kann es einfach nicht glauben,
> daß Du so bald zu mir kommst. Ich kann
> nicht glauben, daß ich eine solche Liebe
> wieder haben kann, und auch nicht, daß
> es so plötzlich geschehen konnte. Ich
> vermisse Dich, mein Liebling – wenn Du
> nur in diesem Augenblick bei mir sein
> könntest, dann wäre ich so glücklich.
> Es könnte auch ein Traum sein – Du
> existierst nicht wirklich. Ich werde
> erst aufhören, Angst zu haben, wenn
> ich Dich berühre. Ruf mich an:
> (212) 622-8514, sobald Du Deinen Flug
> gebucht hast. Ich warte auf Dich.
> *In Liebe C.*

Ich drehte sie um. Auf der anderen Seite war eine wunderschöne Fotografie der »Liebenden« von Rodin.

Ich hatte Amerika vergessen. Die Woche, die ich vor fünf Jahren mit David verbracht hatte, war verblaßt, hatte nur unbe-

stimmtes Mißfallen an New York übriggelassen. Ich hatte den Lärm nicht gemocht und die Größe und die Geschäftigkeit.
Ich drückte mich in den Sitz des Taxis, erinnerte mich an den harten Akzent des Fahrers, versuchte, die Geldscheine zu identifizieren – sie hatten alle dieselbe Größe – und in Pfund umzurechnen, während ich sie wiederholt durchzählte. Überall waren die Lichter an, als ob die Leute Angst vor der Dunkelheit hätten; die Größe der Dinge schwankte zwischen riesig und enorm. Die Nationen führen ihr Leben in Entsprechung zum Ausmaß ihrer Landschaft: England war im Vergleich dazu winzig und zierlich.
Als das Taxi sich zur Brücke emporarbeitete, erinnerte ich mich an ein Vergnügen. Auf der anderen Seite des Flusses, im Lichte der untergehenden Sonne, war die Skyline, die wie eine beleuchtete Bühnendekoration aussah. Ich starrte hinüber, dann sank ich in meinen Sitz zurück. Ich war erst einmal hier gewesen, und doch gab es nichts, was nicht vertraut gewesen wäre, nichts Fremdes, nichts zu entdecken.
Da wir im Plaza gewohnt hatten, war es das einzige Hotel gewesen, das mir eingefallen war. Ich hatte die europäische Fassade aus Granit gemocht, das grüne Dach, den Palmenhof mit dem Orchester, eine Art wienerisches Grosvenor.
»Ich bin Mrs. Warwick. Ich habe ein Zimmer bestellt.«
Sie schaute nach. Ich nahm die Anmeldungskarte und begann, sie auszufüllen.
»Shelley!«
Mein Stift rutschte aus. Die Stimme – englisch, männlich – war aufreizend vertraut. Ich schrieb unbeirrt weiter.
»Shelley!«
Sanfter, näher; immer noch fiel mir kein Gesicht oder ein Name dazu ein. Doch der verdammte Kerl kannte mich offensichtlich. Ich gab das Anmeldungsformular zurück und

drehte mich um, auf meinem Gesicht lag ein entsprechend abweisender Ausdruck.
»Oh, mein Gott!«
Meine Augen schlossen sich einen Augenblick. Als ich sie wieder öffnete, war er noch immer da. Er ergriff meine kraftlose Hand und hielt sie fest.
»Ich glaube, das ist mein Gepäck.« Ich entzog ihm meine Hand und folgte dem Pagen. »Wie geht es dir, Chapman?«
Wie lange war es her? Drei Jahre, vier Jahre? Ein Wochenende in Monte Carlo, vergraben in der Sturzflut der Tage und Jahre. Er hätte begraben bleiben sollen, anstatt wiederaufzuerstehen. Und mir zu folgen. Und dem Pagen Trinkgeld zu geben, damit er mein Gepäck in mein Zimmer brachte.
»Ich will keinen Drink in der Oak Bar, Chapman!« Der Page hatte sich davongemacht; ich beeilte mich. »Ich bin müde.«
»Ich werde dich abholen, Shelley!«
»Ich ziehe es vor, in meinem Zimmer zusammenzubrechen und dort liegenzubleiben. Ich will jedenfalls nicht abgeholt werden.« Er lächelte, noch so ein David. Gott schütze mich vor einer Welt mit starken Männern. »Hör auf, die große Dame zu spielen, Shelley.« Er schob mich vom Fahrstuhl in Richtung Bar. »Du weißt, daß du dich nach einem Drink besser fühlen wirst.«
Ich nahm die dunkle Sonnenbrille ab. Sein Haar war grauer geworden und ringelte sich in seinem Nacken; die halblangen Koteletten sahen distinguiert aus, der Schnurrbart gepflegt und flott. Er sah in der Tat aus wie Errol Flynn.
»Wieso um alles in der Welt erinnerst du dich an mich?«
»An dich unter Millionen?« Wenn er lächelte, bekam er Grübchen. »Wenn du nicht so gut vögeln würdest...«
Seine Stimme war so laut, daß der Page und zwei Damen sich nach uns umdrehten. Die Türen des Fahrstuhls öffneten sich, sie stiegen ein und drehten sich erwartungsvoll nach uns um.

»Ich nehme den Drink, aber nur den einen.«
»Ich wußte es.« Er nahm meinen Arm, ich machte mich wieder los. »Ich habe dieses verdammte Rennen verloren, weißt du, deinetwegen. Ein Konzentrationsfehler, als ich das verdammte Ding schon in der Tasche hatte. Ich brauchte den Sieg für das Championat.«
»Ich habe gedacht, du bist absichtlich in den Strohballen gefahren.«
Ich hatte das Rennen am nächsten Tag zusammen mit David gesehen; voller Leidenschaft für meinen Ehemann, nicht aus Schuldgefühl, sondern aus Erwartung; vor Erregung bebend, geduscht und bereit für eine weitere Runde. Chapman hatte ich nur als sexuelles Intermezzo gebraucht, nicht als Liebhaber – weder für kurz noch für lang.
Er stöhnte. »Ich habe die Kurve falsch berechnet, habe sie zu schnell genommen.«
Die Oak Bar war voll, aber Chapman wurde sofort zu einem Tisch am Fenster geführt, von dem aus man den Central Park überblicken konnte.
»Ich habe versucht, dich nach dem Rennen zu erreichen.«
»Mein Mann.« Ich hatte das Gefühl, das müsse reichen.
»Ist er jetzt hier? Du hast dich allein angemeldet.«
»Er ist in Amerika.«
»Ich wohne auch in diesem Hotel.« Er lächelte.
»Wie schön für dich.«
Dieses Lächeln gab zu verstehen, daß er mich schon ausgezogen, einladend ausgestreckt und ganz ohne Zweifel voller Hingabe auf seinem Doppelbett sah, oder auf meinem, mit Champagner auf dem Nachttisch und irgendeiner schrecklichen Hintergrundmusik, die in mein Ohr tropfte. Mir war nicht danach zumute, mich wie ein Pawlowscher Hund zu benehmen, als ich meinen Drink bestellte.
Ich schaute mich im Raum um. Die geschäftige Eleganz war so,

wie ich sie in Erinnerung hatte. Und auch die makellos sauberen Männer in ihren Anzügen mit Westen und die reizenden Frauen, die fast schon zu perfekt waren.

»Das war ein tolles Wochenende, Shelley.«

Indem er die Erinnerung weckte, hoffte er, auch die Leidenschaft zu wecken.

»War es das?«

David und ich hatten zusammen hier gesessen, ebenfalls an einem Fenster, drei oder vier Tische weiter unten. David hatte ein Geschäftsessen gehabt, und ich war alleine nach unten gekommen, um zu schmollen und Wodkas hinunterzuschütten, denn ich war in selbstsüchtiger Stimmung und wollte ihn verletzen. Ich war nicht glücklich. Drei Tage in New York, frei von den Kindern, allein mit David, und die Stadt ging mir auf die Nerven. Die Sirenen verstummten nie, es nieselte beständig, ich war nie mit David allein, und als vorprogrammierter Europäer hatte ich mich entschieden, die Stadt nicht zu mögen. Sie rieb sich, schmierig und rauh, irgendwo unter den äußeren Schichten meiner Haut direkt an dem empfindlichen Gewebe.

David liebte New York. Hier war er von sozialem Hintergrund und Erziehung befreit, nur als Engländer zu identifizieren, konnte er sich frei bewegen, ein freier Geist. Bei meinem zweiten Drink kam er herein und ließ sich auf den freien Stuhl gleiten.

»Was ist los, Herzchen?« Als ob er es nicht gewußt hätte.

»Nenn mich nicht Herzchen.«

»Früher hast du nichts dagegen gehabt.«

»Früher hatte ich auch nichts gegen Windeln.«

»Mist.«

Da saßen wir, ein Tisch und dreizehn Jahre Wissen voneinander zwischen uns. Liebende, Freunde, Bekannte, Mann und Frau, Partner, verharrten wir im Schweigen und starrten hinaus auf die glitzernde Straße, schirmten unser Wissen vor uns selbst und vor dem anderen ab. Zwei Fremde, die sich in einer Bar für Singles getroffen hatten, hätten nicht weiter voneinander entfernt sein können.

»Also gut!« sagte er schließlich. »Du magst New York nicht.«

»Ich habe eigentlich nicht so viel gegen New York. Es geht um dich. Du läufst herum wie Horatio Alger in höchsteigener Person.«

»Wer ist das? Ist ja auch egal. Er ist ein Arbeiterjunge, der es geschafft hat. Hat er eine Frau aus guter Familie?«

»Ich habe das Buch nie zu Ende gelesen.« Mir gefiel der Unterton in seiner Stimme nicht. Er steckte nicht zurück, er lenkte nur ein.

»Es tut mir leid, Shelley.« Seine Hände, die so groß und sanft waren, machten deutliche Gesten. »Ich habe New York immer geliebt. Hier bekommt man Chancen, hier kann man Geld machen. Weißt du ... es ist wie Adrenalin.«

»Oder Dampf, der dir zu Kopf steigt.« Jetzt war ich an der Reihe. »Ich fühle mich wie ein Pilotfisch, der von dir getrennt ist und irgendwo herumschwimmt. Saks, Bloomingdale's, Gucci.«

»Pilotfische schwimmen voraus.«

»Nun, ich bin eben ein Pilotfisch, der hinterherschwimmt, ich folge dir und weiß nicht, wo zum Teufel es hingeht.«

»Für mich ist das hier nicht Cannes oder Florenz oder Beirut, Shelley. Ich arbeite hier. Ich wollte dich einfach bei mir haben. Du bist noch nie in New York gewesen und ...«

»Ich weiß.« Geistesabwesend strich ich ihm über den Kopf. »Mußt du immer so hart arbeiten? Geschäftstreffen, Abendessen, wieder Geschäftstreffen. Was brauchen wir denn noch, Darling?«

»Ich habe dir am Anfang gesagt, daß ich Millionär werden würde.« Seine Jahre fielen von ihm ab; sein Gesicht wurde

schmaler und seine Augen leuchteten, als er sich an seine eigene Arroganz erinnerte.
»Wie weit bist du davon entfernt?«
»Es geht nicht darum, wie weit. Ich kann sogar noch besser werden, als ich es je erträumt habe. Die Chance ist da. F. A. O. Schwarz werden mir einen riesigen Vertrag geben. Das ist der Durchbruch, den ich gebraucht habe.«
»Also wirst du ein Multimillionär, dann ein Milliardär. Und was dann?« Vielleicht schnaubte ich verächtlich, ich erinnere mich nicht. Er schlug einen anderen Weg ein.
»Du hast dein ganzes Leben lang Geld gehabt. Du hast keine Ahnung, wovon ich rede oder wo ich herkomme.«
»Das habe ich wohl.« Er sah jetzt gefährlich aus. »Ich habe dich geheiratet, als du arm warst und wir in Finchley wohnten. Und außerdem stammen deine Eltern auch nicht direkt aus den Slums.« Vater hatte mir damals angeboten, uns etwas Geld zu leihen, aber ich hatte es abgelehnt. Wenn David es herausgefunden hätte, hätte es einen fürchterlichen Krach gegeben.
»Finchley, du meine Güte. Wenn das für dich Armut ist...«
»Das war es, und verdammt einsam außerdem.«
Finchley! Ich hatte nicht einmal geahnt, daß ein solcher Ort existiert. Ich kannte niemanden dort; meine Freunde wohnten in Belgravia und Knightsbridge und South Kensington und einem Dutzend anderer Orte. Überall, außer in Finchley. Eine Wüstenei aus Supermärkten und Kneipen, Reinigungen und kalten Wohnungen.
»Also, jetzt wohnst du in Hampstead.« Er zögerte, dann sprudelte es aus ihm heraus. »Wenn wir nach New York zögen, dann könntest du auf der... Fifth Avenue wohnen.«
»Auf welcher Seite?«
»Auf der besten.« Er sagte es in ruhigem Ton, aber ich wußte, daß es ihn in den Fingern juckte, mich zu ohrfeigen oder mir eine Tracht Prügel zu geben.

Nur ein einziges Mal hatte er mich geohrfeigt. Es war im ersten Jahr unserer Ehe gewesen. Der Anlaß muß geringfügig gewesen sein, denn ich erinnere mich nicht daran. Ich war so überrascht, daß ich mit einem Kinnhaken reagierte, der ihn tatsächlich zu Boden warf. Er schwor, er hätte das Gleichgewicht verloren.
»Und was ist mit den Kindern, David? Gibt es irgendwelche Schulen in New York, oder haben sie hier nur Käfige?«
Ich hatte zahllose Einwände, und wenn ich ein wenig Zeit bekäme, würden mir ein paar weitere einfallen. Ich reagierte, so rasch ich konnte; ich erfuhr heute zum ersten Mal davon, daß er tatsächlich einen Umzug in Erwägung zog. Wir hätten weiter gestritten, aber unsere Gäste retteten uns. Wir beide lächelten ihnen zu, als wären wir Jungverliebte, und ignorierten einander für den Rest des Abends.

Chapman ließ seinen Charme spielen, machte Witze, flirtete. Er setzte alle Register in Bewegung. An mich völlig verschwendet, denn ich schenkte ihm keinerlei Beachtung. Nach einem Monat der Erschöpfung brach ich innerlich zusammen: Die Körperzellen fielen umher wie verstreutes Spielzeug, mein Hirn versuchte, an meiner Wirbelsäule nach unten zu gleiten. David war in der Nähe, und auch Miss C. Shraft, und ich mußte bereit sein.
»Du verschwendest deinen Charme an mich, Chapman. Ich gehe ins Bett. Allein.«
»Nichts ist je verschwendet.«
Ich beendete meinen Drink und wünschte, ich wäre an jenem Wochenende damals nicht so einfallsreich gewesen. Er würde nicht so leicht aufgeben.
»Es gibt wunderschöne Mädchen in New York, Chapman.«
»Alles Verrückte.«
»Und ihr Sportler, sollt ihr nicht vor jedem großen Rennen

eine Pause einlegen?« Ich stand auf und bereitete meinen Abgang vor. »Weißt du noch, was beim letzten Mal passiert ist?«
»Wußtest du nicht, daß ich mich zurückgezogen habe?« Der kleine Knick in seinem Ego schien seinen Schnurrbart erschlaffen zu lassen.
»Ich lese keine Sportberichte.«
»Das stand auf den Titelseiten.«
»Die lese ich auch nicht.«
Vage erinnerte ich mich an seinen Rücktritt, aber es konnte nichts schaden, ihn ein wenig abzukühlen.
Er stand auf und küßte zart meine Hand. »Ich werde ein paar Tage hierbleiben. Ich bin sicher, daß du ein anderes Mal mit mir zu Abend essen kannst, wenn dein Mann zu beschäftigt ist.«
»Zusammen mit deiner Frau, hoffe ich?«
»Wir haben uns getrennt.« Jetzt hellte sich sein Gesicht auf, als hätte er gerade eine Idee gehabt. Er hatte, da war ich sicher, schon seit einer halben Stunde daran gearbeitet. »Vielleicht hättest du Lust, ein Wochenende in Watkins Glen mit mir zu verbringen. Ich muß Werbung für ein Motoröl machen.«
»Da möchte ich nicht der Dritte im Bunde sein. Gute Nacht, Chapman.«
Er zögerte, überlegte es sich einen Augenblick und fiel dann auf seinen Stuhl zurück. Er würde nicht alle Hoffnung auf ein Abendessen aufgeben. Für ein paar Tage lag ich auf Eis; es gab andere, denen er nachstellen konnte.
Mein Zimmer, hübsch und komfortabel, war im zwölften Stock, mit Aussicht auf den Park.
Es war viele Jahre her, seitdem ich allein in einem Hotelzimmer übernachtet hatte. Es schien, als wäre ich gealtert; doch die Zeit hatte sich nicht geändert. Sie ließ mich reglos und ausgetrocknet: Kinder, ein Ehemann, ein Heim – das alles schien durch meinen Körper hindurchgeglitten zu sein. Selbst ein Zusam-

mensein mit Chapman wäre jetzt besser als diese Gedanken gewesen.

Der Park, eine dunkle Grube in einem Feld von Lichtern, dehnte sich aus, so weit ich sehen konnte. Die Kutschen säumten immer noch die Straßen, die Pferde warteten geduldig, die Männer standen zu zweit und zu dritt beisammen. Der Verkehr war endlos, und wieder ertönten die verdammten Sirenen in der Ferne.

Ich nahm den Kasten mit den Münzen und ihre Postkarte aus meiner Tasche.

Ich mußte Pläne machen. Ich wählte ihre Nummer, wobei ich nicht wußte, wer antworten oder was ich sagen würde. Ich ließ es klingeln und klingeln; schließlich legte ich den Hörer auf und machte mich fertig fürs Bett.

Als ich aufwachte, ziemlich spät, sah der Park wunderschön aus. Es war die Umgebung, die schäbig war. Ein Teil des Vergnügens, auf einen offenen Platz hinauszuschauen, bestand darin, daß ich nackt am Fenster stehen und die Sonne meinen Körper berühren lassen konnte. Ich war froh über das Wetter; dieser Tag würde sehr wichtig für mich werden.

Es war über zwei Monate her, daß ich zuletzt Yogaübungen gemacht hatte. Mehr als ein Jahr lang waren sie Teil meines täglichen Rituals gewesen: Ich hatte es auf dieselbe Weise benutzt wie das Anziehen der Mädchen, das Frühstückmachen, den allmorgendlichen Abschiedskuß für David, das Baden und das sorgfältige Ankleiden. Es war eine Weise, mich selbst zusammenzusetzen, vergleichbar einem Ritter, der sich seine Rüstung anzieht und sich auf die Schlacht des Tages vorbereitet. Jetzt suchte ich Zuflucht bei diesem Ritual.

Zwei Stunden später war ich so gelassen, wie ich es überhaupt nur sein konnte. Ich wählte die Nummer. Wenn sie antwortete... Ich wollte nicht darüber nachdenken. Es klingelte nur einmal.

»Ingersol, guten Morgen?«
Du lieber Himmel, was war das?
»Kann ich bitte Miss Schraft sprechen?« Ich wartete, einen Augenblick lang atmete ich nicht, lebte nicht.
»Es tut mir leid, sie ist nicht mehr bei uns. Kann Ihnen vielleicht sonst jemand helfen? Ich kann Sie mit Miss Martin verbinden.«
»Nein, schönen Dank... Können Sie mir wohl sagen, was Ihre Firma tut?«
»Wir machen Inneneinrichtungen.«
»Wissen Sie wohl, wie ich Miss Schraft erreichen kann?« Ich zögerte. »Es ist nämlich privat.«
»Vielleicht kann Ihnen Miss Martin helfen!«
»Sie hat ihr eigenes Geschäft aufgemacht«, sagte Miss Martin, die für mein ungeübtes Ohr irgendwie vage nach den Südstaaten klang. »Es ist auf der Third Avenue, und sie nennt es ›Schraft's‹...« Sie lachte über die Originalität des Namens. »Ich habe irgendwo die Nummer.«
Ich schrieb sie auf. »Dann ist sie also auch Innendekorateurin?«
»Ja. Sie hatte die Stelle, die ich jetzt habe, aber dann schaffte sie es vor einigen Monaten, sich selbständig zu machen.«
»Ich danke Ihnen sehr.«
Ich rauchte, setzte mich hin, stand wieder auf, ging hin und her und starrte aus dem Fenster und dachte darüber nach, wie ich Miss Schraft kennenlernen konnte. Ich würde ihr nicht erzählen, daß ich die verlassene Frau war, ich konnte mich nicht auf eine weitläufige Bekanntschaft berufen, ich konnte nicht die Freundin einer Freundin sein. Ich mußte ihr als Fremde gegenübertreten, mich mit ihr anfreunden und dann...
Um zwölf Uhr war ich bereit. Ich nahm eine leichte Mahlzeit ein, einen Salat, und dann ging ich an der Südseite des Central Parks entlang. Als ich ein Schild an einem turmhohen Wohn-

haus an der Ecke der Seventh Avenue bemerkte, blieb ich stehen und schaute hoch. Die Konstruktion aus Glas und Stahl war alles andere als meinem Geschmack entsprechend – ich hätte etwas älteres und weniger kostspieliges bevorzugt –, aber das hier war schon ziemlich eindrucksvoll.

Der Blick vom dreißigsten Stockwerk war phantastisch. In Richtung Norden sah ich auf den Park, in Richtung Süden genau auf die Seventh Avenue. Ich schloß einen sechsmonatigen Mietvertrag für eine Wohnung mit zwei Schlafzimmern ab.

Ich summte vor mich hin, als ich drei Stunden später zum Hotel zurückspazierte. Der Tag war herrlich, und ich schien den klaren blauen Himmel in mich aufgenommen zu haben. Ich fühlte mich wie ein Kind, das darauf brannte, mit seiner Raffinesse zu prahlen. Es gab niemanden dafür, aber das beeinträchtigte das Gefühl nicht. Als ich im Hotel ankam, fand ich dort eine Nachricht von Chapman: Er wollte mich an diesem Abend zum Essen ausführen. Ich hinterließ eine Nachricht in seinem Fach: Ja.

Am Empfang erklärte man mir den Weg zu Louis Guy d' und vereinbarte einen Termin für mich. Ich entschied, daß ein Spaziergang dorthin mir Zeit geben würde, darüber nachzudenken, wie ich mein Haar tragen sollte. Beim Blick in ein Schaufenster hatte ich mich selbst zu leicht erkannt. In den letzten zehn Jahren hatte ich immer gleich ausgesehen – derselbe Stil, dieselbe Länge, dieselbe Farbe –, und zweifellos hatte David ein paar Schnappschüsse von mir. Vielleicht hatte er Miss Schraft das Opfer gezeigt; das war ein Risiko, das ich nicht eingehen wollte.

Ich schlenderte weiter und blickte prüfend auf die Frisuren anderer Frauen. Louis Guy d' war auf dem ersten Stock. Obgleich ich bei meinem Spaziergang zu einer Entscheidung gekommen war, war ich mir immer noch nicht völlig sicher, als ich mich niederließ. Ich mußte so verändert wie möglich aus-

sehen, und dabei hatte mein vertrautes Selbst mir doch gefallen.
Zweieinhalb Stunden später war ich fertig, wobei ich zwischendurch bei jedem einzelnen Schritt meiner Verwandlung immer wieder in den Spiegel gestarrt hatte.
»Blondes Haar steht Ihnen viel besser!« sagte der Haarkünstler. »Und auch die neue Länge. Sie müssen natürlich die Wurzeln alle paar Wochen nachfärben lassen.«
»Natürlich.« Ich haßte meine neue Frisur.
Ich eilte zurück ins Plaza. Am liebsten hätte ich mich versteckt, doch ich ging geradewegs zum Badezimmerspiegel.
Mein Spiegelbild starrte mich an. Ein Pagenkopf, die Haare im Nacken länger, ein mürrisches Gesicht, eingerahmt von honigfarbenem Haar. Die Augenbrauen waren ausgezupfte schmale Bögen. Man hätte meinen können, ich hätte sogar eine verdammte Nasenoperation hinter mir. Ich sah zweifellos völlig verändert aus.
»Was für einen Blödsinn ich gemacht habe.«
Ich bürstete mein Haar voller Wut auf ein Dutzend verschiedene Arten. Es fiel immer wieder zurück in seine Form.
Das Telefon klingelte. Es war Chapman.
»Ich bin unten. Möchtest du, daß ich nach oben komme?«
»Bleib dort. Nimm einen Drink oder sonstwas. Ich bin in einer Viertelstunde unten.«
»Wir könnten in deinem Zimmer essen?«
»Für meinen Geschmack ist das zu intim, Chapman.« Ich ließ den Hörer fallen. Das würde einer dieser Abende werden: Ich mußte mir Scaramouche mit dem Säbel vom Leib halten, und dabei stand ich mit dem Rücken zum Abgrund.
Ich trug ein Kostüm, für ein Abendessen eigentlich nicht passend, aber einfach und streng genug, um Chapmans Absichten auf ein Minimum zu reduzieren. Ein halb enthüllter Busen, und er würde denken, wir wären wieder in Monte Carlo. »Ge-

fällt es dir nicht?« fragte ich, als ich auf meinen Sitz an der Bar glitt.

Chapman neigte den Kopf und studierte mich. Ich lächelte unsicher und bestellte einen Wodka. Das würde mein einziger Drink an diesem Abend bleiben.

»Du siehst umwerfend aus. Warum hast du das gemacht?«

»Ich wollte einfach anders aussehen.«

»Anders, das kann man wohl sagen.« Er betrachtete prüfend mein Haar. »Und es ist keine Perücke!«

»Nein. Wohin führst du mich zum Essen?«

»In ein Restaurant im Village. Ist dein Mann einverstanden? Ich meine mit deinem Haar, nicht mit mir?«

»Er würde beides mißbilligen.«

Chapman lächelte, tätschelte meine Hand und ließ seine darauf liegen. Ich entzog sie ihm.

»Du willst wohl in der großen Stadt mal richtig was erleben, nicht wahr?«

»Nicht so, wie du denkst, Chapman.« Ich trank mein Glas aus und fühlte mich besser. Die Veränderungen an meinem Haar hatten ausgereicht, daß Chapman hatte zweimal hinsehen müssen. Ein Fremder, der nur einen Schnappschuß kannte, würde mich eingehender studieren müssen.

Beim Abendessen trank ich zu Chapmans Abscheu Perrier. Das Restaurant, das hübsch und sehr voll war, nannte sich »One If By Land, Two If By Sea«. Beim ersten Gang stellte er mir die Fragen, von denen ich gehofft hatte, er hätte sie vergessen.

»Wo ist dein Mann, Shelley?«

»Er besucht Topeka. Das ist, glaube ich, in Kansas.«

»Das habe ich auch gehört.«

Dies sagte er mit dem Ausdruck zögernden Unglaubens, aber er fügte nichts hinzu; und ich hatte das Gefühl, er wartete darauf, mich mit irgendeinem Fetzchen an Information zu überrumpeln, das er in seinem Hinterkopf aufgehoben hatte.

»Warum hast du dich von deiner Frau getrennt, Chapman?« fragte ich beim Beef Wellington, für mich eine neue Erfindung und sehr gut zubereitet.
»Sie hat sich in einen anderen verliebt.«
»Und du hast sie gehen lassen?«
Er hielt mitten im Kauen inne, dann sagte er sanft: »Ja.«
»Nach wie vielen Jahren?«
»Zwanzig. Ich habe sie kennengelernt, als ich ein Werkstattmechaniker war, der versuchte, ein paar Gelegenheiten zu Fahrten in Tourenwagen rund um Brand's Hatch zu bekommen.« Er antwortete mir, bevor ich fragen konnte. »Nur zwei Kinder, und sie sind beide im College. Ich vermute, wir hätten auch noch zwanzig Jahre so weitermachen können.«
»Und warum habt ihr nicht?«
»Sie wollte fort.«
»Wollte sie das wirklich? Weißt du das so sicher?«
»Wir haben die Entscheidung gemeinsam getroffen. Sie wollte gehen, ich ließ sie gehen. Zwanzig Jahre.« Er schüttelte den Kopf, als könnte er nicht glauben, was die Zeit aus Leuten machte. »Sie hat viel mitmachen müssen, weißt du. Ich habe sie bewundert, sie kam und schaute zu, wenn ich fuhr, und stoppte die Zeit. Ich sah ihr Gesicht. Die Haut war so straff gespannt wie eine verdammte Trommel. Uns macht das nichts aus, wir sind damit beschäftigt zu fahren, zu überlegen, zu rechnen. Aber für die Frauen ist es grausam. Besonders, wenn sie sehen, wie ein anderer Fahrer stirbt, und sie die arme Witwe trösten müssen.«
»Ist das der Grund, warum du aufgehört hast?«
»Ja.« Er starrte in seinen Wein. »Teilweise wenigstens. Und ich habe auch nicht mehr gewonnen.«
Das war für ihn so wichtig wie eine Erektion; damals mußte die Zerstörung begonnen haben, die die Zuneigung aushöhlte. Sie hatte in all diesen Jahren keine Angst vor seinem Tod gehabt;

er und sie hatten beide damit gelebt. Es war sein Versagen, mit dem keiner von beiden leben konnte. Plötzlich schien er ausgeblichen und verschlissen. Er wollte keine neue Eroberung, hatte Angst, Neuland zu erforschen. Er wollte das Alte zurückgewinnen; er wollte sich an die Tage in Monte Carlo erinnern, als er gewann, und zwar oft.

»Er hat dich verlassen, nicht wahr?«

»Wer?«

»Wie auch immer er heißt, Dick, Fred, Peter. Dein Mann, Herzchen.«

»David. Und nenn mich nicht ›Herzchen‹. Woher weißt du das?«

»Ich schaue in einen Spiegel und sehe mich selbst.«

»Du würdest hübsch aussehen mit einem dunkelblonden Pagenkopf.« Der Scherz entlockte ihm kein Lächeln. »Es ist nur vorübergehend«, fügte ich hinzu. »Ich will noch weitere achtzehn Jahre mit ihm verbringen.«

»Und will er?«

Ich preßte meine Knöchel gegen mein Gesicht, so fest, daß meine Wangen schmerzten.

»Stell mir keine Fragen, die ich nicht beantworten kann, Chapman. Die Welt ist voll davon. Frag mich etwas, was ich beantworten kann. Ich bin hier, um ihn zurückzuholen.«

»Dieser Glückliche.« Er legte seine Serviette zusammen und ließ die Rechnung kommen. »Laß uns zurück ins Hotel fahren.«

Wir warteten, bis der Kellner seine Kreditkarte zurückbrachte. Die Frage hing zwischen uns, als wir uns unseren Weg durch die Menge zum Ausgang bahnten. Wir hatten Glück; ein Taxi fuhr gerade vor, um Passagiere abzuladen. Seine zerkratzte Plastiktrennwand schirmte uns vor Augen und Ohren des Fahrers ab. »Nicht heute abend, Chapman!« sagte ich, als der Wagen die lange Fahrt über die Sixth Avenue begann. »Ich habe es vor nicht so langer Zeit mit jemand anderem versucht, und es hat nicht funktioniert.«

Er tätschelte meine Hand und versuchte nicht, sie festzuhalten. Wir waren beide allein und so weit voneinander entfernt.

»Was ist sie für eine? Die Puppe, mit der er fortgegangen ist, meine ich?«

»Ich weiß es nicht. Morgen werde ich sie treffen. Dann werde ich es dir erzählen.«

KAPITEL 5

»*Guten Morgen, Schraft's.*«

»Kann ich wohl mit Miss Schraft sprechen?«

»Hier spricht Miss Schraft.«

Ihre Stimme tat mir weh: Sie war angenehm, fröhlich und enthusiastisch. Die Sache würde schwierig werden. Meine Augen und mein Mund würden sie überzeugen müssen, daß ich sie so sehr mochte, um ihre Freundin zu werden. Die Gewalttätigkeit mußte dahinter verborgen bleiben. Ich mußte die beiden Gefühle auseinanderhalten; durfte das eine nicht in das andere hinüberschwappen lassen – so daß es sie einerseits warnen, mich auf der anderen Seite schwächen würde. Wenn nur ihre Stimme gräßlich nasal amerikanisch gewesen wäre.

»Kann ich Ihnen helfen?«

Die Pause dehnte sich immer länger aus. Alle meine Vorbereitungen bis hin zu den geschriebenen Stichworten vor mir auf dem Tisch waren vergessen. Ich rang nicht nach Atem, sondern nach Ruhe.

»Ja.« Der Ausbruch war zu laut, ich spielte ihn herunter. »Ja, das können Sie. Ich bin gerade nach New York gezogen, und ich habe diese tolle Wohnung am Central Park Süd. Von Freunden in Los Angeles habe ich von Ihnen gehört und...«

»Von wem?«

»Von den Morrisons. Ich glaube nicht, daß Sie sie kennen, aber sie haben etwas gesehen, was Sie eingerichtet haben, und sie bewunderten Ihre Arbeit sehr, Miss Schraft.«

»Nennen Sie mich Candice...«

Das half mir. Ein schrecklicher Name, nicht halb so gut wie Clitoris. Für meine Ohren klang er so künstlich. Candy. Wunderbar passend; süß, zuckrig und unverdaulich.
»Was für ein hübscher Name.« Ich ließ die zuckrigen Assoziationen beiseite. Das konnte später kommen. »Um die Sache kurz zu machen, Candice, ich möchte gerne, daß Sie sich die Wohnung einmal anschauen und vielleicht, falls Sie nicht zu beschäftigt sind, die Einrichtung übernehmen.«
»Nun, ich bin ziemlich beschäftigt, aber ich würde sie mir auf jeden Fall gerne einmal ansehen, Mrs. . . . ?«
»Nennen Sie mich Patricia.« Ein Name, den ich mir immer gewünscht hatte. Samantha gehörte auch zu meinen Lieblingsnamen; Miranda war Davids Wahl gewesen, zweifellos nach einer Herzogin, die er in HARPER'S BAZAAR gesehen hatte. »Patricia Middleton, und es ist . . . Miss.«
Zum Teufel, achtzehn Jahre lang war ich Mrs. gewesen, und wenn ich schon meinen Namen und mein Gesicht veränderte, dann konnte ich mir genausogut den Spaß erlauben, meinen Familienstand zu ändern.
»Entschuldigen Sie einen Augenblick, Patricia.«
Sie hatte sich vom Telefon abgewendet.
War David dort bei ihr? Ich schloß ganz fest die Augen. Wenn er an einem Nebenanschluß mithörte, dann war ihm meine Stimme so vertraut wie die seine mir. Ich strengte mich an zu hören, was sie tat: sie blätterte nur.
»Gegen Ende der Woche habe ich einen freien Vormittag . . .«
»Oh, könnten Sie nicht eher kommen, bitte? Es ist nämlich so, daß ich im Hotel wohne, und ich würde gerne so rasch wie möglich einziehen.«
»Nun . . .«, sie schwankte und lenkte ein, »vielleicht morgen vormittag. Ich muß mir natürlich das Objekt anschauen, bevor ich Ihnen irgendwelche Zusagen machen kann. Sollen wir uns in Ihrem Hotel treffen?«

»Oh, treffen wir uns in der Wohnung.« Ich gab ihr die Adresse.
»Sie sind Engländerin, nicht wahr?«
Also, das war ziemlich klug beobachtet.
»Ja, das bin ich. Wie haben Sie das herausgefunden?«
»Ich habe zu Beginn dieses Jahres ein paar Monate in England verbracht«, (als ob ich das nicht wüßte, du dumme Kuh), »und ich liebe Ihr Land wirklich sehr.«
»Das freut mich.« Ich biß mir auf die Zunge, aber ich konnte mich nicht zurückhalten. »Haben Sie sich etwas mitgebracht... Souvenirs?«
»O ja, ich habe ununterbrochen eingekauft. Harrods, Marks, Selfridges... Und bei Kutchinsky, meine Liebe.«
Sie hätte sich noch weiter ausgelassen, aber ich wußte, wenn sie das tat, würde ich eine sehr bissige Bemerkung machen. Mein ganzes Leben habe ich als eine sehr wohlerzogene Dame zugebracht, und erst jetzt entdeckte ich, daß ich mehr Krallen zeigen konnte als zehn streunende Katzen.
»Sie müssen mir alles, und ich meine wirklich alles, morgen erzählen. Jetzt muß ich mich beeilen, Candice. Auf Wiedersehen.«
Es war vorbei. Ich saß da, mit flatternden Gliedern und eigentümlich erschöpft. Ich hatte ein Gefühl, als wäre ich in Todesgefahr gewesen und als wären dies die Nachwirkungen dieses knappen Davonkommens. Es war erst elf, aber ich trank zwei Fingerbreit Wodka pur. Er wirkte in meinem Magen wie ein Faustschlag. Ich hustete und setzte mich sehr langsam hin. Das ließ mich ruhiger werden; mein Magen entspannte sich, und mein Kopf wurde klarer.
Ich hatte, um in Begriffen zu reden, wie sie in Vaters Memoiren auftauchen würden, das Terrain sondiert und eine erste Feindberührung gehabt. Es machte mich nicht besonders glücklich, Vaters militärischer Taktik zu folgen; wie bei den

meisten Generälen waren seine Verluste an Männern größer als sein Gewinn an Boden – und oft genug noch dazu das falsche Stück Boden. Ich wollte wirklich kein Rückzugsgefecht führen, was auch immer das militärisch bedeuten mochte: Das klang zu sehr nach einer Niederlage. Was kam als nächstes? Luftüberwachung?

Ich telefonierte nach Hause, um mir Rat zu holen. Ich wußte, was ich zu tun hatte, und trotzdem suchte ich wie ein Kind Trost und Unterstützung. Mutter nahm den Hörer ab.

»David hat angerufen und nach dir gefragt. Er klang ziemlich aufgeregt.«

»Gut. Was hast du gesagt?«

»Oh, die Wahrheit.«

»Mutter!«

»Du wärest auf der Jagd. Hattest du Glück?«

»Ein bißchen. Wie geht es den Kindern?«

»Sie vermissen dich, aber sonst geht es ihnen gut.«

»Grüße sie von mir. Kann ich Vater sprechen?«

»Um Himmels willen, wozu?«

»Gib ihn mir doch bitte, Mutter!«

Es dauerte eine ziemliche Weile, und ich fragte mich, ob er sich zwischen seinem Arbeitszimmer und der Diele verlaufen hatte. Wie er Singapur gefunden hatte, war mir völlig unverständlich.

»Daddy, ich bin's, Silly.« Das war immer sein Kosename für mich gewesen, seit ich meinen eigenen Namen als kleines Kind falsch ausgesprochen hatte. Ich benutzte ihn, wenn ich das Bedürfnis hatte, wieder das Kind von damals zu sein. »Ich brauche deine Hilfe. Ich bin jetzt hier. Was soll ich tun?«

»Hast du David getroffen?«

»Meinst du, das sollte ich?«

»Nein.« Ich lauschte geduldig dem Summen in den Leitungen. Er würde sich etwas für mich ausdenken. Bis jetzt hatte er mich noch nie im Stich gelassen. »Ich würde vermuten, der erste Schritt sollte sein, daß du das Terrain sondierst. Wenn du zu früh Kontakt mit dem Feind aufnimmst, könnte es passieren, daß du heftige Verluste erleidest, und es würde lange dauern, bis du dich davon erholst. Überraschung wird deine stärkste Waffe sein. Was weißt du über den Feind?«

»Ihr Name ist Candice Schraft.«

»Das ist nicht genug, Silly. Da du keine Aufklärungstruppen aussenden kannst, wirst du selbst die Arbeit machen müssen.«

»Was sollte ich herausfinden, Daddy?«

»Alles, was möglich ist. Ihre Schwächen, ihre Stärken. Wie ihre Schlagkraft ist und was sie zu ihrer Verteidigung tun wird. Du mußt ihre Freunde fragen, ihre Feinde, jeden, an den du herankommen kannst, der sie kennt. Wenn du dann Feindberührung hast, dann bist du gut auf die Schlacht vorbereitet.«

»Das wird der schwierigste Teil sein, weißt du.«

»Ich weiß. Wenn ich deine Lage genau abwäge, dann würde ich dir in dem Augenblick einen Blitzangriff empfehlen, in dem du ihre Schwäche herausgefunden hast. Versuch nicht, eine lange Schlacht durchzustehen, Silly. Deine Nachschublinien sind zu ausgedehnt, du bist auf ihrem Territorium, und du könntest deinen Vorteil einbüßen. Und, Silly...«

»Ja, Vater?«

»Viel Glück!«

Aufklärungsarbeit. Ich mußte mehr über Candice in Erfahrung bringen. Wie leicht ihr Name mir über die Lippen kam. Wenn ich doch nur den CIA engagieren könnte, ich würde sie allen Dreck aufwühlen lassen. Bis hin zu den Tagen, an denen ihre Periode anfing und aufhörte.

»Miss Martin, bitte!« Sie war meine erste Quelle gewesen, und Untergebene sind gewöhnlich randvoll mit Klatsch, wie ich hoffte, von der schlimmsten Sorte. »Hier ist Miss Middleton,

Patricia Middleton. Wir haben gestern miteinander gesprochen...«
»Ich erkenne Ihre Stimme wieder. Sie fragten nach Miss Schraft.«
»Das ist richtig, Miss Martin.«
»Nennen Sie mich Rikki!« Amerikaner werfen mit ihren Vornamen so großzügig um sich wie Vertreter mit ihren Visitenkarten. Ein leichter Weg zu ungezwungener Bekanntschaft und schnellem Abschied.
»Rikki – und nennen Sie mich doch bitte Patricia –, ich habe gerade eine Wohnung gemietet, und ich würde gerne wissen, ob ich Sie wegen der Einrichtung konsultieren kann.«
»Ich bin sehr beschäftigt, Patricia, aber vielleicht schaffe ich es in der nächsten Woche. Wo liegt sie?«
»Central Park Süd. Im dreißigsten Stock, mit zwei Schlafzimmern.« Ich spürte, wie sie auf die Adresse reagierte. »Wenn ich für eine halbe Stunde zu Ihnen kommen und Ihnen einfach erzählen könnte, an was ich gedacht habe, dann könnten Sie sich die Wohnung in der nächsten Woche anschauen.«
»Ich habe um 12.30 Uhr eine halbe Stunde Zeit.«
»Das paßt ausgezeichnet.«
Ich hängte schnell ein. Meine Ängste waren verschwunden. Ich sah nun alles klar und deutlich. Als ich aus dem Plaza trat, spürte ich die unerwartete Hitze. Die Straßen der Stadt flimmerten vor mir, als ich in das alte stinkende Taxi stieg. Der Sitz war klebrig, und ich saß auf der Kante wie ein Schäferhund mit hochgereckter Nase. Doch das half auch nichts.

Die Hitze in New York kam mir viel schlimmer vor als die bei unserer dreiwöchigen Safari in Kenia mit David. Der offenen Weite wegen war es dort nicht so drückend gewesen, und weil ich mit ihm zusammen gewesen war, hatte ich keine Depression wie hier verspürt. Immer schon seit seiner Kindheit in seiner scheußlichen Geburtsstadt hatte er sich danach gesehnt, auf eine Safari zu gehen. Das war sein Traum, dabei ging es ihm weniger um Muße als um Luxus. Es gab Zeiten, in denen meine Liebe zu ihm noch größer war als sonst. In Kenia war ich davon übergeflossen, und diese Liebe brannte so, daß ich den Schmerz kaum ertragen konnte. In mancher Hinsicht veränderte sich David nie; während unserer ganzen gemeinsamen Zeit hatte er sowohl seine Unschuld wie seine Energie bewahrt. Ich, die Welterfahrene, die Kultivierte, die Zivilisierte – wenn schon nicht jemand, der der Welt überdrüssig war, so doch eine mit dem ›déjà vu‹ – übte nur teilweise eine Wirkung auf ihn aus. Er lernte, was ich ihn lehren konnte, so wie ein Kind es tut, eifrig, aber ohne daß es ihn einengte.

In Kenia hatte er das Land und die Leute und die Tiere mit der Leidenschaft eines Knaben erforscht. Er hatte die Kikuyu mit seinem Charme von ihrem Hochsitz heruntergelockt, die weißen Siedler so beschwatzt, daß sie ihre Reserven vor diesem Mann aus der Arbeiterklasse fallenließen, den sie in ihrem Mutterland auf Distanz gehalten hätten, und er belauerte die Tiere mit all seinen Kameras. Bei Nacht hatte er mich in seinen Armen gehalten, als hätten wir uns eben erst in dem schuttübersäten, schmutzigen Haus getroffen.

Die kurze Fahrt wenige Straßen weiter dauerte fünfzehn Minuten. Beim Betreten des Gebäudes war es, als käme man durch eine kalte Strömung in einen warmen Fluß. Rikki Martin war eine kleine, dunkelhaarige Frau Anfang Zwanzig. Sie war hübsch und sexy; lebendige graue Augen und ein voller Mund, ein bißchen zu voll für ihr Gesicht. Sie saß in einem kleinen, unordentlichen Büro, in dem Stapel von Musterbüchern herumlagen, ein paar mexikanische Masken, Tonkrüge. Zu viel, um auf einen Blick betrachtet zu werden.

Miss Martin – für mich nicht »Rikki« – beugte sich nach vorn, den Kopf geneigt, ein Lächeln auf den Lippen.
Ich beschrieb, was ich wollte, in dieser Phantasiewohnung hoch über einem Park in einer fremden Stadt. Ich mochte ja vielleicht einiges Geld bezahlt und einen Mietvertrag unterschrieben haben, aber für mich würde sie immer unwirklich bleiben.
»Das klingt so, als wäre es ein Auftrag, an dem wir möglicherweise interessiert sein könnten, Patricia.«
»Nun, denken Sie darüber nach. Wenn wir uns in der nächsten Woche treffen, können wir über die Einzelheiten reden. Ich wollte mich eigentlich an Miss Schraft wenden, aber dann habe ich mir überlegt, daß ich lieber zu einer etablierten Firma wie dieser gehen sollte.«
»Oh, ich bin froh, daß Sie sich dazu entschlossen haben!« Sie zögerte. »Kennen Sie Candice gut?«
»Wir sind uns nie begegnet.«
Ein Ausdruck der Befriedigung huschte über ihr Gesicht, und sie nickte, einen Hauch zu selbstzufrieden. Ich war überzeugt davon, daß ich eine Feindin von Candice entdeckt hatte, jemand, der sicherlich nützlich sein konnte.
»Candice ist eine sehr talentierte Person. Sehr.« Sie beugte sich vor, um ihre Zigarette anzuzünden. »Aber sie ist auch unberechenbar. Wenn Sie verstehen, was ich meine.«
»Ich fürchte, das tue ich nicht.« Und dann beschloß ich, ihr reinen Wein einzuschenken. »Ich versuche, ein paar Dinge über Candice herauszufinden... aus persönlichen Gründen.«
Rikki zog einen Augenblick lang den Rauch ein und atmete ihn dann langsam aus.
»Aus persönlichen Gründen?« Sie schloß die Augen, und die Wimpern warfen senkrechte Schatten. »Und welche wären das?«

Ich hatte die Absicht, sie zu benutzen, aber ich wollte sie nicht zu meinem Beichtvater machen.
»Was meinten Sie mit ›unberechenbar‹?«
Sie zuckte mit den Schultern. Sie war immer noch neugierig, aber ich nahm an, daß sie beschlossen hatte, einen Augenblick ihre Neugier beiseite zu lassen.
»Mal rauf, mal runter. Sie ist wie ein Aufzug. An einem Tag leistet sie großartige Arbeit. Am nächsten... der reine Mist. Nun raten Sie mal, wer dauernd für sie die Kohlen aus dem Feuer holen mußte?«
»Warum hat sie Ihre Firma verlassen?«
»Sie hat uns nicht direkt... verlassen. Aber ich kann auch nicht sagen, daß sie gefeuert wurde. Lassen Sie es mich so ausdrücken: Sie hat wohl gerade noch den Absprung geschafft, bevor Jack...« Sie bemerkte, daß ich die Augenbraue fragend hochgezogen hatte. »Jack ist der Eigentümer der Firma. Die beiden sind nie besonders gut miteinander ausgekommen.«
»Was glauben Sie, an wem das lag? An Candice?«
»Darauf können Sie wetten. Jack ist ein wirklich netter Mann.«
Möglicherweise eine Liebesgeschichte? Sie schien Jack ein bißchen zu sehr zu verteidigen.
»Warum wollte er sie hinauswerfen?«
»Sie hat einen sehr kostspieligen Geschmack... was in dieser Branche eigentlich kein Fehler ist, aber sie war auch nicht zu Kompromissen bereit. Und sie glaubte immer, sie wisse mehr als Jack.« Sie beugte sich vor, um ihre Zigarette auszudrücken, und ich sah das tückische Glitzern in ihren Augen. »Und natürlich gab es da auch noch die Probleme mit den Kunden.«
»Wie meinen Sie das?«
»Sie hat sich mit ihnen eingelassen. Ich meine... mit den Männern. Sie sollten mal ein paar Worte mit John Richmond wechseln. Sie hat seine Wohnung eingerichtet. Ich weiß, daß

sie eine Affäre mit ihm hatte. Ich vermute, sie wollte ihn dazu bringen, ihr eine eigene Firma zu finanzieren. Ich nehme an, sie hat inzwischen einen anderen Trottel gefunden.«

Ich errötete und wäre fast meinem geliebten Trottel zu Hilfe geeilt. Die Anwandlung ging vorbei, und meine eisige Ruhe kehrte zurück.

»Ich vermute, Sie sind nicht besonders gut mit ihr ausgekommen.«

»Sie scherzen wohl? Sie war einfach zu gefühlsbetont. An einem Tag fließt sie über vor Freundlichkeit, und am nächsten Tag haben wir alle unter ihren Launen zu leiden. Zum Teufel, wie kann man mit einer solchen Frau arbeiten?«

Ich stand auf und streckte meine Hand aus, so daß sich unsere Fingerspitzen gerade eben berührten. Ich beschloß, sie nicht sofort fallenzulassen – vielleicht brauchte ich sie ja noch.

»Haben Sie vielleicht John Richmonds Telefonnummer?«

Sie blätterte in ihrem Telefonbuch und schrieb die Nummer auf ihren Block. Sie gab sie mir nicht sofort, sondern ließ sie noch einen Augenblick vor meiner Nase baumeln.

»Sie werden unser Treffen nicht erwähnen, nicht wahr?«

»Wenn Sie das nicht möchten, dann nicht.«

Ich nahm das Blatt, und sie kam hinter ihrem Tisch hervor, um mich zur Tür zu bringen.

»Rikki, glauben Sie, Sie könnten etwas über ihre neue Firma in Erfahrung bringen?«

»Natürlich, Patricia. Und wir bleiben in Verbindung. Ich möchte gerne hören, was geschieht.«

Ich rief John Richmond von einer Telefonzelle in der Eingangshalle des Gebäudes aus an.

»Mr. Richmond?« hauchte ich.

»Ja.«

»Mein Name ich Susan Hudson. Wir kennen uns nicht, aber ich habe gehört, was für eine wundervolle Arbeit Ihre Innenausstatterin in Ihrer Wohnung geleistet hat – Candice Schraft heißt sie, nicht wahr –, und ich würde es so gerne selbst einmal sehen.«

»Also...«

»Ich denke daran, Miss Schraft damit zu beauftragen, meine eigene Wohnung einzurichten, und wenn ich mir bloß eine Vorstellung machen könnte...«

»Es wäre mir ein Vergnügen.« Er klang aalglatt. »Ich wohne auf dem Riverside Drive. Warum kommen Sie nicht jetzt gleich vorbei?«

Richmond, ein Mittvierziger, war reich und zu geschniegelt. Alles Politur, der Verfall gut versteckt unter dem Seidenhemd mit dem offenen Kragen, den maßgeschneiderten Hosen und der Sonnenbräune aus der Tube. Im Bett würde er schwitzen und glitschig sein. Daß es ihr nach ihm gelungen war, meinen David einzufangen, war mir unverständlich.

»Ich danke Ihnen sehr, Mr. Richmond. Ich bin ein Fan von dem, was Candice macht, und ich würde sie wirklich gerne meine Wohnung einrichten lassen.«

Er trat beiseite und musterte mich von oben bis unten. Bisweilen können Augen wie zudringliche Finger sein. »Jeder Fan von ihr ist mir willkommen.«

Das Wohnzimmer, das auf den schimmernden Fluß hinausging, war in meinen Lieblingsfarben eingerichtet: in Beige- und Brauntönen. Es gefiel mir. Verdammt! Ich hatte gehofft, hatte mir vorgestellt, daß die kandierte Dame sich für Plastik, Neon, Stahl und Bordellrot begeisterte. Sie hatte Richmonds Geld sinnvoll ausgegeben. Der chinesische Lackschirm war wunderschön und paßte zu dem Teakschrank; die Polstersitze standen in angenehmem Kontrast zu dem weizenfarbenen Teppich. Es kam dem erschreckend nahe, was ich gemacht hätte.

»Sie ist wirklich begabt.«

»Ich denke schon.«

Sein Enthusiasmus für sie ließ nach, als er seine Augen zu meinen Brüsten wandern ließ.

»Würden Sie gerne die anderen Räume sehen, Miss...« Er blickte auf meine unberingten Finger. »...Hudson?«

»Danke, sehr gerne.«

Das Eßzimmer: glänzendes Mahagoni und Stühle mit Samtbezügen. Ich berührte das Sideboard, einen Augenblick lang hätte ich es gerne gehabt. Die Küche war eine Ansammlung technischer Spielereien. Richmond ging rasch zu einer anderen Tür, trat ein und ließ sie hinter sich offen. Ich erahnte das Schlafzimmer, blieb unentschlossen auf der Schwelle stehen. Candice liebte es, Hölzer so zu verwenden, wie ich es tat. Die Frisierkommode und das Bett hatten einen dunklen, warmen Ton; der Spiegel über dem Bett war das einzige, was mir nicht gefiel. Ich trat zurück in die Diele. Richmond folgte mir zurück in das Wohnzimmer, wobei er die Schlafzimmertür offenließ.

»Möchten Sie einen Drink?«

»Ja, bitte einen Wodka.«

Er schenkte ein, während ich umherging. Ich blieb stehen und drehte mich um.

»Was ist Candice für ein Mensch?«

Möglicherweise kam meine Frage zu abrupt.

»Sie ist sehr klug. Ein scharfer Verstand, und ziemlich komisch. Sie versteht es, einen zum Lachen zu bringen. Ich meine damit mich.«

Bei ihm würde man dafür nur ein Clownskostüm brauchen. Ich nahm den Drink, setzte mich in einen Sessel. Er ließ sich auf dem Sofa nieder.

»Und sie ist – sie war – sehr erfinderisch.« Er lächelte.

Wie simpel Männer sind. Man muß sie nur ein bißchen unter den Armen kitzeln, und schon denken sie, man hätte eine neue Methode der Ejakulation für sie erfunden. »Haben Sie sie lange gekannt?«

»Einen Monat lang waren wir sehr eng befreundet. Länger hätte ich es auch nicht ausgehalten.«

Er sah aus, als würde er bei ein bißchen gutem Zureden gerne noch indiskreter sein.

»Ausgehalten? Aber ich habe gehört, daß sie eine wunderbare Person ist.«

»Das ist sie auch, aber sie hat ein paar eigenartige Angewohnheiten. Sie hat alles mögliche adoptiert. Katzen, Hunde, Menschen, sogar Küchenschaben. Ihre Wohnung im West Village war wie die Kreuzung zweier Dschungelpfade. Sie hat mich in all ihre Geschichten mit Tieren und Menschen hineingezogen.«

»Das klingt doch amüsant.«

»Das ist es nicht, wenn es einen selbst betrifft. Ich glaube, das war ihre ökologische Phase. Wahrscheinlich ist sie jetzt auf einem anderen Trip.«

»Vermutlich.« Ich durchquerte das Zimmer und schaute aus dem Fenster. Zweifellos ein romantischer Blick. »Ist sie launisch?«

»Sehr. Wenn sie glücklich ist, dann ist es wunderbar, mit ihr zusammen zu sein. Dann weiß man, was wirkliches Leben bedeutet.« Seine Stimme wurde erstaunlich sanft, als er sich daran erinnerte. »Aber ihre Depressionen sind fürchterlich.«

»Betrinkt sie sich, wenn sie down ist?« Ich kam zurück und setzte mich mit ein wenig mehr Abstand zu ihm hin.

»Nein. Sie war nur sehr launisch und irgendwie bedrohlich. In einer... selbstzerstörerischen Weise. Sie verlor dann alles Vertrauen, wirklich.« Er zuckte mit den Schultern. »Ich konnte es einfach nicht ertragen, was sie mir bei diesen Anfällen alles zumutete.«

Einschließlich ihrer Temperamentsausbrüche, nahm ich an, mich an Rikkis Kommentare erinnernd. »Manche Frauen fangen Affären an, wenn sie deprimiert sind.«

»Da wußte ich nie, woran ich mit Candice war. Manchmal hatte ich den Verdacht, sie trifft sich mit einem anderen, aber ich hatte nie einen Beweis. Das hat mich beschäftigt, das muß ich zugeben.«

»Zu wem ist sie gegangen, wenn sie down war?«

»Zu ihrem Vater. Sie haßt ihre Mutter und verehrt ihren Vater.« Sein Lachen war nicht freundlich. »Die beiden stehen sich mehr als nahe. Wenn es ihr nicht gutging, dann hat sie ihn immer von hier aus angerufen, und es klang dann, als spräche sie mit ihrem Liebhaber. Wenn ich ihre Mutter wäre...«

Ich konnte nichts Schlimmes daran finden. Wir alle brauchen Helden.

»Haben Sie ihn je kennengelernt?«

»Einmal. Er ist Professor in Washington. Er mochte mich nicht besonders. Und mir ging es ebenso. Ich glaube, ich erinnerte ihn zu sehr an irgendeinen anderen Burschen, der sie in Schwierigkeiten gebracht hat.«

»Schwierigkeiten?« Ich beugte mich vor, eifrig und aufmerksam.

»Sie wollte es mir nicht erzählen. Ich vermute, es passierte, als sie ungefähr zwanzig war. Es war eine unheilvolle Beziehung – wegen irgend etwas, was sie gemacht hat. Hören Sie...«

»Haben Sie eine Ahnung, was sie getan hat?«

»Nein.« Er stand auf und setzte sich näher heran. »Warum verschwenden wir unsere Zeit damit, über sie zu reden? Sie sind hier als Touristin, nicht wahr? Erlauben Sie mir, Ihnen die Sehenswürdigkeiten zu zeigen.«

»Das ist ganz reizend von Ihnen!« – Die Sehenswürdigkeiten waren nebenan, und ich hatte sie schon gesehen. »Wir könnten heute zusammen zu Abend essen. Ich wohne in Waldorf.«

»Ja, das ist eine großartige Idee.«

Wir standen beide auf, und er nahm meinen Drink, den ich nicht ausgetrunken hatte.

»Ich nehme an, daß so etwas wie diese unheilvolle Beziehung sie wirklich durcheinanderbringen würde.«
»Sie scherzen wohl.« Er umklammerte meinen Ellenbogen, als hätte er ihn gerade gekauft. »Ein Jahr lang ist sie zu einem Seelenklempner gegangen. Als sie mit mir zusammen war, da hatte sie auch noch so einen Guru. Die Sache hatte sie völlig aus der Bahn geworfen. Hat ihr Selbstvertrauen erschüttert, verstehen Sie.«
»Natürlich. Die arme Candice.«
Er öffnete die Tür, und ich stand wieder draußen auf dem Flur.
»Ich hole Sie dann ab, sagen wir um sieben?«
»Wunderbar. Und vergessen Sie nicht... im Waldorf.«

Auf meiner Fahrt zum Flughafen La Guardia kuschelte ich mich tief in meinen Sitz, denn ich weinte ein bißchen. Der Mut und die Entschlossenheit, die mich zu dieser Reise nach Washington angetrieben hatten, schienen irgendwo um meine Fesseln zu hängen, wie Schlüpfer mit gerissenem Gummiband. In meiner Vorstellung hatte ich eine Person entworfen, die ich mühelos verachten konnte. Ich hatte blind an meine eigene Phantasie geglaubt. Wie konnte ich Davids Geschmack so unterschätzen? Er hatte mich gewählt; er konnte sich auf niemanden eingelassen haben, der weniger wert war, nur auf jemanden, der mir ebenbürtig oder sogar überlegen war.
Bislang schien sie, jedenfalls oberflächlich betrachtet, ein ganz klein wenig besser zu sein.
Ich konnte mir die beiden vorstellen, Hand in Hand, Partner in einem vielversprechenden Firmenimperium, auf der Erfolgsleiter emporsteigend.
Ich war die abgelegte alte Puppe, nicht in der Lage, mit ihm Schritt zu halten. Das Leben, da war ich sicher, zog nicht im Augenblick des Todes blitzschnell an einem vorüber, sondern

nur in Augenblicken der Verzweiflung. Mein Leben sah aus, als wäre es in einer Sackgasse angekommen, und ich kämpfte darum, das Gefühl der Sinnlosigkeit zu unterdrücken.
Während des Fluges döste ich. Allein auf der Jagd in der Welt herumzuschwirren war schwerlich die ideale Beschäftigung für eine Frau, die es haßte, allein zu reisen, und die fühlte, daß die Verletzlichkeit ihres plötzlichen Alleinseins Spuren auf ihrem Gesicht und in ihren Augen eingrub.
Es war angenehm in Washington. Nach den Tagen in New York erinnerte mich die Weitläufigkeit der Stadt mit ihren Grünanlagen an London, und ich verspürte plötzlich Heimweh. Ich fuhr an vertrauten Monumenten vorbei, die ich erkannte, ohne sie je – außer auf Bildern – gesehen zu haben.
Das Taxi brachte mich zum Hauptverwaltungsgebäude der Universität, und man schickte mich quer über den Campus, vorbei an all den jungen Menschen, die auf dem Rasen lagen, zu Dr. Schrafts Büro. Er war nicht da, aber seine schwarze pummelige Sekretärin erlaubte mir, auf ihn zu warten. Sie konnte nicht recht einschätzen, wer ich war: Sicherlich ging es nicht um etwas Akademisches. Sie wollte mir »helfen«; doch ich ignorierte sie, als sie mich in sein Büro führte. Es war ein gemütlicher, solide eingerichteter Raum. Eine Wand des Zimmers war mit Bücherregalen bedeckt, in der anderen war ein Fenster, durch das man auf ein anderes Fenster blickte, und die dritte Wand war mit Kork bedeckt, auf dem wild verstreut Nachrichten angesteckt waren. Ich setzte mich in einen Sessel gegenüber dem Schreibtisch, der mit Büchern und Papieren übersät war – um diesen Mann herum verbreitete sich ein angenehmes Chaos –, während die Sekretärin unsicher von einem Fuß auf den anderen trat. Schließlich kehrte sie an ihren eigenen Schreibtisch zurück, wobei sie die Tür einen Spalt offenließ.
Ich war so rasch in diesem Büro angekommen, daß ich keine

Zeit gehabt hatte, mir zu überlegen, was ich sagen sollte. Panik ergriff schnell meinen ganzen Körper. Ich wandte meinen Kopf und drehte mich um, um die Bücher anzuschauen. Die Titel verschwammen vor meinen Augen; ich verdrehte meinen Hals, bis er mir weh tat, und setzte mich dann unter Schmerzen wieder gerade hin.

Der Schreibtisch sah ein wenig vielversprechender aus. In einer Ablage lag ein Manuskript, von einem Gummiband zusammengehalten. Ich kniff die Augen zusammen, dann mußte ich lächeln: *Eine existentialistische Studie über Shelley* von Eric Schraft. Daneben stand ein Silberrahmen mit Fotografien.

Ich spähte nach der Sekretärin, deren Kopf halb in einem Aktenschrank vergraben war. Ich erhob mich vorsichtig und schob mich an den Schreibtisch heran. Das große Farbfoto zeigte einen Mann und vier Frauen, sie alle standen vor einem Haus. Eine der Frauen war offensichtlich seine Ehefrau und die anderen, so vermutete ich, seine Töchter. Sie waren blond und gesund. Welche war meine?

Ich hörte, wie sich die Außentür öffnete, dann eine Unterhaltung im Flüsterton. Als Eric Schraft hereinkam, saß ich wieder auf meinem Stuhl.

Er erwies sich als wohlbeleibter, energiegeladener Mann, vielbeschäftigt, aber gegenüber dieser Fremden in seinem Zimmer aufgeschlossen. Der kleine graue Bart an seinem Kinn war ein wenig zu sorgfältig geschnitten, und bisweilen schloß er, wenn er sprach, seine Augen ein wenig zu lange: Dies war eine Affektiertheit, die mir nicht gefiel.

»Mein Name ist Pauline Bell.« Wie leicht mir diese Lügen von den Lippen gingen, nachdem ich ein Leben lang ehrlich gewesen war.

Er nickte und studierte mich aufmerksam. Ich konnte die Häkchen und Merkzeichen und Benotungen sehen. Möglicherweise war er ein gutaussehender Mann; mit diesem albernen Bart konnte ich das nicht beurteilen.

»Ich bin in Washington auf der Durchreise, und Professor Yeats...« Yeats. Ein Name aus einem von Charles' Gedichtbänden war mir gerade noch rechtzeitig eingefallen. »...vom All Souls College schlug vor, ich solle Sie besuchen. Ich kenne hier niemanden, und ich habe keine Lust mehr, irgend etwas zu besichtigen.«

»Yeats?« Er pochte mit dem Finger gegen seine Zähne, nicht fest genug, um sein Gebiß zu lockern.

»Alfred. Ich nehme an, Sie beide haben sich bei einem Seminar oder was Professoren so haben getroffen. Er bewundert Sie sehr. Ziemlich groß, schmales Gesicht und buschige Augenbrauen!« Ich beschrieb meinen Vater, ohne sein graues Haar.

»Natürlich. Wie geht es ihm?«

»Nicht so gut. Die Gicht, wissen Sie.« Ein angemessenes Altmännerleiden, das, wie ich vermutete, amerikanische Professoren ebenso befiel wie britische.

Ich hätte irisches Blut in den Adern haben sollen.

Statt dessen gab es da nur Normannen und Sachsen mit der Spur irgendeines vergewaltigenden Urahns. Ein paar Minuten lang redeten wir über Yeats, Alfred; ein zusammengesetzter Mann, der zum Teil aus meinem Vater, zum Teil aus meinen Onkeln und zum Teil aus David bestand. Meine Augen kehrten jedoch immer wieder zu dem Foto zurück. Welches der Mädchen war Candice?

»Sie haben eine wirklich nette Familie.«

Er griff nach dem Foto, reichte es mir. Der stolze Vater würde sicher gleich auch noch seine Brieftasche hervorholen, weil er wollte, daß ich ebenso wie er selbst dem Produkt seiner Lenden meine Bewunderung bezeigte.

»Haben Sie selbst Kinder?« fragte er mich.

»Eins, einen Jungen.« Ich betrachtete das Foto eingehend.

»Ich lebe von meinem Mann getrennt.«

»Ich habe leider nur Töchter. Aber ich liebe sie alle. Die beiden rechts sind verheiratet, die andere auf der linken Seite«, er zögerte, seine Stimme wurde sanfter, »Candice ist immer noch allein.«

Das Foto war zu klein. Ich konnte nur ein schlaksiges blondes Mädchen erkennen, halb im Schatten verborgen. Im Halbprofil waren ihre Brüste attraktiv.

»Sie ist die hübscheste.« Dieses Kompliment, voller Gift und Bitterkeit, brachte ich nur mühsam über die Lippen.

»Erzählen Sie es den anderen beiden nicht, aber ich finde das auch. Candy und ich, wir haben ein sehr vertrautes Verhältnis. Ich vermute, weil sie die jüngste ist und ich sie großgezogen habe. Meine Frau starb nach Candys Geburt.« Also war Candy mit doppelter Liebe belastet: der zu ihr als dem Kind und der, die eigentlich ihrer Mutter galt.

»Ich habe verständlicherweise wieder geheiratet. Das ist meine zweite Frau, Eileen.«

»Ich habe schon gesehen, daß sie keine Ähnlichkeit miteinander haben. Wie kommen sie miteinander aus?«

Mir würde das nicht passieren. Ein anderer Mann und Davids Kinder; oder, und das würde nie passieren, eine andere Frau und meine Kinder. Nicht nur um meiner eigenen selbstsüchtigen Gründe wegen, sondern vor allem um ihretwegen würden sie nicht abwechselnd mal diese, mal jene Eltern haben.

»Oh, gut. Candy hat natürlich einige Zeit gebraucht, bis sie sich an ihre Mutter gewöhnte. Zehn Jahre lang war ich Vater und Mutter für sie. Ich fürchte, ich habe sie ein bißchen verwöhnt, aber sie ist eine feine junge Frau geworden. Sie sollten sich mit ihr treffen, wenn Sie nach New York zurückkehren.«

»Ich bin auf dem Rückweg nur auf der Durchreise dort. Aber ich werde es auf jeden Fall versuchen.« Was ich natürlich nicht tun würde. Es gab schon genug Konfusion mit meinen Namen. Eine Vorstellung als Pauline Bell konnte es nicht geben.

Wenigstens eine Achillesferse zeigte sich allmählich. Ein Sohn braucht einen Vater, den er nachahmen kann; eine Tochter ihre Mutter. Sie mußte mehr von einem Mann als von einer Frau in sich haben; und das war ein Schwachpunkt, den sie nie völlig überwinden konnte.

»Das ist schade. Sie ist eine kluge Frau, wissen Sie. Sie hat gerade ihre eigene Firma eröffnet; und ich weiß, daß sie eines Tages ganz nach oben kommt. Ich habe sie gefragt...« Er schmunzelte, ich fand es bloß traurig. »Ich habe sie gefragt, wann sie ihre erste Million machen würde. Mit dreißig, sagte sie. Jetzt ist sie fünfundzwanzig. Als Kind hat sie immer Wettkämpfe geliebt. Sie hat nicht mit anderen Mädchen gespielt, sie hat Softball oder Touch-Football gespielt. Und wie sie es haßt, wenn sie verliert!«

Das würde ich mir merken. Schlechte Verlierer sind verwundbar.

»Viele Mädchen heutzutage sind so.«

»Ja. Sie würde sich ein Bein ausreißen, um zu gewinnen – schon als Kind war sie so. Als sie älter wurde, hat sie gelernt, wie man es anders macht. Wie alle Frauen. Und dann standen die Burschen erst richtig Schlange, um mit ihr auszugehen.«

Der Vaterstolz war stärker als die Gefühle, die er als älterer Mann hatte, der sich wünschte, was alle Männer sich wünschen: die Verkörperung von Jugend und Schönheit unter sich zu haben, so als ob irgendwann bei dem Samenerguß eine Transfusion stattfände. Ich kann nicht verstehen, was in ihnen vorgeht.

»Es überrascht mich wirklich, daß sie nicht verheiratet ist.«

Er zögerte ein wenig zu lange, warf wieder einen Blick auf das Foto und sagte: »Sie war verheiratet.«

»Oh!«

Richmond hatte keine Ehe erwähnt.

»Sie ist geschieden.«

»Vermutlich ist es immer problematisch, wenn man einen älteren Mann heiratet.«

»Er war nicht älter.« Diesmal schaute er nicht auf das Foto. Er studierte *mich*.

»Ich habe nur gedacht, weil viele Frauen einen älteren Mann heiraten.«

»Ihr Mann war jünger als sie. Es war eine überstürzte Heirat, hat nicht länger als sechs Wochen gehalten. Ich betrachtete das damals eigentlich überhaupt nicht als Ehe. Joey war kein Mann, bloß ein Junge. Ein sehr netter Junge, rettungslos in sie verliebt. Ich wußte, daß sie nichts für ihn empfindet.«

»Um Himmels willen, warum hat sie ihn denn dann geheiratet?«

Er schaute weg, und es schien, als würde ein Beben die Oberfläche seiner Haut erschüttern. Als es vorüber war, waren die Falten in seinem Gesicht tiefer, die Augen waren zusammengekniffen, um den plötzlichen feuchten Glanz zu verbergen. Auch ich empfand Schmerz und schaute nach unten. Meine Nägel hatten sich tief in meine Handflächen eingegraben; als ich meine Fäuste löste, blieben mondförmige Abdrücke zurück.

»Ich nehme an, sie dachte, sie würde sich schließlich doch noch in ihn verlieben. Das passiert manchmal.«

»Nein. Damit hat sie nie gerechnet. Vorher hatte jemand sie sehr verletzt.«

»Das tut mir leid. Was war es denn?«

»Solche Dinge kommen vor.«

Er unterbrach sich abrupt, und einen Moment lang befürchtete ich, zu offen und unverhüllt neugierig gewesen zu sein.

»Sie ist ein Mädchen – eine Frau wohl eigentlich, aber für mich wird sie nie erwachsen sein –, ein Mädchen, das sich kopfüber in alles hineinstürzt, ohne erst genau hinzuschauen.«

»Tun wir das nicht alle bisweilen?«

»Candice tut es zu oft. Ich glaube, daß sie verzweifelt lieben und geliebt werden will. Die Männer enttäuschen sie immer wieder.«

Ich vermute, wenn er nur gekonnt hätte, dann hätte er sich selbst als Schutzwall um Candice gelegt. Wie allen anderen Eltern auch blieb ihm nichts anderes übrig, als hilflos dabeizusitzen und zuzuschauen.

»Ist sie im Augenblick mit jemandem liiert?«

»Ja, allerdings, mit einem Engländer. Das ist wieder einer ihrer Kopfsprünge. Sie möchte, daß diese Beziehung dauerhaft ist, aber ich vermute, daß die Entscheidung bei ihm liegt. Er hat seine Frau verlassen, und das sind nicht die besten Voraussetzungen für eine Beziehung. Ich habe ihr das gesagt, aber sie ist im Augenblick zu glücklich über diese Verbindung.«

»Beziehungen dieser Art sind manchmal sehr kurzlebig.«

»Ich weiß.« Er schaute auf seine Uhr und stand hastig auf. »Es tut mir leid, aber ich muß zu einer Konferenz.«

»Und ich will noch einiges besichtigen.« Ich erhob mich, und er begleitete mich zur Tür. »Diese Beziehung zu dem Engländer... Meinen Sie, sie wird lange halten?«

»Möglicherweise.«

»Möchten Sie, daß sie ihn heiratet?«

»Ich kann mir nicht vorstellen, daß sie im Augenblick daran denkt. Das zweite Mal ist immer viel schwieriger, und ich glaube, sie möchte ihn erst einmal besser kennenlernen. Und heutzutage wollen nur wenige junge Leute heiraten.«

»Aber würden Sie es ihr raten, wenn sie Sie fragen würde?« Wir waren auf dem Flur angekommen, und ich hielt mich verzweifelt am Türgriff fest.

»Ich glaube nicht. Ich hätte gern, wenn sie jemanden heiraten würde, der ein bißchen jünger ist und bei dem es weniger Komplikationen gibt.« Er reichte mir die Hand. »Wenn Sie das nächste Mal hier sind, rufen Sie mich vorher an und kommen Sie zum Essen zu uns.«

»Schrecklich gern.«

Ich fühlte, wie er mir nachschaute, als ich den Flur entlangging; mein Rücken war steif von Muskelknoten.

Sie war mir näher und jetzt für mich erkennbar geworden, sie nahm allmählich Gestalt an. Ich konnte sie unter meinen Nägeln spüren, die sich in ihr Fleisch gruben. Ich mußte mich ausruhen und nachdenken, bevor ich sie morgen in der Wohnung traf.

KAPITEL 6

Es war ein trüber Tag. Die Wolken warfen schwache Schatten auf den Park. Ein Omen? Ich schauderte und bereitete mich auf die Konfrontation vor; das Ritual des Badens und der gymnastischen Übungen und des Ankleidens half mir, meine Nerven unter Kontrolle zu bekommen. Das Telefon klingelte, als ich meine Augenbrauen nachzog, und ich endete mit einem Strich quer über meine Stirn. Ich starrte einen Augenblick den Apparat an. Ich hoffte nur, es war nicht Candice, die unser Treffen verschieben wollte. Ich hatte nicht die Kraft, noch einmal die Vorbereitungen durchzustehen, es mußte jetzt sein. Ich war gestiefelt und gespornt, mein Haß so angespannt wie eine Stahlfeder.

»Ja-a-a?«

»Hier ist Chapman.« Er ließ seinen Namen erklingen, als wäre es eine Trompete, die zur Schlacht rief. »Du klingst so weit weg?«

»Was willst du, Chapman?«

»Ich will mit dir zu Mittag essen, Shelley. Es gibt da ein Restaurant...«

»Danke, nein, Chapman, ich kann nicht.«

»Dann Abendessen.« Er war so beharrlich, als wäre dies ein Rennen, das er gewinnen mußte. »Ich will mit dir reden.«

»Also gut.« Allerdings bezweifelte ich, daß ich nach diesem Vormittag in der Verfassung zum Reden sein würde.

Der leichte Wind zerrte an dem gelb-braunen Schal auf meinem Haar, hob den Saum meines Kleides, berührte anzüglich

die Innenseite meiner Schenkel. Die Entfernung war zu kurz für ein Taxi, aber als ich schließlich das Haus erreicht hatte, fühlte ich mich völlig aufgelöst. Der Portier öffnete die Tür, und ich sagte ihm, ich würde in fünfzehn Minuten meine Innenarchitektin erwarten.
Ich brauchte ein paar Minuten allein, um umherzustreifen, zu planen, mich zu beruhigen.
Die Wohnung war überraschend hell und luftig, denn es gab keine Vorhänge und keine Möbel, die sie niederdrücken konnten. Ich machte mich im Badezimmer frisch; einen Augenblick lang hatte ich das Bedürfnis, mich zu übergeben, als ob ich schwanger wäre. Ich setzte mich auf die Toilette und wartete, bis das Gefühl vorüberging, wobei ich sanft meinen Magen massierte, um den Nervenknoten zu beruhigen, der sich innen zusammengeballt hatte. Ich zwang mich dazu, diesen Zufluchtsort zu verlassen, und versuchte, leichtfüßig durch die Räume zu gehen. Ich mußte lernen, mich vor dieser Frau zu verstellen, leichtsinnig und aufgeregt zu wirken und so, als hätte ich jede Menge Geld und schlechten Geschmack. Was ziemlich idiotisch war, denn wenn jede von uns diese Räume nach ihrem Geschmack einrichten würde, dann wäre das Ergebnis wahrscheinlich ziemlich ähnlich.
Die Türklingel brachte meine letzten Nerven zum Flattern. Ich geriet in Panik, den ich fand die Sprechanlage nicht sofort. Dann, als es wieder klingelte, spürte ich sie in der Küche auf.
»Ja.« Dies Krächzen würde nicht weit zu hören sein. »Ja?«
»Eine Miss Schraft möchte zu Ihnen.«
»Schicken Sie sie bitte nach oben.«
Ich ging zum Fenster und blieb dort stehen, ohne die Seventh Avenue unter mir wahrzunehmen. Nichts außerhalb dieser Wohnung existierte. Wie lange war es her, daß ich zum ersten Mal von dieser Frau gehört hatte? Wochen, Monate, Jahre? Mir schien es ein ganzes Leben zu sein. Ich holte meine Son-

nenbrille aus der Tasche und setzte sie auf; mein Spiegelbild im Fenster sah bei diesem trüben Wetter albern aus. Ich nahm sie wieder ab. Und wenn sie mich nun erkannte und fortging? Ich zog die Brille wieder an. Ich sah immer noch albern aus. Schließlich warf ich die Brille wieder in die Tasche.

Sie war da. Als der Ton der Türklingel verklungen war, lächelte ich und ging zur Tür. Vater hatte mir erzählt, daß man während der Schlacht keine Zeit hat, sich zu fürchten; daß die Angst nur vorher und nachher kommt. Der Tod lag schon hinter mir, jetzt blieb mir nur noch die Schlacht.

»Hallo, ich bin ...« Ich hatte meine Hand ausgestreckt, die ihre ergriffen, sie in die Wohnung gezogen, und ich hatte meinen verdammten Namen vergessen. »... Patricia.« Für mich klang es wie »ShhPatricia«, aber sie bemerkte es nicht. Ich schaute auf ihr Gesicht, ihre Augen, ihren Mund. »Ich bin so froh, daß Sie die Zeit erübrigen konnten, sich diese Wohnung mit mir zusammen anzuschauen.«

»O Gott, ich habe mich verspätet, nicht wahr? Es tut mir leid.« Sie ließ ihre Handtasche fallen und hob sie rasch wieder auf, ohne ihren Redeschwall zu unterbrechen. »So ein gottverdammter Kamikazefahrer hat mich in Richtung Central Park West gefahren, und ich habe es nicht gemerkt, bis wir an der Siebenundsechzigsten Straße waren. Ich habe versucht, mein Make-up aufzufrischen. Das sollte man in einem New Yorker Taxi nie tun. Schauen Sie sich das an ...« Sie wies auf ihren verschmierten Lippenstift. »Wo ist das Badezimmer?«

Ich zeigte ihr den Weg, und sie war verschwunden. Ich war froh. Ihr nervöser Ausbruch hatte mich fast zum Stottern gebracht.

Ich ging zum Fenster: Vielleicht beruhigte mich die Aussicht, während ich meine ersten Eindrücke ordnete. Ein Mann, so vermutete ich, würde sie wohl für sehr hübsch halten. Er würde sich wünschen, den vollen Mund zu berühren und das

lange kühle Haar zu streicheln. Ihre Haut war rein und jugendlich straff, aber die blauen Augen, eine Idee zu weit aufgerissen, schienen nur die Sahneseiten des Lebens zu reflektieren. Kurzfristige Liebhaber, keine Qualen. In ihren Augen spiegelte sich keine vorsichtige Wachsamkeit.
Sie würde nie eine schöne Frau werden; sie würde immer hübsch bleiben, knittrig und faltig, aber für den Rest des Lebens gut erhalten.
»Was für eine phantastische Aussicht!«
Sie war hinter mich getreten, ruhiger jetzt und mit perfektem Make-up.
»Ja, das ist es.«
»Ich habe einen Freund, der im Waterside Plaza im siebenunddreißigsten Stock wohnt. Eines Nachts schüttete es wie aus Eimern, und es donnerte, und Paul beschloß, sich den Elementen auszusetzen. Also zog er sich aus und ging hinaus auf den Balkon...« Sie begann zu lachen, und ich bemerkte ihre Grübchen. ich lächelte, denn sie schien glücklich.
»... und er rief: ›Hierher, Regen, hierher, Wind, hierher, Luft... nehmt mich mit‹... und die Tür fiel hinter ihm zu. Er war zwei Stunden lang draußen ausgesperrt. Wenn ich eine Wohnung wie diese hätte, dann würde ich sicher auch so etwas machen. Sie haben Glück, so ein Plätzchen gefunden zu haben.«
»Danke!«
Wir wandten uns wieder dem Raum zu, den sie nun professionell betrachtete. Sie zog einen Block heraus und wühlte tiefer in ihrer Tasche herum nach einem Schreibstift. Es dauerte eine ganze Minute, bis sie einen angeknabberten Bleistift gefunden hatte.
»Wo wohnen Sie?«
»An der Ecke Erste und Vierundfünfzigste. Ich hatte früher ein Loft im Village, aber es wurde ein bißchen eng. Und als ich

dann meine eigene Firma aufmachte, habe ich mir überlegt, daß ich genausogut umziehen könnte. Es ist nicht so schön wie hier. Ich nehme an, daß das hier in London Belgravia wäre.«
Ich war froh, daß sie nicht Hampstead gesagt hatte. Während wir von Raum zu Raum gingen, fragte ich mich, was zum Teufel David mit all dem Geld gemacht hatte. Es sah nicht so aus, als ob sie es hätte. Jedenfalls nicht die ganze Summe, sonst würde sie auch in einer Wohnung wie dieser leben. Das wäre die Art Wohnung, die David gefallen hätte, jedenfalls in New York.
»Oh, ich bin sicher, mit Ihnen geht es aufwärts.«
Wir gingen in das große Schlafzimmer. »Man hat mir so viel über Sie erzählt...« Sie lächelte, auf nichts anderes eingestellt als auf ein wohltuendes Kompliment. »... und davon, wie gut Sie sind. Ich weiß, daß Sie hervorragende Arbeit leisten werden.«
»Warum richten Sie die Wohnung nicht selbst ein, Patricia?«
Einen Augenblick lang betrachtete sie prüfend mein Gesicht. Ich glaube, sie hatte es bis zu diesem Augenblick nicht wirklich wahrgenommen. Mein Magen verkrampfte sich zu einem festen, auf Unheil gefaßten Knoten, aber in ihren Augen zeigte sich kein Erkennen.
»Ich werde keine Zeit dafür haben, fürchte ich. In ein oder zwei Wochen muß ich nach London zurückkehren, und diese Dinge brauchen eine Menge Zeit, wenn man sie gut gemacht haben will. Ich habe das Gefühl, ich kann darauf vertrauen, daß Sie es genau so machen werden, wie ich es tun würde.«
Wir verbrachten eine halbe Stunde damit, von Zimmer zu Zimmer zu gehen. Sie machte sich grobe Skizzen der Räume, und wir redeten wie alte Freunde über Teppiche und Vorhänge und Sessel und Betten. Sie hatte mehr oder weniger denselben Geschmack wie ich. Ich beschloß, darauf zu verzichten, so zu tun, als hätte ich einen schlechten Geschmack.

»Warum essen wir nicht zusammen zu Mittag?«
Es war Zeit, damit zu beginnen, ihre Freundin zu werden. Ich hatte das Restaurant schon ausgesucht. Teuer, imponierend und so ruhig, daß ich ihr ungestört zuhören konnte.
Als wir das Café im Sherry-Netherlands erreicht hatten, schwitzten wir beide. Die Wolken drückten die Hitze nur nach unten, die Brise war jetzt zu sanft, um uns Erleichterung zu verschaffen.
Nachdem wir uns ein wenig zurechtgemacht und überpudert hatten, nahmen wir unseren Tisch am Fenster zur Fifth Avenue ein. Ich lächelte Candice an; sie erwiderte es, und wir überlegten gemeinsam, was wir essen und trinken sollten.
Ich beugte mich ein wenig vor, stützte mein Kinn auf meine Hand und blickte sie bewundernd an, als wäre sie ein Geliebter.
»Erzählen Sie mir mehr über Ihre Reise nach England.«
»Ich war so glücklich wie selten in meinem Leben.«
Sie trank langsam ihren Bombay Gin Martini. »Um ehrlich zu sein, ich erinnere mich nicht an allzuviel. Es war alles wie ein Traum. Sie wissen, das Einkaufen, das Theater, die Dinners...«
»Natürlich.« Und einiges davon mit meinem David, kleines Liebchen.
»Genau so geht es mir, wenn ich in London bin. Geschäfte und Theater. Ich komme nicht allzuoft dorthin, denn ich habe jahrelang völlig abgeschieden in Bristol gelebt. Waren Sie auf dieser Reise nur in England oder...?«
»Ich habe eine Woche in Djerba verbracht. Wissen Sie, wo das ist?«
»Keine Ahnung?«
»Das ist eine Insel vor Tunesien. Ein wunderbarer Platz, nur Sand und See. Ich bin froh, daß ich mit einem Freund dorthin gefahren bin. Trotzdem behandeln die arabischen Jungen, be-

sonders die Beachboys, alle Frauen wie Nutten. Besonders die weißen. Ich würde nie allein dorthin fahren. Ich würde vermutlich im Harem irgendeines geilen Scheichs enden.«

Ich lachte und betete, daß Allah mir diesen einen Wunsch erfüllen möge.

»Ich bin nie im Vorderen Orient gewesen, Candice. Dies ist überhaupt das erste Mal, daß ich eine größere Reise mache.«

Ich wollte nichts übereilen: Nach und nach würde sie mir alles erzählen, was ich wissen mußte.

Sie machte es mir leicht, sie kennenzulernen. Sie war ein freundliches Mädchen (sie erschien mir nicht als Frau), teils wegen des Auftrags, den ich ihr versprach, teils, weil sie ehrlich Freundschaft zu suchen schien. Beim Lunch – kaltes Hähnchen mit Chablis für mich, Pfeffersteak und Burgunder für sie – begann sie, mir von ihren Schwestern zu erzählen. Charlotte und Emily, nach den Brontës; Candice nach Candida. Sie mochte keinen der Ehemänner ihrer Schwestern.

Wenn sie ein Gesicht schnitt, dann kräuselte sich ihre Nase auf sehr attraktive Weise. »Ich verstehe nicht, wie sie solche Männer heiraten konnten.«

»Es gibt Frauen, die das tun, wie Sie selbst wissen werden.«

»Ja, vermutlich schon, aber Charly und Emily sind in meiner Familie großgeworden. Ich hätte gedacht, sie wären mir ähnlicher oder würden wenigstens versuchen, interessantere Männer zu finden. Ich möchte, daß ein Mann aufregend ist, und ich möchte für ihn aufregend sein. Ich will eine richtige Beziehung, nicht irgendeine sprachlose Verbindung.«

Sie hatte Geschmack. Meiner Meinung nach konnte es keine bessere Wahl als David geben. Ich hatte die Fäuste geballt; als ich nach unten schaute, sah ich, daß ich einen Teelöffel leicht verbogen hatte. Ich versuchte, ihn geradezubiegen, während ich meine Hände in den Schoß legte, aber ich schien nicht genug Kraft zu haben. Ich ließ ihn fallen und schob ihn unter den

Tisch. Weder meine Augen noch mein Lächeln wurden auch nur für einen Augenblick unsicher.
Mein Anteil an der Unterhaltung bestand darin, daß ich ihr von den Debütantinnenbällen im Grosvenor erzählte, von Champagnertrinken auf den Wiesen von Cambridge, von den Bootsfahrten auf der Themse und davon, wie wir ins Wasser fielen. Ich dankte dem Himmel, daß er mir David geschickt hatte: Ich hatte wenig Zweifel daran, daß ich ohne ihn in einem solchen engverbundenen Kreis von reichen Freunden als eine von ihnen geendet hätte.
»Es war ein wunderbares Mittagessen.« Ich trank meinen Kaffee aus und machte ein Zeichen, mir die Rechnung zu bringen. »Ich kann mich nicht daran erinnern, wann ich soviel Spaß gehabt habe. Ich bin sicher, daß wir gute Freunde werden.«
»Oh, das hoffe ich sehr.«
»Das werden wir. Sollen wir uns am Montag in der Wohnung treffen?«
»Bis dahin müßte ich eigentlich meine Skizzen fertig haben.«

Ich lag tief in der Badewanne und hoffte, daß das dampfende Wasser schließlich die Verkrampfungen in meinem Rücken lösen würde und dachte dabei: Verdammt, ich könnte dieses Miststück wirklich gerne haben.

KAPITEL 7

Im schimmernden Licht der Kronleuchter in der Eingangshalle sah Chapman verteufelt gut und elegant aus. Sogar im Bett war, wie ich mich erinnerte, sein Haar und sein Schnurrbart stets exakt gewellt; und seine Brusthaare schienen in einem Muster zu wachsen. David sah bisweilen völlig aufgelöst aus.

»Ich will kein Abendessen, Chapman. Selbst von einem Salatblatt würde mir schlecht werden.«

»So leicht redest du dich aus unserer Verabredung zum Abendessen nicht heraus.«

Er ging voraus, ich folgte ihm hinaus in den warmen Sommerabend und zu der Reihe der wartenden Kutschen. ich mußte alleine sein, aber gleichzeitig wollte ich mich auch gerne durch Gesellschaft ablenken lassen, um der Einschränkung der Bewegungsfreiheit, die meine Jagd mir auferlegte, zu entfliehen. Chapman hätte gleich die erste Kutsche genommen, ich wählte eine hübschere, von einem großen Grauen gezogen und von einem Mädchen gelenkt.

»Wie wäre es mit einer Fahrt durch den Park?«

Das Mädchen schaute nach hinten auf Chapman, während das Pferd sich in Bewegung setzte. »Nicht zu dieser Nachtzeit, Kumpel.«

Wir fuhren am Central Park entlang. New York war eigentlich kein Ort für Pferd und Wagen, aber irgendwie tröstete mich das sanfte Schaukeln und das scharfe Klappern der Hufe. Es war nett, langsam und hoheitsvoll an den Autos und den Menschen vorbeizufahren.

»Bevor wir weiterreden, sage ich dir gleich, die Antwort heißt ›Nein‹.«
»Gib mir eine Chance, Shelley.« Er überspielte seine eigene Verärgerung. »Schau, ich komme dir nicht mit dem ›Du bist allein, ich bin allein‹-Gerede.«
»Das hast du schon gestern versucht.«
»Abgesehen davon, daß es nicht funktioniert hat«, er schenkte mir ein fröhliches Grinsen, »warum zum Teufel jagst du eigentlich hinter diesem ... Tom ...«
»David!«
»... hinter diesem David her? Schau, er hat dich wegen dieses Mädchens verlassen. Wie zum Teufel denkst du, kannst du ihn zurückholen?«
»Ich weiß nicht!«
»Hast du sie getroffen?«
Ich nickte nur bejahend. ich wollte nicht über sie reden.
»Wie ist sie? Hübsch, dumm, intelligent? Komm schon, Shelley.«
»Hübsch und intelligent.«
»Eine schwierige Kombination. Wenn sie doch bloß dumm wäre.«
»Dann wäre David nicht mit ihr weggegangen.«
Mein dummer Stolz brachte Chapman dazu, seine wohlgeformte Augenbraue hochzuziehen. »Also schön, er hat dich wegen eines intelligenten Mädchens verlassen.« Er berührte meine Hand, und ich, momentan geschwächt durch die Wirkung seiner Worte, erlaubte ihm, sie festzuhalten. »Laß ihn laufen.«
Ich konnte nichts sehen, aber ich schüttelte trotzig den Kopf.
»Du kannst dich nicht ewig an ihn hängen, du mußt dein eigenes Leben leben, und du hast die Kinder.«
»Bei Nacht sind sie kein Ersatz, diese Schätzchen.« Ich meinte damit natürlich nicht nur meine sexuellen Bedürfnisse. Es ging

darüber hinaus: die Berührung, das Gefühl, die Wärme, die bloße Gegenwart.
»Er hat sich entschieden, und du hattest nichts damit zu tun.« In diesem Augenblick glitt eine ganze Ehe an seinen Augen vorbei. »So wie es Betty bei mir getan hat. Wir glauben, daß unsere Schicksale von Gott oder von wem auch immer für uns entschieden werden, und manchmal, in Zeiten der Stärke, glauben wir sogar, daß wir selbst es sind. Quatsch. Es wird von anderen Leuten für uns entschieden. Von Liebhabern, Ehefrauen, Kindern, Eltern – wer auch immer, verdammt nochmal, derjenige ist, auf den wir uns verlassen. Er hat dich auf ein anderes Gleis geschoben, Shelley, und es gibt keinen Weg zurück zu dem Gleis, auf dem er ist.«
»Ich bin keine Lokomotive.«
Ich hatte sie satt, die Wahrheiten, nichts als Wahrheiten. Selbstgemacht oder woher auch immer, praktisch oder unpraktisch, ich war hier, um gegen das Schicksal anzukämpfen, nicht, um mich ergeben zu unterwerfen, nur weil irgendein idiotischer Ehemann mit irgendeiner idiotischen Puppe davongelaufen war.
»Wenn man es realistisch betrachtet, dann bist du genau in dieser Situation.«
»Gott sei Dank bin ich nie realistisch gewesen, Chapman.«
Wenn ich es gewesen wäre, dann hätte ich David nie geheiratet, wäre nie in diese schreckliche Stadt gekommen, hätte nie eine völlig fremde Frau ausgekundschaftet, hätte nie Chapman getroffen. Realistische Leute sind die Sackgassen der menschlichen Phantasie.
»Warum dieses rührende Interesse an meinem Wohlergehen? Ich meine, abgesehen von...«
Er neigte den Kopf, blickte mich prüfend an. Ich hatte das Gefühl, auch wenn ich nicht ganz sicher war, daß Chapman

im Begriff stand, eine Enthüllung zu machen, die ich eigentlich nicht hören wollte.
»Was glaubst du, warum ich mich so gut an dich erinnert habe?« Mein Achselzucken würde ihn, so hoffte ich, zur Besinnung bringen. Das tat es nicht. »Es war nicht, weil du so gut im Bett warst, Shelley. Ich habe so viele Frauen gehabt. Wenn man Rennfahrer ist, dann kommen sie zu einem wie die Lemminge, die sich von einer Klippe ins Meer stürzen. Sie geben ihren Körper und tun so, als wäre es ein verdammtes Sakrament. Du warst keine von denen, du hättest dich mit mir eingelassen, auch wenn ich ein Hotelpage gewesen wäre, weil ich es war, für den du dich interessiertest, nicht mein Weltmeistertitel. Als du mit mir fertig warst, war es vorbei, und ich war der Idiot, der hinter dir herlief.« In seiner vertraulichen Stimmung beugte er sich zu mir. »Was glaubst du, mit wieviel Frauen ich geschlafen habe?«
»Ein oder zwei?«
»Ich will mich damit ja nicht brüsten...«
»Oh, das willst du nicht?«
»Du weißt, daß ich das nicht wollte. Schau, für mich war es wirklich phantastisch in den zwei Tagen, in denen wir zusammen waren. Ich meine nicht den Sex, natürlich bist du gut, aber ich fühlte mich einfach... glücklich.«
»Das freut mich.«
»Wenn du geblieben wärst, Shelley, dann hätte ich mich in dich verliebt.«
Jetzt kam es, trotz aller meiner Bemühungen. Der Dolch der Liebe, der zwischen der dritten und vierten Rippe hineinglitt; kein Schmerz auf seinem Weg, bloß der plötzliche Stich der Panik. Oh, lieber Gott, wie sehr wollen wir alle geliebt werden und lieben. Wir sind so verletzlich gegenüber diesen Worten; das höchste Kompliment, der Segen von oben, das verdammte Wunder, das wir nie erwarten, bis es uns trifft; und dann wird

es zur Last, und wir zweifeln daran, ob wir sie tragen können.
»Sei nicht albern.«
»Ich meine es ernst. Aber du ziehst es vor, dich an David zu klammern, nicht wahr? Er ist dein Beschützer – bis der Tod euch trennt.« Brutal und schneidend: »Er hat sich von dir getrennt.«
»Nur für eine Weile.« Wir bogen in die Park Avenue ein. Ich beugte mich hinaus, um nach dem PanAm-Gebäude zu spähen, das über der Stadt hockte wie ein häßlicher Koloß.
»Warst du noch Jungfrau, als du ihn geheiratet hast?«
»Nein.« Ich erwähnte nicht, daß ich es gewesen war, als wir uns zum ersten Mal geliebt hatten. »Und laß uns von etwas anderem reden.«
»Du fürchtest dich vor mir, vor der Erkenntnis, daß David eine andere liebt. Davor, daß du glaubst, du könntest einmal einen anderen lieben. Zum Teufel, du bist auf einer eingleisigen Strecke – David hat gerade seine Richtung geändert. Anstatt das zu akzeptieren, dir einen anderen Ehemann zu suchen oder jedenfalls einen anderen Mann, jagst du um die halbe Welt nach diesem ...« Er wollte eigentlich eine Grobheit sagen, aber die Muskeln in meinem Kiefer warnten ihn. »... diesem Burschen.«
Er betrachtete mich prüfend, als ich mich nach hinten lehnte. Ich zeigte keinerlei Gefühle, und doch ... Diese unerwartete Ablenkung von meinem vorhergeplanten Schicksal verunsicherte mich. Ich hatte sie nicht erwartet, glaubte seinem Gerede von Liebe in vielerlei Hinsicht nicht, und doch, dieses Versprechen, leicht wie eine Feder, hielt mich in der Schwebe. Kaum spürbar, so daß es in diesem Augenblick nicht einmal eine merkbare Veränderung gab, fühlte ich den Verschleiß meiner Liebe zu David. Er lag, vielleicht sogar in diesem Augenblick, in einem Bett neben Candice.
»Warum hat Betty dich verlassen?«

»Sie hatte es satt, auf meinen Tod zu warten, vermute ich. Und dann, als ich aufhörte, Rennen zu fahren, dann war es wohl, als hätte jemand einen Felsbrocken von ihrem Rücken genommen. Keine der Frauen wollte ihren Ehemann verlassen, während er noch Rennen fuhr, verstehst du.«

Das tat ich nicht. »Und du ließt sie einfach gehen?«

»Ich konnte sie nicht mehr halten. Es war vorbei, das Warten war ein Teil unserer Liebe gewesen. Und als das vorbei war, nun...«

»Aber du hast deine Rennen verloren.«

»Das war sowieso das Ende, Herzchen. Es ist immer das Ende, wenn man aufhört, gewinnen zu wollen.«

Ich hatte im Sand gelegen – Bikini, Sonnenbrille, eine wohlriechende Sonnenlotion – einen Orangensaft in der einen Hand, einen halbgeöffneten Band Proust in der anderen, das Telegramm »KOMME SPÄTER, IN LIEBE DAVID« zwischen den Seiten, und dann sah ich Chapman. Zwei Tage waren seit meiner Ankunft vergangen, und ich war halb gebräunt (ich hätte eine weitere Woche gebraucht, um ganz durchgebraten zu sein), und die Hitze und das Meer machten mich nervös.

Monaco während der Rennwoche war ein Anblick, den man sich gut sparen konnte: Ich haßte Autos und Menschenmassen. Chapman, mit seiner tadellos gebügelten Badehose, seinem sorgfältig gekämmten Haar und einem wunderbar flachen Bauch, stand ungefähr einen halben Meter von mir entfernt. Wenn er nicht zu mir hinunterschaute oder wenigstens einen kurzen Blick warf, heuchelte er Desinteresse.

»Wenn Sie mich ansprechen wollen, dann sollten Sie es besser jetzt gleich tun.« Ich klappte den Proust mit einiger Erleichterung zu und hielt mir die Hand über die Augen, um zu ihm hinaufzuschauen.

»Britisch?«

»Nein, Hottentotte.« Ich schloß die Augen, vielleicht, weil ich hoffte, er würde verschwinden. Der Sand neben mir bewegte sich; er hatte sich hingesetzt.
»Das bin ich auch. Engländer, meine ich... mein Name ist Chapman Miles.«
»Wie reizend.«
Weiterer Sand bewegte sich, und er streckte sich neben mir aus. Ich bedauerte mein impulsives Verhalten, aber er hatte schon sein Revier abgesteckt.
»Hören Sie, Sie waren es, die mich aufgefordert hat, Sie anzusprechen.«
»Nur in einem Wutanfall.«
»Nun, ich gehe nicht fort.«
Ich ließ ihn bleiben, zuerst schweigend und dann resigniert ermunterte ich ihn zu belanglosem Plaudern.
»Ich nehme an Rennen teil«, sagte er.
»Dazu sind Sie zu groß.«
»Was zum Teufel hat die Größe mit dem Fahren eines Wagens zu tun?«
»Ich dachte, Sie meinten Pferderennen. Zu groß für einen Jokkey. Ich mag eigentlich keine Autos, wissen Sie. Wir schenken ihnen zuviel Beachtung. Also, wenn Sie ein Jockey wären, könnte ich mit Ihnen über Pferde reden.«
»Ich bin Chapman Miles.«
Er scherte sich nicht um den Lärm, der Name schien zwischen geschlossenen Lippen hervorzukommen.
»Ja, das muß schrecklich sein, einen solchen Namen zu haben.«
Die Nennung seines Namens machte wenig Eindruck auf mich. Ich nahm an, er wollte gerne meinen Namen wissen, und ich zögerte, ihn zu nennen.
»Chapman Miles hat im letzten Jahr die Meisterschaft gewonnen. Aber ich vermute, wenn Sie Autos nicht mögen, dann haben Sie auch davon keine Ahnung.«

»Habe ich auch nicht.« Ich starrte auf die See hinaus, die mit kleinen weißen Tupfen besprenkelt und von Schwimmern überfüllt war.
»Ich bin Shelley.«
»Rennfahrer« war ein neuer Begriff in meinem Wortschatz, und ich war verdrießlich wegen Davids Verspätung. Wir machten nur einmal im Jahr Urlaub ohne die Kinder, und ich hatte Sehnsucht nach David.
Chapman und ich aßen gemeinsam zu Mittag und, fest entschlossen, ihn nicht mehr zu kennen, wenn die Zeit dazu kam, gestattete ich ihm, mein Knie zu tätscheln, meine Hände, meine Arme, und tief in meine Augen zu blicken. Im Augenblick würde nichts geschehen, er mußte seinen Wagen testen. Der gräßliche Lärm der Motoren zwang mich dazu, mich in die Stille meines Zimmers zurückzuziehen. Er kam um sechs und brachte Champagner und den Geruch von Auspuffgasen mit sich.
Ein Liebespaar für zwei Tage, das sich nie wieder begegnen würde, wenn es nach mir ging. Ich hatte mich ihm hingegeben, zumindest körperlich. Wir können es uns leisten, vor Fremden Stärke zu zeigen, aber wir müssen den Fremden daran erinnern, daß er genau das immer bleiben wird. Nun war diese seine »Liebe«, die über Jahre hinweg gekeimt hatte, eine Überraschung für mich, plötzlich wieder da. Sie war mir unbequem.
Die Kutsche hielt vor dem Hotel, und ich folgte ihm schweigend auf die Straße. Er hatte den Stein geworfen, es gab nichts mehr zu sagen, und nun wartete er darauf, daß die Kreise mich erreichten.
»Gute Nacht, Chapman!« In Gegenwart eines halben Dutzend Fremder küßte ich ihn förmlich auf die Wange und stieg in den Fahrstuhl, denn ich hatte schon in dem Moment, als wir das Hotel betraten, seine Erwartung gespürt.

Es war die Ruhe, das Warten, das mir angst machte. Vater hatte es mir vorausgesagt. Wie wahr. Ich hatte fünf Tage vor mir, einhundertundzwanzig Stunden, die sich bisweilen einfach weigerten vorüberzugehen.
Ich versuchte, diese Tage zu vergeuden; durchwanderte in der Hitze Straße um Straße und hoffte, mich für die Nacht zu erschöpfen; machte Besichtigungen um Manhattan und die Freiheitsstatue herum, immer und immer wieder, besuchte die Galerien, die Kinos, die Theater. Nicht nur, um dem Warten zu entfliehen, sondern auch, um Chapman aus dem Weg zu gehen. Und natürlich auch dem Telefon. Es war so magisch, so wundervoll; jeden Morgen, wenn ich aufstand, berührte ich es. Aber ich wußte, wenn ich den Hörer abnähme, würde ich die Nummer ihrer Wohnung wählen und wie ein stummes Aufnahmegerät darauf warten zu hören, wie David sagte: »Hallo.«
Ich dachte statt dessen an sie. Wie ironisch es war, daß ich, die ich in dieser Stadt ohne Freunde war, mich Candice anvertrauen wollte. Bei den Bemühungen, ihre Freundin zu sein, spürte ich, wie ich mit Sicherheit genau das unbewußt wurde. Das Bedürfnis zu hassen, diese kostbare Balance zu halten, war unumgänglich notwendig. Ich mußte in mir selbst tiefe Haßgefühle wachhalten.
Wenn jemand mich beobachtet hätte, wäre er vielleicht amüsiert gewesen. Über mein Gesicht, auf dem Kälte sich zu Leidenschaft wandelte, über meine Lippen, die ihren Namen murmelten, seinen Namen murmelten, während ich hin und her ging, mich umschaute, mich hinsetzte... Ich beobachtete Liebespaare, und aus irgendeinem eigenartigen Grund fiel mein Blick nur auf solche, die sich an der Hand hielten. New York war voll von ihnen, die alle meiner Einsamkeit spotteten.
Während ich im Bett lag und zu ungewohnter Stunde fernsah, ertappte ich mich dabei, daß ich über Chapman nachdachte. Ich

wollte ihm nicht glauben, wollte nicht glauben, daß ich fähig sein konnte, seine »Liebe« zu akzeptieren, und dennoch konnte ich seine Worte nicht aus meinem Kopf verbannen. Seine Worte waren bei weitem meiner Demütigung vorzuziehen.

Früh am Montag morgen rief ich sie zu Hause an, und David sagte: »Hallo.« Zu mir. Ich lag schweigend im Bett, die Sprechmuschel bedeckt, hörte ihm zu, wie er dieses einzige wundervolle Wort wiederholte, bis er den Hörer auflegte.

Drei Stunden später, nachdem ich mich wieder mit schönen Kleidern und Make-up Stück für Stück zusammengesetzt hatte, meine Entschlossenheit zurückgekehrt war und ich meine Gedanken wieder beisammen hatte, rief ich Candice an ihrem Arbeitsplatz an. Meine Werbung begann wieder, in ihrem Büro.

Wir trafen uns in der leeren Wohnung, diesmal schon als Freunde. Sie brachte einen großen Skizzenblock mit. Als wir uns auf einer Ecke der Fensterbank zusammendrängten, die Köpfe nahe beieinander, so daß sie sich fast berührten, und wir beide auf ihre Entwürfe für die Räume schauten, bewunderte ich sie. Sie war gut, hatte Phantasie und Stil.

Plötzlich ließ sie ihren Block auf ihren Schoß sinken. Bevor ich wußte, was geschah, war ihr Gesicht nur noch wenige Zentimeter von meinem entfernt.

»Finden Sie, daß ich müde aussehe?«

»Nicht besonders.«

»Das müßte ich eigentlich. Ich habe heute nacht überhaupt nicht geschlafen. Ich habe Frankie verloren... meine Katze. Er ist der einzige, der aus meinem Loft übriggeblieben ist. Ich habe alle anderen Tiere weggegeben, und er war bei mir, seit er ein Baby war. Nachts um eins konnte ich ihn nicht finden. Wir haben überall nachgeschaut. Ich habe die Schränke ausgeräumt, die Schubladen, alles. Ich bin sogar auf der Straße

herumgelaufen und habe nach ihm gerufen. Ich dachte, er wäre vom Sims gefallen.«
»Normalerweise können Katzen gut auf sich selbst aufpassen.«
»Frankie ist wie ich. Wir geraten beide leicht in Schwierigkeiten. Ich habe die ganze Nacht geweint, und dann, wissen Sie, wo der Mistkerl war? Auf der Gardinenstange. Ich habe eine Stunde lang mit ihm geschimpft.«
Ich nahm den Block von ihrem Schoß, denn ich hatte das Gefühl, daß sie dabei war, weiterhin über Frankie zu reden.
»Sie sind wirklich gut!« sagte ich.
»Danke.« Eine kleine Falte erschien zwischen ihren Augen. »Ich wünschte, andere Leute würden mich auch engagieren. Ich warte immer noch darauf, entdeckt zu werden.« Sie stand auf, drehte sich zum Fenster um und streckte weit ihre Arme aus. »Entdecke mich, Welt!« Einen Augenblick lang blieb sie so stehen, dann ließ sie langsam ihre Arme sinken. Ihr Lächeln war rasch und scheu. »Niemand hört mich je.«
»Ich werde es allen meinen Freunden in New York erzählen.«
»Das ist lieb.«
Sie wandte sich um, und plötzlich, bevor ich mich noch bewegen konnte, fiel sie über mich her und küßte mich auf die Wange. Es war eine sanfte, unschuldige Geste, aber dennoch brannte ihr Kuß auf meiner Haut.
»Das sollten Sie nicht. Ich habe doch noch nichts getan.«
Später öffnete ich meine Handtasche und gab ihr fünfhundert Dollar in bar.
»Ich sollte Ihnen wohl eine Quittung ausstellen.« Feierlich schrieb sie eine Empfangsbescheinigung aus und unterschrieb sie schwungvoll, wobei sie grinste, als sie sie mir reichte und das Geld entgegennahm. »Jetzt kann ich gehen und mir offizielles Briefpapier drucken lassen. Candice Schraft Inc...«
»Das hier reicht mir.«

»Hören Sie, wenn Sie heute nichts weiter vorhaben, warum kommen Sie dann nicht mit mir in meinen Health-Club? Heute ist mein ›Halte-dich-fit‹-Tag. Morgen ist mein Meditationstag, und am Donnerstag habe ich Gruppentherapie. Die werde ich aufgeben.«

»Das würde ich gerne tun!« warf ich ein, als sie Atem holte.

Wir fanden ein Taxi und bewegten uns langsam über die Fifth Avenue. Als wir an Saks vorbeikamen, ließ sie sich tiefer in ihren Sitz sinken. »Ich erwarte immer, daß mich der Blitz trifft, wenn ich an dieser Ecke vorbeikomme. Entweder kommt er aus der Kirche – ich bin seit Jahren nicht dort gewesen –, oder ein Blitzschlag kommt herüber von Saks. Ich schulde denen ein Vermögen.«

»Ich nehme an, er kommt von Saks. Die haben ein besseres Überwachungssystem als Gott.«

Das Taxi hielt vor ihrem Health-Club in der Vierundvierzigsten Straße.

»Ich habe keinen Gymnastikanzug.«

»Ich habe noch einen, den ich nicht brauche.« Sie musterte mich prüfend. »Wir haben ungefähr dieselbe Größe. Wissen Sie, ich bin so froh, daß Sie mitgekommen sind.«

»Das bin ich auch.« Sie zählte sorgfältig ihr Kleingeld, gab dem Fahrer Trinkgeld und stieg aus.

»Leben Sie allein in New York? Ich meine, abgesehen von Frankie.«

»Oh, nein.« Glücklich spazierte sie in den Club. »Ich lebe mit meinem Geliebten zusammen.«

Ich folgte ihr in die Eingangshalle, alles voller Chrom, Topfpflanzen und Ruhesesseln, mit der Atmosphäre eines teuren Schönheitssalons. Candice bürgte für mich, und ich bezahlte fünf Dollar.

»Ich habe ein Foto von ihm.«

»Das würde ich gerne sehen.«

Sie gab mir den Block, den sie trug, wühlte in ihrer Tasche und zog eine Brieftasche mit Schnappschüssen heraus. Mein Körper fühlte sich an wie schmelzendes Wachs. »Da. Das ist David.« Sie reichte mir die Brieftasche. Der jubelnde Klang in ihrer Stimme – ich weigerte mich, sie anzuschauen –, der sollte, der hätte meiner sein können. »Er ist Engländer.«

»Oh, so sieht er nicht aus.« Ich ließ meinen Kopf gesenkt, starrte auf das Farbfoto meines Mannes. Wenn ich ihrem Blick begegnet wäre, dann hätte sie die Bitterkeit und das Erkennen herausgelesen. »Obwohl man es heute schwer unterscheiden kann. Ich hätte gedacht, er wäre Amerikaner.«

»Ich finde ihn immer so englisch!« sagte sie, wobei sie sich den Hals verrenkte, um einen Blick auf das Foto zu werfen, das ich festhielt. Sie stand neben ihm, und sie hatten einander die Arme um die Taille geschlungen; der Hintergrund schien ein Pub irgendwo an der Themse zu sein.

»Ein charaktervolles Gesicht, finden Sie nicht?«

»Er ist... prächtig.«

Wir waren im Umkleideraum. Die Wände waren pink, entschieden feminin, mit einer Reihe von Spiegeln auf der einen Seite des Raumes. Vier wenig reizvolle Frauen erneuerten ihr Make-up. Den übrigen Raum nahmen schmale Kabinen ein. Die meisten Frauen waren in mittlerem Alter, sie brauchten eher ein Wunder als Gymnastik. Nur ein oder zwei waren so jung wie Candy.

»Wie haben Sie ihn kennengelernt?«

»Wir haben uns im vergangenen Jahr in New York getroffen.« Sie nahm die Brieftasche, schaute nochmals auf den Schnappschuß und ließ sie wieder in ihre Tasche fallen. »Er war hier, um ein Geschäft für seine Spielzeugfabrik abzuschließen, und ein Freund hat uns miteinander bekannt gemacht. Wau! Er weiß wirklich, wie man eine Frau um den Verstand bringt. Er war so sicher, daß er mich wollte.«

»Das Foto sieht aus, als wäre es in London aufgenommen.« Wenn ich jetzt lächelte, würde dann mein Gesicht in Stücke zerfallen?
Sie nahm meine Tasche, stellte sie zusammen mit ihrer eigenen in das Schließfach und gab mir den schwarzen Gymnastikanzug. Wir suchten uns Umkleidekabinen nebeneinander, so daß wir gleichzeitig miteinander reden und uns umziehen konnten. Ich konnte das Rascheln ihrer Kleider hören, als ich mich schnell auszog.
»Wir sind in Kontakt geblieben, und als ich nach London kam, habe ich ihn besucht. Wir hatten zwei wunderbare Wochen zusammen.« Sie verstummte für einen Augenblick; ich hoffte, sie wurde von Schuldgefühl erstickt. »Allerdings waren wir nicht die ganze Zeit zusammen.«
»Warum nicht?«
»Er ist verheiratet.«
»Ohhh!« Ein langer, mitleidiger Laut, voller Verständnis und Mitgefühl. Zweifellos ein Talent, das ich von meiner Mutter geerbt hatte, obgleich ich nie ihre ganze Fülle des Ausdrucks hatte. Sicher würde mir Übung helfen. »Wußten Sie das, als Sie ihn kennenlernten?«
»Ja. Er hat mir auch gesagt, er wäre sehr glücklich mit ihr.«
Die Freude und die Verwirrung machten mich zuerst schwindelig, dann drückten sie mich zu Boden. Er war glücklich, und ich war völlig ausgefüllt, aber, mein Gott, was will ein Mann mehr, als glücklich zu sein? Ging er weg, weil er zu glücklich war – war das möglich? Oder war zwischen dem Zeitpunkt, als er es ihr erzählt hatte, und dem seines Weggehens das Glück beendet gewesen?
»Es ist seltsam, daß er sie dann verlassen hat, wenn er glücklich war.«
Meine Stimme klang so entfernt, daß sie mir nur wie ein Echo zu sein schien. »Sie«, das meinte mich. Eigenartig, daß ich

mich selbst so nennen konnte, daß ich mich davon abhalten konnte, die Frage anders zu formulieren: Warum hat er *mich* verlassen?«

»Das war, als wir uns zum ersten Mal trafen. Die Dinge hatten sich irgendwie verändert, als ich nach London kam.«

Wie lange war das her? Ein Jahr, neun Monate? Zeit genug, damit das Universum sich veränderte, und dennoch fanden meine Gedanken, als sie vor- und zurückrasten, prüften, verwarfen, verzweifelt suchten, diese Veränderung nicht. Sie hatte außerhalb meines Gesichtskreises stattgefunden. Sie mußte den Grund kennen, aber ich schrak vor diesem Wissen zurück. Ich wollte es noch diesen einen Augenblick lang von mir fernhalten, um Zeit zu haben, meine Kraft zu sammeln.

Wir verließen beide unsere Kabinen zur selben Zeit.

»Haben Sie sie kennengelernt?« Die Frage mußte kommen. Eine ganz natürliche Frage, deren Antwort ich schon zu kennen glaubte.

Candice blickte mich prüfend an. »Ja. Auf gewisse Weise.« Sie lächelte ein wenig, ihre makellosen Zähne schimmerten im Licht. »Ich habe ein Bild von ihr gesehen.«

KAPITEL 8

Das Herz bleibt stehen. Und auch der Atem. Der Körper – Knochen und Fleisch und Blut – wird unerträglich schwer. Ich sah diese riesigen blauen Augen, die ganz ihr wachsames, berechnendes Gesicht auszufüllen schienen. Ich empfand ganz plötzlich Angst vor ihr – und Verzweiflung um mich. Sie hatte vom ersten Augenblick an, als ich ihr Leben betrat, gewußt, wer ich war, und ich, so angetan von meiner eigenen Schlauheit, hatte an nichts weiter gedacht als daran, ihr Leben auszuforschen. Sie hatte mich eingekreist: wachsam, hatte bis zu diesem Moment gewartet. Was hatte mein Vater mir gesagt? »Einmal habe ich angegriffen, und der verdammte Feind war nicht da.« Er hatte Glück gehabt; ich war vom Feind umzingelt.

»Oh«, hörte ich mich sagen: kurz und freundlich.

Sie lachte und schob ihr Haar zurück. »Sie sieht sehr gut aus, aber es ist schwierig zu sagen.«

Ich griff nach dem »sie«, hielt mich mit meiner ganzen Kraft daran fest.

»Warum? Ist das Foto unscharf?«

»Oh, es ist kein Foto. David hat ein gemaltes Porträt. Ein ziemlich kleines ...« Sie umriß die Größe meines Selbstporträts mit den Händen. Fünfundzwanzig mal fünfundzwanzig Zentimeter, wenn ich mich richtig erinnerte, und aus schierer Erleichterung lachte ich laut heraus. Sie sah verwirrt aus, und ich schüttelte den Kopf über diesen Scherz, den nur ich verstand. »... in Öl gemalt. Es ist nicht wirklich gut, eine schlechte Imitation

von Van Gogh. Sie hat es wohl im College gemalt, und ich habe zu David gesagt, daß es gut für sie war, daß er sie geheiratet hat. Sie hätte es als Malerin nie zu etwas gebracht.«
»Hängt es im Schlafzimmer?« Das Hochgefühl verstärkte sich, drehte sich im Kreis, trug mich höher und höher in die Luft, so daß es schien, als würde ich aus großer Höhe auf sie herabblikken.
Ihr ärgerliches Schnauben hob mich nur noch höher. Er hatte es eigentlich dort aufhängen wollen, sagte sie. »Ich habe ihm gesagt, er soll es lieber in seiner Aktentasche eingeschlossen lassen. Wenn es ein gutes Bild gewesen wäre, hätte ich nichts dagegen gehabt – nun, nicht allzu viel. Aber es ist schrecklich.«
Mein Grinsen muß töricht gewirkt haben; sie hätte das Bild abstoßend und mich häßlich nennen können, und ich hätte trotzdem gelächelt. David hielt an mir fest, erinnerte sich meiner immer noch als einer jungen Frau.
Die Sporthalle war groß, luftig und zu hell. Männer und Frauen ächzten, schwitzten, stemmten ihre Körper gegen Maschinen. Im Durchschnitt sahen die Männer fitter und schlanker aus; die Frauen strengten sich mehr an. Candice und ich wählten Fahrräder nebeneinander, stiegen auf und begannen zu treten.
»War David...« Oh, Gott, hatte *sie* seinen Namen erwähnt?
»... war er Ihr erster Liebhaber?«
»Nein.« Sie hatte die Pause nicht bemerkt. Sie schien zu seufzen; es hätte die Anstrengung an der Maschine sein können. »Ich habe mich schrecklich verliebt, als ich zwanzig war. Der Bursche war achtundvierzig – scheint, als ob mir ältere Männer zur Gewohnheit geworden sind. Ich war gerade mit dem College fertig und nach New York gezogen, als ich ihn durch meine Arbeit traf. Er war einer der Direktoren der Firma, Börsenmakler, und er hatte fünf Sitze an der Börse. Er war alles, wovon ein

Mädchen in meinem Alter nur träumen konnte. Gutaussehend, schneidig, reich und ein wunderbarer Liebhaber. Es gab nur eines, was mir nicht gefiel. Er war verheiratet.«

»Das scheint auch eine Ihrer Gewohnheiten zu sein.«

»Genau, so bin ich. Ich suche mir unfehlbar den falschen Mann aus. Bei David wird das anders.« Sie trat kräftiger in die Pedale, und ich tat mein Bestes, um mit ihr mitzuhalten. Sie schien den Schmerz abarbeiten zu wollen, der immer noch irgendwo verborgen war, in der Hoffnung, ihm nie wieder zu begegnen. »Jedenfalls Bob – so hieß er – und ich, wir taten uns zusammen. Er hatte eine Wohnung in der Achtundfünfzigsten Straße, er half mir und brachte einiges von seinen Sachen dorthin ... ein paar Anzüge, Schuhe. Genug, um mich überglücklich zu machen. Wir aßen zweimal in der Woche zusammen zu Abend, und an Wochenenden fuhren wir manchmal nach Acapulco oder nach Key West ... es war wie im Himmel. Gott, ich habe ihn wirklich geliebt.«

Ihre Augen waren geschlossen. Ich schaute nicht zu ihr hin, so wie man es tut, wenn man einer Freundin oder selbst einem Fremden einen ungestörten Augenblick gewähren will. Auf der anderen Seite des Raumes lief ein rundlicher Mann endlos auf einem Laufband vor einem Spiegel.

»Patricia, haben Sie je einen Mann so sehr geliebt, daß es schmerzte?«

»Ja.«

»Ich habe mir nie klargemacht, daß es so etwas geben könnte. Als er anfing, sich seltener mit mir zu treffen, wurde es noch schlimmer. Wir waren ein paar Jahre miteinander gegangen – ein komisches Wort, dann sprach er von Heirat. Das war alles, was ich wollte. Vermutlich wurde ich, als er das gesagt hatte, besitzergreifender. Ich wollte ihn jeden Tag treffen. Natürlich ging das nicht. Er hatte eine Frau und vier Kinder in Westchester – aber wir wollten fortlaufen auf irgendein Inselparadies.

Ich weiß nicht, wann das Ende anfing. Aus zweimal in der Woche wurde einmal, dann einmal alle zwei Wochen. Ich hatte das Gefühl, verrückt zu werden, und dann tat ich etwas sehr Dummes.«

Sie hörte auf, in die Pedale zu treten, richtete den Kopf auf und legte ihn in den Nacken, holte mit offenem, gierigem Mund tief Luft, und über ihr hübsches Gesicht rannen Schweißperlen wie Tränen. Erhitzt, glühend, war sie rührend hübsch; die Brustwarzen steif, die Brüste fest und hoch, die Beine lang und muskulös.

»Was?« Ich stieg ab und ging ein paar Schritte fort.

Sie folgte mir. Ich konnte ihren Schweiß und ihr Parfüm riechen.

»Ich wurde von ihm schwanger.« Ihr Lachen war hohl, rauh. »Mein Vater hat immer gesagt, ich würde alles tun, um zu gewinnen... selbst Dummheiten würde ich begehen, und das war das Allerdümmste. Aber mir fiel nichts anderes ein, um ihn zu halten.«

»Das tut mir leid.«

»Zum Teufel, schwanger zu werden war noch das Einfachste.«

Sie begann, gymnastische Übungen zu machen. Ich stand ihr gegenüber und berührte im selben Rhythmus wie sie meine Zehen.

»Er benahm sich wie der perfekte Gentleman. Er kam in die Wohnung, überreichte mir einen Umschlag mit Bargeld – natürlich mit einem Kuß – und ließ mich eine Abtreibung machen. Ich habe ihn nie wiedergesehen.«

»Mistkerl.«

»Ja. Aber ich kann ihm trotzdem keine Schuld geben. Ich war alt genug, um für mich selbst zu sorgen.« Sie berührte ihre Zehen ein dutzendmal. Ich war dankbar, daß auch ich das konnte. Sie setzte sich hin, die ausgestreckten Beine geschlossen.

»Könnten Sie meine Knöchel festhalten?«
Ich tat es, beobachtete, wie sie sich zurücklegte und wieder aufrichtete, ohne alle Anstrengung.
»Der einzige Mensch, zu dem ich wirklich gehen konnte, war mein Vater. Er war wirklich ein Schatz. Ich glaube, es tat ihm genauso weh wie mir. Mit meiner Stiefmutter konnte ich nicht reden... wir kommen nicht gut miteinander aus. Er brachte mich in die Klinik, wartete auf mich und versorgte mich ein paar Tage lang. Er wollte gerne noch länger bleiben oder mich mit nach Hause nehmen. Ich wollte ein tapferes Mädchen sein und erlaubte ihm nicht, noch zu bleiben. Ich wünschte, ich hätte es getan.«
»Sie haben doch keine... Dummheiten gemacht, oder?«
»Schauen Sie nicht so bekümmert drein. Keine solche Dummheit. Sie sind jetzt an der Reihe.«
Sie setzte sich auf, hielt meine Knöchel fest und schaute mir zu, wie ich mich hinlegte und aufrichtete. Ich hatte nicht die Absicht, das so oft zu machen wie sie. »Da gab es einen Jungen, den ich von der Schule her kannte, der in mich verliebt war. Ein typisch amerikanischer Knabe, wenn Sie wissen, was ich meine. Der Junge von nebenan. Er begann, sich mit mir zu treffen, und... ich weiß nicht. Es war einfach so, daß ich begehrt werden wollte, nach allem, was ich durchgemacht hatte. Ich habe ihn geheiratet.«
»Ach, du meine Güte.«
»Ich weiß.« Sie betrachtete mich prüfend. »Ich hoffe, daß mein Körper so in Form ist wie Ihrer, wenn ich in Ihrem Alter bin.«
»Danke, Candice. Ich glaube, ich habe jetzt genug.«
Ich saß neben ihr und atmete schwer. Ihr Gesicht sah plötzlich älter und weiser aus. Sie hatte nicht nur das Beste vom Leben gehabt, wie ich vorher vermutet hatte, sondern sie hatte sich tief hineingestürzt. Ich wünschte... ich hätte sie nicht noch tiefer hineinstürzen müssen. Ich wünschte, sie wäre ein ande-

rer Mensch gewesen. Die Frau dort drüben auf der anderen Seite des Raumes.

»Wie lange hielt es?«

»Ein paar Wochen... Ich habe ihn verletzt mit dem, was ich tat, aber ich konnte diese Heirat nicht durchstehen. Ich habe es nicht einmal versucht. Man kann nicht immer an andere denken, nicht wahr?«

»Nein.«

»Wollen Sie schwimmen? Ich verbringe immer eine halbe Stunde im Pool. Das ist die beste Gymnastik.« Ich war wieder etwas zu Atem gekommen, als wir die Sporthalle verließen, die mich so sehr an meine Schultage erinnerte.

»Ich glaube nicht. Aber gehen Sie ruhig. Ich hätte nichts gegen einen Besuch in der Sauna, wenn es hier eine gibt.« Ich mußte allein sein, um erneut ein wenig Abstand zu gewinnen.

»Oh, ich begleite Sie.«

Es waren drei Frauen dort, die sich backen ließen; schwitzend und in Handtücher gehüllt, saßen sie auf den Bänken wie gerupfte Hühner.

»Weiß David von alledem?«

»Er weiß nicht alles. Er weiß von Bob, aber nichts von der Abtreibung und der Heirat. Ich werde es ihm später erzählen.«

Ich wog die kostbare Information sorgfältig ab. Es ist niemals weise, die eigene Vergangenheit vor dem Geliebten zu verstecken, egal, wie trivial die Sache ist; und dies hier war nicht trivial.

»Glauben Sie, ich sollte es ihm erzählen?«

»Das kann ich nur schwer sagen, ohne ihn zu kennen, aber ich vermute, Sie sollten es tun.«

David mußte es erfahren, aber nicht von mir. Es mußte eine andere Person sein. Wenn nicht Candice, wer dann? In dieser Hitze fiel mir niemand ein.

»Es wundert mich, daß Sie nach alldem nicht zum Psychiater gegangen sind. Ich hätte es nötig gehabt.«
»Eine Weile bin ich hingegangen. Bis ich Pete fand.«
»Das ist doch nicht auch eine Katze, oder?«
Sie fiel gegen mich, als sie lachte. Ihre Haut war seidig und heiß.
»Nein, das ist mein Medium. Er ist so auf mich eingestellt, Patricia. Ich schwöre Ihnen, er kennt mein ganzes Leben. Er hat mir gesagt, daß ich im Umgang mit anderen Frauen unsicher bin, weil ich nie eine Mutter gehabt habe... Er sagt, ich bin sehr ehrgeizig – und ich würde Erfolg haben. Tatsächlich...«, sie starrte mich an und wischte sich den Schweiß vom Gesicht, »...im vergangenen Monat hat er mir gesagt, daß ich in eine Beziehung zu einer Frau treten würde. Oh, nichts Sexuelles...« Sie kicherte.
Ich lächelte. »Hat er gesagt, daß es eine gute Beziehung sein würde?«
»Pete war sich nicht so sicher. Er konnte es nicht genau erkennen... er hatte nur das Gefühl, wir würden vielleicht miteinander auskommen. Er hat mir schon lange vorher von David und meiner Begegnung mit ihm erzählt.«
»Hat er gesagt, daß sie halten würde?«
»Oh, für immer.« Sie blickte mich nachdenklich an.
»Ich rede immer über mich selbst. Sie müssen sich schrecklich langweilen.«
»Überhaupt nicht. Ich finde es faszinierend. In meinem Leben gibt es keine Medien... und im Augenblick auch keine Liebhaber.«
»Ich weiß nicht einmal, ob Sie verheiratet gewesen sind.«
»Ich war es. Ich lebe jetzt getrennt. Ich habe herausgefunden, daß mein Mann...« Denk nach, Shelley, denk nach. »...schwul war. Hier bei Ihnen sagt man ›gay‹.«
»Wußten Sie das nicht, als Sie ihn heirateten? Ich hätte es gemerkt.«

»Nicht bei einem Engländer.«
Hörner aufgesetzt zu bekommen nicht von einer Frau, sondern von einem Mann war vermutlich in diesen Tagen eine alltägliche Demütigung. Was früher eine Leiche im Keller war, ist heute ein offenes Geheimnis. Ich versuchte mir den Augenblick dieser Entdeckung für Patricia Middleton vorzustellen, wie sie ihren Mann dabei ertappt, den wundervoll geformten Hintern eines jungen Knaben anzuschmachten. Vielleicht war sie sogar bloß aus dem Supermarkt nach Hause gekommen und fand die beiden, wie sie sich in den Kissen wälzten. Der Schock, die Hysterie, die Anklage, untreu geworden zu sein.
»Ich fing an, Verdacht zu schöpfen, als er nach Hause kam und nach Aramis roch. Er hat immer Monsieur Lanvin benutzt.«
»Was für ein Zufall.« Sie lachte und klatschte in die Hände. »Das ist dasselbe After-shave, das David benutzt.«
»Tatsächlich?« Ich lächelte. »Ich habe die beiden nicht direkt in flagranti erwischt. Wir haben alles sehr vernünftig miteinander diskutiert – er sagte, er bevorzuge Männer, und ich sagte ›Oh‹. Und das war das Ende.«
Ich seufzte. Es war anstrengend, sich bei dieser Hitze von 120 Grad eine Geschichte auszudenken und sie dann auch noch zu behalten. Ich hoffte, sie hatte jetzt genug.
Sie hatte. Wir erhoben uns beide, glitschig vor Schweiß, und gingen zu den Duschen, die nebenan waren. Sie besorgte mir eine Duschhaube, und das Wasser, das kalt und in einem harten Strahl kam, brachte uns beide zum Schweigen. Ich brauchte dieses Schweigen. Sie war bereit – ausgestreckt, offen, verletzlich – für meinen Schnitt. Wenn ich es tun konnte, ohne sie noch mehr zu verletzen, dann würde ich es tun, aber ich wußte nicht, wie. Bis jetzt wußte ich nicht einmal, wie ich das benutzen konnte, was ich wußte. Ich würde noch mehr Zeit brauchen, noch länger warten müssen.
Abgetrocknet, in weiche, große Handtücher gehüllt, so dicht

nebeneinander, daß unsere Schultern sich berührten, spazierten wir zurück zu unseren Kabinen, um uns umzuziehen.
»Wann haben Sie entschieden, daß David der Mann war, den Sie suchten?«
»Nach unserer gemeinsamen Zeit in New York. Er ist ein so starker, sanfter Mann, seiner selbst so sicher ... Und, wissen Sie, er ist einer der wenigen wirklich ehrlichen Männer, die ich je getroffen habe. Also habe ich mich, als ich genug Geld zusammen hatte, auf die Reise nach London gemacht und als allererstes ihn angerufen.«
Und so war sie, ohne alle Vorwarnung, aus den Wolken herabgestiegen; ein Vampir, der mein Herzblut aussaugte.
»Haben Sie keine Gewissensbisse verspürt?« Dieses fast mittelalterliche Wort; viel besser als »Schuld«, das an Verbrechen denken läßt und nicht an Gefühle. »Weil Sie seine Ehe zerstörten?«
»Ich glaube nicht, daß seine Ehe funktioniert hat. Ich bin sehr glücklich, daß ich ihn habe. Ich nehme an, ich sollte Mitleid mit Shelley haben, aber sie war überhaupt nicht sein Typ, wissen Sie.«
»Oh.« Ich unterdrückte meine Ungeduld und fragte nicht, warum. Es war ein Spiel. Diese Person Shelley war eine Fremde für mich, ich mußte meine Informationen Zentimeter um Zentimeter mühsam erkämpfen. Ich fühlte keinen Schmerz, nur eine fast ruhige, völlig unnormale Gleichgültigkeit.
»Wie lange waren David und Shelley miteinander verheiratet?«
»Achtzehn Jahre.«
Sie hätte ebensogut achtzehn Tage oder achtzehn Stunden sagen können. Ihr bedeutete das nichts. Meine Vergangenheit war nicht die ihre; sie konnte dieser unglückseligen Frau gleichgültig gegenüberstehen – die sich da draußen in Hamp-

stead die Haare ausraufte, an ihren Ehemann verzweifelte Bitten richtete, die das geldgierige Miststück verfluchte, das sie beraubt hatte – dieser Frau namens Shelley.

»Ich habe viel über sie nachgedacht und versucht, sie mir vorzustellen, so gut es ging. Ich habe schließlich entschieden, daß ich sie nicht besonders mag.«

Wir setzten uns auf Stühle nebeneinander vor dem zu hell beleuchteten Spiegel. Ich hätte es lieber ein wenig dunkler gehabt; hier, mit ihrem vom Spiegel eingerahmten Gesicht neben mir, fühlte ich mich ohne Make-up wie ein altes Weib. Nur eine andere Frau war noch im Hintergrund da, am anderen Ende des Raumes, die sich angestrengt vorbeugte und ihre Augenlider bemalte. Niemand war da, an dem ich mich festhalten konnte, als diese Welle des Schmerzes sich in meiner Brust ausbreitete.

»Wollen Sie das mal probieren? Das mag ich am liebsten.«

Sie gab mir ihr Parfüm; ich tupfte es auf mein Handgelenk und schnüffelte daran. Es war köstlich, L'Air du Temps, reizend und zu jung für mich.

»Es ist wundervoll. Warum mögen Sie sie nicht? Ich meine Shelley.«

Die Frage war wie ein Kind aus der Tiefe meines Körpers gekommen. Im nächsten Augenblick würde sie mir antworten, mit einer Beschreibung, nicht, wie sie mich sah, sondern mit dem Bild, das David von mir hatte.

Das Warten kam mir endlos vor, während sie die Stirn runzelte und versuchte, mich in einem einzigen Eindruck zusammenzufassen, als wäre ich eine Schwarzweißfotografie oder eine Wachspuppe. Ich wünschte, ich würde auf den Knien liegen und die aufstrebenden Bögen einer Kathedrale würden mich beschützen.

»Arrogant.«

Ihre Einschätzung von Shelley in einem Begriff verschlug mir den Atem, und ich zerbrach den Verschluß meiner Halskette. »Wie schade!« sagte sie, aber sie nickte ihrem Spiegelbild zu, offenbar zufrieden mit ihrem Hieb gegen diese Fremde.

Ich? Arrogant? Der Spiegel, den uns andere Leute vorhalten, zeigt sehr selten das Bild, das wir sehen wollen.

»Ist es das, was David von dieser... Shelley sagt?«

»Nein, aber es ist der Eindruck, den ich habe. Er spricht über sie mit einer Art... sagen wir... Hochachtung. Ich glaube, er ist nie über die Tatsache hinweggekommen, daß er das Gefühl hat, sie ist besser als er. Sie ist eine Aristokratin, die Tochter eines Generals, kann einen Monet von einem Manet unterscheiden...« Sie schnüffelte verächtlich. »... aber wer zum Teufel kann das nicht, verehrt Artur Rubinstein und all dieses alberne Zeug. Er spricht von ihr, als wäre sie eine gottverdammte Göttin. Ich habe ihm gesagt, er wäre verrückt. Ich sagte, du bumst sie doch, nicht wahr? Wie kannst du sie dann immer noch so sehen, wenn sie flach auf dem Rücken liegt.«

Ein Raum in einem Trümmerhaus in einem Londoner Slum vor achtzehn Jahren hätte ihm diese Illusion nehmen müssen. Aber ist es nicht so, daß wir, die wir uns unsere Helden schaffen, vergessen, wer sie zuerst erdacht hat?

»Was für ein verdammter Narr.«

»Das ist genau das, was ich gesagt habe.«

»Warum um alles in der Welt hat er sie geheiratet?«

»David ist ehrgeizig, und sie hatte, was er wollte. Stil und Klasse.«

»Aber hat er sie denn geliebt?«

Hatte ich achtzehn, nahezu neunzehn Jahre lang geliebt, nur um jetzt durch eine Fremde zu erfahren, daß meine Liebe nie erwidert worden war?

Ihr Achselzucken war ausweichend.

»Ich nehme an, das ist schwierig zu sagen. Manchmal scheint er sie geliebt zu haben, zu anderen Zeiten dann wieder...«

Das genügte mir. »Manchmal« ist das Höchstmaß, das man von der Liebe erwarten kann, die nie konstant sein kann. Niemand ist stark genug, um tagein, tagaus, Monat für Monat, Jahr für Jahr dieselbe Energie aufzubringen. Ich hatte mein »manchmal«, wenn ich tage- und wochenlang nichts für ihn empfinden konnte; eine gleichgültige Flaute herrschte dann zwischen uns, und ich war von hoffnungsloser Einsamkeit umschlossen. Dann weckte ein Wort, eine Geste, ein Blick die Liebe wieder auf. Sie würde das nicht verstehen können. Mitten in einer leidenschaftlichen Beziehung konnte sie sich deren Ende nicht vorstellen.

»Haben Sie denn den Stil und die Klasse, so drückten Sie sich doch wohl aus, den er will?« Ich schminkte mein Gesicht fertig und beobachtete, wie sie ihre Augenwimpern bürstete.

»Nicht so viel wie sie. Ich stelle mir vor, daß sie in gewisser Weise...« Sie schaute mich an. »...in gewisser Weise könnte sie so wie Sie sein. Ich stelle mir vor, daß diese Shelley ein Mensch von der Art ist, wie Sie es sind, obwohl Sie viel netter sind. Ich habe das Gefühl, daß sie eine sehr hochnäsige Person ist. Ein richtiger Snob.«

»Auch wenn sie David geheiratet hat?«

»Trotzdem. Ich vermute, sie hat sich in ihn verliebt, aber vergessen Sie nicht, daß er ziemlich reich geworden ist. Wenn er ein Fabrikarbeiter oder so etwas geblieben wäre, dann hätte diese Ehe nie funktioniert.«

»Aber er war doch...« Halt – ich wußte nichts über Shelley. »...waren die beiden nicht anfangs sehr arm?«

»Natürlich, aber sie wußte, daß er nicht arm bleiben würde.«

»Nach Ihren Worten klingt sie sehr berechnend.«

»Ich glaube, das ist sie.«

»Es klingt so, als wäre sie eine gräßliche Person.« Wir standen zusammen auf und gingen hinaus.

»Hat er sie deshalb verlassen?« Das würde die letzte Frage über

diese beiden Fremden, David und Shelley bleiben müssen, denn Candice schaute mich nachdenklich an.
»Zum Teil, aber es ist schwer zu sagen. Ich glaube, er suchte eine neue Herausforderung, und sie wollte da nicht mitmachen. Sie saß sicher und geschützt in ihrem kleinen Haus. Bei mir weiß er, daß es immer Herausforderungen geben wird. Ich werde keine verdammte Hausfrau, so wie sie es war.«
Arrogant, berechnend, langweilig. Das war Shelley nach den Worten von Candice, und das deprimierte mich so, daß ich verstummte. All das zu sein war genug, um jeden Mann aus einer Ehe zu vertreiben. Und Candice, gesund und hübsch, voller Liebe und Leben, war die Alternative. Ich hätte ihm mehr geben können, aber selbst jetzt konnte ich nicht erkennen, wie ich hätte in der Lage sein sollen, mich noch weitgehender zwischen ihm, den drei Kindern und mir selbst aufzuteilen. Keine Frau hätte so viel Kraft, um noch weiter zu gehen.
»Sie sind nachdenklich, Patricia.«
»Ich habe darüber nachgedacht, wie romantisch das alles ist. Warum hat er sich in Sie verliebt?«
»Meiner Wangenknochen wegen, sagte er.« Sie drehte sich um und lachte, so daß ich sie sehen konnte. Sie waren betonter als meine. »Er sagte, er hätte nie eine so bekloppte Person mit solch schönen Knochen gesehen. Wie konnte ich da widerstehen? Zuerst, als er ›bekloppt‹ sagte, dachte ich, er meint ›mit allen Wassern gewaschen‹, und ich kam nicht dahinter. Es bedeutet soviel wie ›verrückt, nicht wahr?«
»Ja.«
»Also, wenn man einer Frau diese Art von Kompliment macht, und er sagt auch, so jemand wie ich brauchte einen Menschen, der sich um ihn kümmert... Ich hatte nur den einen Gedanken – nach London zu fahren und ihn mir zu holen.«
»Ich nehme an, daß er geschmeichelt war.«
»Aber ja.«

Ich bezweifelte, daß ich noch mehr ertragen konnte. Es war, als wäre das Messer umgedreht worden, und jetzt war ich es, die es in den Eingeweiden verspürte.

»Ich will meine Halskette reparieren lassen, Candice, deshalb . . .«

»Oh, Sie sollten zu Anne gehen. Sie ist meine beste Freundin.« Sie schrieb Annes Namen auf und gab mir den Zettel. »Sie hat ein fabelhaftes kleines Schmuckgeschäft auf der Achtundfünfzigsten Straße. Berufen Sie sich auf jeden Fall auf mich.«

»Das werde ich.«

Sie blieb stehen und schaute mir ins Gesicht. Wir standen einen halben Meter auseinander, und die Menschen gingen an uns vorbei. Ich spürte, daß sie im Begriff war, mir erneut etwas anzuvertrauen, und ich versuchte, ermutigend zu lächeln. Ich hoffte nur, ich würde es schaffen, wenn es ein erneuter Hieb gegen »Shelley« war, meine Gesichtsmuskeln weiterhin so unter Kontrolle zu halten, daß ich diesen interessierten, aufmerksamen Ausdruck beibehielt.

»Anfangs war ich mir nicht sicher, ob ich Sie mag!« sagte sie. »Sie schienen eine dieser reichen Frauen zu sein, die ich ständig bei meiner Arbeit treffe und immer hasse. Nur Geld und kein Geschmack. Man muß nach ihren Launen springen, ja, gnädige Frau, nein, gnädige Frau, und dann die Sachen, die sie aussuchen . . .« Sie stöhnte und lachte. Auch ich lachte, sie hatte jetzt Zutrauen zu mir gefaßt. »Aber Sie sind so nett, und Sie interessieren sich wirklich für mich.«

»O ja, das tue ich, sehr sogar. Als wir uns trafen, war ich sicher, daß wir Freunde werden.«

»Das sind wir, Patricia.« Sie ging ein paar Schritte weiter. »Warum kommen Sie nicht mit mir und lernen David kennen? Sein Büro ist neben meinem.« Sie nahm meinen Arm und zog mich sanft weiter, während ich versuchte, stehenzubleiben. »Ich bin sicher, Sie werden ihn mögen.«

»Das tue ich schon jetzt ...« Sanft löste ich meinen Arm aus ihrem Griff. »... nach dem, was Sie mir von ihm erzählt haben. Ich habe um vier Uhr eine Verabredung, aber ich würde ihn wirklich sehr gerne treffen. Wir wollen einen Abend zu viert verbringen, wenn Sie die Wohnung eingerichtet haben.«

»Haben Sie denn jemanden hier in New York, der Ihnen etwas bedeutet?«

»Mehr oder weniger.«

»Manchmal wünsche ich, ich hätte Ihre Selbstsicherheit.«

»Ich glaube nicht, daß das zu Ihnen passen würde, Candice.« Ich mußte den Stachel entfernen, bevor er zu tief stach. »Es ist nur Fassade, wissen Sie.«

Die Verabredung, die ich hatte, war mit meinem Hotelzimmer. Ich saß da, die Füße auf der Klimaanlage, und starrte hinaus auf den Central Park. Ich steckte bis zum Hals in der Asche ihrer Worte, und ich war unfähig, mich aus ihr zu erheben.

In jenem traurigen Raum vor achtzehn Jahren hatte ich gewisse Überlegungen angestellt. Bis dahin hatte ich nur Verehrer gehabt, die an meinem Körper herumfummelten und die abgestoßen waren von meiner Stärke. (Von meiner Arroganz, wie Candice vermutlich gesagt hätte.) David hatte mich in jener Nacht genommen, wie ich genommen werden mußte; von jemandem überwältigt, der stärker war als ich. Berechnen wir nicht alle unsere Zukunft, ob wir nun allein sind oder nicht? Ich hatte daran geglaubt, daß David den Erfolg haben würde, den er mit Vierzig haben wollte. Wäre er nicht erfolgreich gewesen, dann wäre unsere Ehe in der Tat zerbrochen – nicht wegen des Mangels an Geld, sondern weil er das Gefühl gehabt hätte, ein Versager zu sein.

Ich war eine Hausfrau. Ich hatte diese Rolle gewählt, sie war mir nicht aufgezwungen worden. Ich träumte nie davon, der große Industriemagnat in der Familie zu sein – eher schon vielleicht ein Chagall oder ein Modigliani, obgleich ich wußte, daß das Talent dazu nicht da war. Während der ersten zwei Jahre unserer Ehe hatte ich Buchumschläge entworfen, ich schuf melodramatische Bücherdeckel für mittelmäßige Romane. Das war eine Arbeit, die mir allen Enthusiasmus am Leben genommen hätte, wenn ich sie lange gemacht hätte.

Statt dessen hatte ich mich, da auf mich das Ritual der täglichen Brotarbeit nie eine besondere Anziehungskraft ausgeübt hatte, glücklich in der Kunst geübt, Frau und Mutter zu sein, und mich dem Abenteuer Ehe und Kinder gestellt. Charles, Samantha und Miranda würden so stark und selbstsicher werden wie David und ich es waren, und nichts anderes hatte gezählt.

Um sieben Uhr klingelte das Telefon. Ich war erleichtert, meinem Brüten zu entfliehen; dieses Mal war ich glücklich, Chapmans Stimme zu hören.

Um halb acht schickte er mir Blumen, einen Fliederstrauß. Empfänglich für romantische Gesten, verbrachte ich länger als sonst damit, mich für das Abendessen fertigzumachen. Die Blumen munterten meine Stimmung auf. Ich summte vor mich hin, sang und tanzte sogar zwischen Badezimmer und dem Kleiderschrank hin und her. Es war Jahrzehnte her, seit ich umworben worden war, und obgleich ich diese Werbung nicht wollte, gab sie mir neues Selbstvertrauen.

Als ich in die Bar wirbelte, spürte ich die Blicke. Ich fühlte mich so federleicht wie das knöchellange Kleid, das mich raschelnd umfloß.

»Chapman!« Einen Arm um seinen Hals und ein Kuß, sanft, aber entschieden, ein wenig oberhalb seines Mundes. Er hatte meinen Mund küssen wollen, aber ich war schneller gewesen.

»Entzückend.« Seine Hand lag auf meiner Hüfte, und allmählich legte sich seine Überraschung. »Warum diese plötzliche Zuneigung?«

»Mir war danach.« Ich schob seinen Drink zu ihm hin. »Trink aus. Ich möchte irgendwo hingehen, wo wir hoch oben über der Stadt sind.«
»Ich könnte einen Flug mit dem Hubschrauber arrangieren.«
»Hat er eine Bar?«
»Nein.«
»Dann verschieben wir das auf später. Zuerst ein paar Drinks, um mich schon auf halbe Höhe zu bringen.«
»Warum ›ist dir danach‹?« Wir gingen hinaus, vorbei an dem leisen Springbrunnen vor dem Hotel, wobei ich mich an seinen Arm schmiegte.
»Hör auf, meine Laune zu sezieren, als wäre ich ein Frosch. Wir wollen uns einfach amüsieren.«
»Wie Verliebte?«
»Die sich gerade kennengelernt haben.«
»Oder die sich schon einmal vor vielen Jahren begegnet sind?«
»Vielleicht, Chapman, ich weiß es nicht.«
»Und einer von ihnen verliert wieder das Gleichgewicht und stürzt ab?«
»Einer tut das immer, Chapman.« Ich fühlte, wie sich sein Arm verkrampfte. »Aber andererseits, vielleicht passiert es auch nicht. Wohin bringst du mich?«
»Willst du es wirklich wissen?«
»Nein, solange es irgendwo hoch oben ist. Und natürlich muß eine Bar da sein.«
Die Aussicht aus dem »Rainbow-Room« zeigte den rosaroten Dunst des Sonnenuntergangs. Er hing vor dem Fenster wie eine Gaswolke, die nahe genug lauert, um die Insassen dieser glasbedeckten Schüssel zu attackieren. »Luftverschmutzung.«
Ich hätte gern auf Manhattan geschaut, um die Lichter zu sehen und die Straßen, die sich wie ein Theaterprospekt in die Tiefe ausdehnten.

»Laß uns die Plätze tauschen, Chapman. Ich will das nicht sehen.«
Wir wechselten die Plätze, wobei sich unsere Hände berührten. Dieses Mal, als ich ihm und der Wand gegenüber saß, gestattete ich ihm, meine Hand zu halten. Ich wollte nicht an Monaco denken, sondern mich einfach daran erinnern, wie es war, wieder verliebt zu sein. Umworben zu werden, berührt, bewundernd angestarrt zu werden. Zu flirten!
»Du siehst heute abend gut aus.« Nur seine Exfrau konnte wissen, wie er in der Morgendämmerung nach vielen Ehejahren aussah. »Das tust du immer. Ich frage mich, wie viele Frauen dir das schon gesagt haben?«
»Nicht auf die Art, wie du es sagst.« Er küßte meine Handfläche. Wenn er mein Handgelenk geküßt hätte, hätte er das Parfüm gerochen. »Sie sagen es vielleicht, aber sie schaffen es nicht, daß ich mich so fühle. Du siehst hinreißend schön aus, wie eine liebende Frau. Ich hoffe, du bist es.«
»Das bin ich immer gewesen. Wie oft hast du geliebt? Unzählige Male?«
»Nein.« Ich wartete auf seine Antwort, während wir unsere Drinks bestellten. Es war ein angenehmer Raum, nicht besonders bemerkenswert außer wegen der Aussicht. Man hatte das Gefühl, losgelöst von Zeit und Raum zu sein. Genau so wäre es, vielleicht sogar mit demselben Kellner, hoch oben auf dem Nil Hilton oder auf dem Euromast in Amsterdam.
»Ich glaube, nur drei Frauen, die mir begegnet sind, würde ich wirklich als Liebe zählen!« sagte Chapman. »Betty war diejenige, bei der es am längsten dauerte. Und dann gab es noch zwei kurze und leidenschaftliche Lieben. Monique, eine französische Malerin, und...« Er wies mit dem Kopf in meine Richtung.
»War es bei Monique so wie bei mir? Ich meine, war es auch nur für ein Wochenende?«

»Es dauerte viereinhalb Monate. Ich habe ihretwegen sogar einmal Betty verlassen.« Er schaute über meine Schulter, als würde sie sich dort leibhaftig aus dem Dunst erheben. Ich konnte nicht erkennen, in welcher Hinsicht er diese Entscheidung bedauerte, deswegen, weil er seine Frau verlassen hatte oder weil er zu ihr zurückgekehrt war. »Monique machte eine Serie von Bildern für eines der großen französischen Magazine, als wir uns kennenlernten. Es war beim Berliner Grand Prix, und ich war zweiter in der Weltmeisterschaft hinter Jimmy Clark. Er gewann in Berlin und entschied damit die Sache. Monique war klein und hatte ein sehr sinnliches französisches Gesicht. Es begann als Abenteuer für eine Nacht, und dann... mein Gott! Es war, als ob man gleichzeitig ausgesogen und ertränkt würde.

Es muß so viele Arten zu lieben wie zu sterben geben. Mit Betty war es eine stille, ruhige Liebe – mit Monique war es so, als würde man zusammen ins Feuer springen. Wir waren entweder im Bett miteinander oder wir stritten uns oder wir vertrugen uns wieder. Sie war eifersüchtig auf meine Autos und auf meine Frau. Wir hatten eine Art totaler Gier nacheinander. Ich konnte nie genug von ihr bekommen, und nach dem Rennen in Amsterdam beschloß ich, daß ich mit ihr zusammenleben wollte. Es war Wahnsinn. Ich wußte, es würde nicht dauern, und das tat es auch nicht.«

»Was tat Betty, als du sie verlassen hast?«

»Sie saß da und wartete.« Nach all diesen Jahren klang er noch immer enttäuscht. »Als ob ich einfach bei einem weiteren Rennen wäre. Als ich zurückkam, dauerte es nur noch einen weiteren Monat mit Monique, und dann waren wir beide ausgebrannt – Betty sagte einfach: ›Ich hoffe, du hast es jetzt überwunden‹ oder etwas ähnlich Abgedroschenes. Beinahe hätte ich sie wieder verlassen.«

»Warum? Was hast du von ihr erwartet? Blut und Tränen?«

»Ich wollte, daß sie mich braucht. Mich vermißt.«
»Und was wäre ich gewesen? Eine andere Monique?«
»Das werden wir nie erfahren, nicht wahr?« Es gelang seinen Fingern, die mein Handgelenk liebkosten, meinen Puls um einige Schläge zu erhöhen. »Falls du nicht deine Meinung änderst.«
Über den Rand meines Glases hinweg beobachtete ich ihn, wie er mich beobachtete. Immer noch streichelte er meine Hand, wobei er etwas über meine Schönheit murmelte. Ich schnurrte.
»Wie steht es mit dir?« Er schob seinen Sessel näher zu mir heran. Der Tisch war schmal genug, aber die Sessel waren zu tief. »Abgesehen von David?«
Er ließ das »David« immer ein wenig geringschätzig klingen. Ich beschloß, mich nicht darüber zu ärgern.
»Da gab es dich.«
»Komm schon, Shelley.« Er ließ seine Hand über meinen Unterarm gleiten; ich zog meinen Arm aus seiner Reichweite und schaute ihm ins Gesicht. »Für dich war ich nur eine Bettaffäre. Ich meine, hast du je einen anderen als deinen Mann geliebt?«
»Was ist falsch daran, wenn man nur seinen Mann liebt? Bei dir klingt es wie eine Blutvergiftung.«
»Nichts ist falsch daran.«
Das klang, als ob ich gestorben wäre. Mein Grabspruch: Hier liegt Shelley, die nur einen Mann liebte. Das arme Ding. Ein paar Liebesgeschichten, ein halbes Dutzend, nehme ich an, das wäre eine nette runde Zahl, hätte mich mehr Frau sein lassen. Ich merkte, daß er unglücklicherweise damit Erfolg hatte, mir das Gefühl zu geben, nicht adäquat zu sein. Einfach Bettgeschichten würden ihm nicht reichen; wilde dämonische Liebe war die einzige Möglichkeit, ihn zufriedenzustellen.
»Da gab es noch Sean.«

Er war ein knochiger Poet, der sich dank seiner Neigung zur Flasche mit Dylan und Behan verwandt fühlte. Seine Poesie war prätentiös – obwohl ich ihn zu jener Zeit, ein Wochenende lang, für ein Genie hielt. Ich hatte ihn bestimmt nicht geliebt, selbst ihn zu mögen hatte schon einiger Anstrengung bedurft. Wir hatten uns bei einer Wochenendgesellschaft in Cheshire kennengelernt. David war auf einer Geschäftsreise nach Japan, und ich hatte die Kinder mitgenommen.
Sean war eine überwältigende Erscheinung: Samtweste, das Haar in Löckchen, ein goldener Ohrring in seinem linken Ohrläppchen. Er trug auch einen herunterhängenden Schnurrbart und ein beständiges unbestimmtes Lächeln. Die Kinder, die sich den ganzen Tag an meinen Rockschoß hängten, konnten ihn nicht von mir fernhalten, denn ich war die einzige anwesende Frau ohne Mann. Er flirtete über ihre Köpfe hinweg mit mir, tätschelte ihnen den Kopf, wenn sie anfingen, seinen Worten zu viel Aufmerksamkeit zu schenken, bot sogar Charles, der damals zehn war, ein Bier an.
Seans Buch mit Gedichten war von der Kritik gut aufgenommen worden, weitgehend deshalb, weil die Kritiker von Zeit zu Zeit gerne eine »Entdeckung« machen. Seine Gedichte waren in einem der weniger bekannten Fernsehsender vorgelesen worden. Beim Dinner, mit einem Dutzend Gläsern Whisky und Bier im Magen, hatte er seine gälische Zunge ungezügelt im Winde flattern lassen und mir von der wilden irischen Schönheit in meinen Augen und in meinem Mund und in meinen Haaren geflüstert. Er sah so viele Flüsse und Sterne und Regenbögen, daß ich mir wie eine poetische Landschaft vorkam. Ich brachte es nicht übers Herz, ihm zu sagen, daß seine Worte an mich verschwendet waren; ich hatte schon, während ich mich zum Abendessen umzog, beschlossen, ihm zu gestatten, mich zu verführen. Seine Worte stiegen mir zu Kopf; es waren jedenfalls hübsche Lügen.

Um Mitternacht war er in mein Zimmer gekommen, in einem roten seidenen Morgenrock, der ihm bis zu den Knien reichte, ein Glas Brandy in der Hand. Er war ein Mann, den man mit um ein Glas gekrümmten Fingern in den Sarg legen würde. Er hatte seine Prioritäten: Zuerst stellte er behutsam das Glas nieder, dann kniete er sich hin und küßte meine Hand, meine nackten Schultern, schließlich meinen Mund. Seine Lippen formten weiter Worte, aber ich konnte keines davon verstehen. Sein Kuß schmeckte nach Zahnpasta und Brandy. Er öffnete seinen Morgenrock: Er hatte den Körper eines Kindes mit dem Bauch eines Mannes und einer vielversprechenden Erektion.
»Du bist ein wunderschönes Mädchen. Wunderschön.«
Die Hüllen waren gefallen, ein Schluck Brandy, noch ein Schluck, dann lag er neben mir. Noch ein paar Küsse, und er war in mir. Er begann enthusiastisch und dann, ganz plötzlich, seufzte er, legte seine Hand auf meine Schulter, und sein ganzes Gewicht lastete auf mir.
»Sean?« Ich streichelte seinen Kopf. Er rührte sich nicht, schnarchte nur.
Eine halbe Nummer, und es war vorbei.

Ich lachte laut.
»Was ist los?«
»Ich habe nur an etwas Komisches gedacht. Ich bin wohl eher eine romantische Liebende, nehme ich an. Er war ein Dichter und ein so schöner Mann. Damals fand ich, er sähe aus wie Byron. Er schrieb Sonette für mich. Albern und kindisch, aber es war wunderbar. Die Sache dauerte... sechseinhalb Monate. Wir schliefen miteinander in seiner Wohnung in Notting Hill. Er wollte, daß ich mit ihm weglief, aber ich konnte die Kinder nicht verlassen. Also...« Ich legte soviel Ausdruck und Kummer in mein Schulterzucken, wie ich nur konnte. Eine Frau, die gerade den Raum betrat, lenkte mich ab. Sie war sehr schön

und trug eine wundervolle bedruckte Seidenbluse. »Ich möchte gerne wissen, wo sie die gekauft hat!«
Chapman wirbelte herum, studierte mehr die Frau als die Bluse, wandte dann wieder seine Aufmerksamkeit mir zu.
»Es ist erstaunlich, wie schnell wir alles vergessen. Ich dachte, der Schmerz wegen Monique und Betty würde ewig dauern. Das tat er nicht, und ich frage mich, warum?«
»Eine Frage des Überlebens.« Mit der Zeit würde ich es auch – mit oder ohne einen anderen Mann. Ich hatte mich entschieden, daß ich es mit David tun wollte. »Gibt es nichts Höheres, wohin wir gehen können?«
Wir erreichten den Landeplatz am Fluß nur Minuten, bevor der Hubschrauber abhob. Als er es tat, schrie ich und hielt mich verzweifelt fest und fühlte mich gar nicht so übermütig. Für meinen Geschmack wurde meine Abenteuerlust zu rasch auf die Probe gestellt. Als ich meine Hand losmachen wollte, ignorierte Chapman meine Versuche, sie ihm zu entwinden; ich gab auf, ließ mich lammfromm in das Restaurant schleppen, das er ausgewählt hatte.
»Betty hätte nicht geschrien!« Hinter seinem Lächeln zeigte sich eine leichte Irritation.
»David weiß, daß ich immer schreie, und ich habe nicht die Absicht, meine Lautstärke deinetwegen zu ändern. Ich fliege nicht gerne in kleinen Maschinen.«
»Betty steuerte immer meine eigene, wenn ich nach einem Rennen zu müde war. Ich habe eine Comanche, weil das die schnellste Art ist – ich sollte sagen, war –, in Europa herumzukommen.«
»Nun, David mußte nie so schnell in Europa herumkommen, und ich auch nicht. Ich schaffe es gerade eben, mit einem Auto zurechtzukommen, aber nur, wenn niemand außer mir in Panik gerät.«
»Ich mag von niemand anderem gefahren werden.« Er kaute so

nachdenklich auf seinem Fleisch herum, als hätte er mich im Mund. Dachte er über die Zukunftsaussichten mit einer Frau nach, die schrie? »Ich nehme an, das hat mit meinem Beruf zu tun. Ich will immer das Steuer selbst in der Hand haben, wenigstens war es früher so. Jetzt, wo ich aufgehört habe, Rennen zu fahren, habe ich mich in mancher Hinsicht verändert.«

»Vermißt du es?«

»Oh, mein Gott, ja.« Die Linien um seinen Mund wurden tiefer bei dem Gedanken an die verlorene Macht. Das reichte, um in mir den Wunsch zu wecken, ihn in meinen Armen zu wiegen; die Linien zu berühren und sie auf wunderbare Weise auszulöschen. »Ich habe fünfundzwanzig Jahre damit zugebracht, Herzchen – und egal, ob Sieg oder Niederlage – es gibt nichts auf der Welt, was vergleichbar wäre. Wenn man fährt, dann ist man so dicht am Leben. Nicht am Tod. Sowohl auf der Bahn wie auch sonst. Alles, was man tut, tut man mit solcher Intensität – es gibt nichts, was damit zu vergleichen wäre.«

»Ich habe mein Leben nie auf diese Art gelebt. Das können nur wenige Leute, nehme ich an. Kinder, ein Haus, ein Ehemann... wenn man damit anfängt, sich ihnen zu intensiv zuzuwenden, dann erleidet man einen Nervenzusammenbruch. Ich versuche es mit Wellenbewegungen. Zu lieben, sehr glücklich zu sein, sehr traurig zu sein. Aber der Rest ist eine gleichförmige Ebene, mit Morgenzeitungen und Gute-Nacht-Küssen.« Ich weigerte mich, angesichts der Ruhe und Stille meines Lebens Schuldgefühle zu empfinden – ich hatte nie viel mehr erwartet. Das war vielleicht mein Fehler. Mangel an Ehrgeiz.

»Betty reiste immer mit mir. Sie liebte die Rennen, auch wenn sie es haßte, daß ich mitfuhr. Frankreich, Deutschland, Spanien, Südafrika, Amerika. Sobald die Kinder alt genug wa-

ren, ließen wir sie zu Hause. Ich glaube, sie wußte schließlich über Formel-1-Wagen soviel wie ich.«
»Hat sie sich nicht einsam gefühlt, wenn sie mit dir durch die Welt jagte? Ich hätte es gehaßt.«
»Da waren die anderen Frauen.«
»Das ist für eine Frau kein Ersatz.«
»Sie kannten einander alle und waren immer beisammen.«
»Während du Rennen fuhrst und mit anderen Frauen ins Bett gingst?«
Er lachte, so wie er es sicher getan hatte, als Betty noch bei ihm war. In bezug auf ihre Frauen unterlaufen Männern immer solche Fehleinschätzungen. »Es hat ihr nichts ausgemacht. Sie alle wußten, daß die Dämchen, die wir auf den Rennbahnen hatten, uns nicht die Bohne bedeuteten.«
»Ich möchte wetten, daß es ihr trotzdem etwas ausgemacht hat.«
Das hatte es mir auch bei Davids Frauen, obgleich es mir gelang, mich damit abzufinden, daß es bisweilen geschah. Es gibt immer wieder ein Miststück, das haben will, was man selbst hat. Und dem schmeichelhaften Gefühl, in einen hingebungsvollen Körper zu gleiten, kann kein Mann widerstehen.
»Vielleicht. Jedenfalls ist das alles Vergangenheit.« Er berührte sanft meine Hand, um darauf hinzudeuten, daß ich die Zukunft sein könnte. »Du kommst mit mir nach Watkins Glen, nicht wahr? Bitte, Shelley!«
»Ich muß darüber nachdenken.«
»Das reicht mir schon.« Er lächelte, glücklich darüber, daß ich nicht mehr auf meinem festen »Nein« beharrte.
Draußen war es kühl und wunderbar angenehm. Wir hielten uns an der Hand und gingen langsam, blieben bisweilen stehen, um in Schaufenster zu sehen. Es war eine andere Welt, weit entfernt von David und Candice und den Kindern. Ich war von neuem Chapmans »Fremde«, und ich wollte, daß es immer so

blieb. Wir kamen zu rasch im Hotel an. Ich hätte noch einige Straßen weiter gehen müssen, um Zeit zu haben, mich zu entscheiden; ich wußte, was wir uns beide wünschten.
Mein Stockwerk kam zuerst, und Chapman stieg mit mir aus dem Fahrstuhl. Die Türen schlossen sich, und wir waren allein in dem langen, stillen Korridor. Chapman fragte nicht und wartete nicht. Er drehte sich zu mir, berührte mein Gesicht, küßte mich auf den Mund.
»Ich liebe dich, Shelley.«
»Ich weiß.«
»Vergiß David. Heirate mich.«
Ich küßte ihn, unfähig, mehr zu tun. Ich hatte ihm eigentlich einiges sagen wollen, aber jetzt hatte ich keine Zeit und keine Möglichkeit, einen Weg durch den verminten Dschungel meiner Gedanken zu finden. Diese Nacht würde nicht einfach nur einen Orgasmus bedeuten, sondern auch, ihm zuzuhören, wie er von seiner Liebe flüsterte; vielleicht würde ich ihm sogar glauben. Diese geflüsterten Worte waren der Hebel, der die Kluft zwischen David und mir erweitern würde.
»Warum nicht?« Er tarnte seine Ungeduld, indem er meine Ohren küßte, während seine Finger den Verschluß meines Büstenhalters betasteten. »Ich liebe...«
»Hör auf, das zu sagen, Chapman. Bitte.« Ich entwand mich ihm und ging den Flur entlang, wobei ich seine Hand festhielt.
»Ich meine es wirklich.«
»Ich weiß, und es bedeutet mir etwas. Aber *wirklich*, Chapman.« Ich konnte sehen, daß die Zukunft, die so stark und entschieden gewesen war, bevor ich Chapman dieses Mal getroffen hatte, etwas war, das sich vielleicht in dem Augenblick auflöste, in dem ich sie erreichte. »Und da ist immer noch David!«
Wir waren an der Tür angekommen; er nahm den Schlüssel

und ließ ihn ins Schloß gleiten. »Wir sind nicht zwei Fremde in Monaco, nicht wahr?«
»Nein. Es ist meine Schuld.« Ich drehte mich um, öffnete die Tür hinter mir und erspähte die zurückgeschlagenen Decken auf dem Bett. »Ich wollte heute abend romantisch sein. Das war die Stimmung, in der ich mich befand. Laß mir Zeit, Chapman.«
»Ich werde nicht wieder davon anfangen, bevor du nicht bereit bist, zuzuhören.« Er schaute über meine Schulter hinweg. »Darf ich hereinkommen?«
»Ich habe meine Periode.« Eine halbe Lüge, denn sie war fast vorbei, aber nur wenige Männer wollen unser Blut auf ihren kostbaren Körpern haben.
»Das macht mir nichts aus.«
»Aber mir. Ich habe dann keinen Spaß daran.« All diese untergelegten Handtücher, obgleich ich es aus meinem Verlangen nach David heraus unzählige Male geduldet hatte.
Er lächelte und neigte den Kopf. Das Lächeln bewegte nur eine Ecke seines Mundes, aber es war voller Verständnis. Wie viele Male hatte Betty ihm das gesagt? Ich bezweifelte, daß er diese Entschuldigung von vielen anderen Frauen gehört hatte. Vielleicht von Monique, als es zu Ende ging, und jetzt von mir. Am Anfang?
»Gute Nacht, Chapman. Und ich danke dir.«
Er zögerte und küßte mich dann. Zuerst sanft, dann leidenschaftlich. Als ich darauf reagierte, hielt er es nicht mehr aus. »Gute Nacht.« Und er war verschwunden.
»Verdammt!«
Ich schloß die Tür, schloß mein konfuses Leben aus, hin- und hergerissen zwischen meinem Verlangen nach Sex und Liebe – und der Liebe eines anderen Mannes, den ich auf Armeslänge auf Distanz hielt.
Ich wollte den verschlungenen Denkfiguren entrinnen, die sich

in meinem Kopf bewegten: David und ich, Chapman und ich. Diese Arabeske bewegte sich wie eine feuchte, geschickte Zunge aus meinen Gedanken in meine Kehle, meine Brust, weiter nach unten. Ich folgte dem Ritual des Auskleidens, meiner einzigen Ablenkung: Sorgfältig zog ich mich aus, hing mein Kleid auf einen Bügel, ließ meine Schuhe auf den Schuhständer fallen, faltete sauber die schlaffe Strumpfhose zusammen und legte sie über eine Stuhllehne und zog zuletzt meinen Büstenhalter aus. Als ich jünger war, war der Büstenhalter immer das erste, was ich auszog, und das letzte, was ich anzog. Zum ersten Mal seit Wochen zog ich ein einfaches Baumwollnachthemd an. Streng und alles andere als frivol, war es mein Schutzschild. Ich trödelte bei der Reinigung meines Gesichts, spielte mit den Töpfen mit Make-up-Entferner und Nachtcreme herum, wie ein kleines Mädchen es beim Herumexperimentieren macht. Um zwei Uhr nachts war das Ritual beendet. Entschlossen griff ich nach einem Buch und begann zu lesen, im Bett von Kissen gestützt. Ich las eine Seite, aber die Worte machten keinen Sinn. Ich las sie wieder und wieder, und um halb drei war ich sicher, jetzt schlafen zu können.

Ich lag so ruhig wie möglich, meine Augen geschlossen, mein Atem flach. Meine Hände zuckten, berührten mich, und dann zogen sie – wie die Finger eines Fremden, bestimmt, sanft und so erfahren – den Saum des Nachthemdes nach oben, spreizten meine Beine und fingen mich selbst zwischen ihnen ein.

Es war David, der mich gelehrt hatte, wie man es macht, der mir jetzt vom Fußende des Bettes aus zusah; und in dem Schatten dahinter stand, nur in Umrissen zu erkennen, Chapman.

Dann, als das Prickeln in meinen Bauch hinaufstieg, höher und höher, wurden meine Finger immer wilder. Schwach hörte ich mein eigenes Stöhnen. Ich kam, und ich begann von neuem.

KAPITEL 9

Der Sonnenschein weckte mich auf. Ich fühlte mich träge und heiter wie ein Kind, das nach einer langen Krankheit erwacht. Ich lag einige Minuten da, ohne einen Knochen oder einen Nerv in meinem Körper zu spüren; rein, friedlich, schwebend. Der Wecker klingelte, aber er störte die Stimmung nicht. Ich setzte mich auf, voller Spannkraft, ich wollte mich nicht abhetzen und versuchte, das luxuriöse Gefühl so lange wie möglich festzuhalten. Als ich schließlich angezogen und fertig für den Tag war, war es fast vergangen. Der letzte Rest dieses Gefühls verschwand, als ich hinaus in die schwüle Hitze trat.

Ich beschloß, die paar Straßen bis zu Rikkis Büro zu Fuß zu gehen; aber an der Siebenundfünfzigsten Straße durchnäßte der Schweiß den Rücken meines Kleides und lief mir über das Gesicht. Für den Rest des Weges nahm ich ein Taxi.

Ich mußte zehn Minuten lang auf Rikki warten, die in einer Besprechung war. In dem vollgestopften Büro hatte sich nichts verändert. Ich streifte herum, wünschte mir, sie würde sich beeilen.

»Hallo, Shelley!«

»Hallo, Rik...«

Zu spät. Ich hatte mich umgedreht und geantwortet. Sie stand an der Tür, ein Grinsen auf ihrem Gesicht. Ich setzte mich abrupt auf den Stuhl. Sie schloß die Tür ein bißchen zu behutsam.

»Schauen Sie nicht so besorgt drein. Ich werde es niemandem erzählen.« Sie ging um den Schreibtisch herum zu ihrem

Stuhl, setzte sich und zündete eine Zigarette an. Ihr Aschenbecher quoll schon über vor halbgerauchten Zigarettenstummeln. »Das ist unser Geheimnis, nicht wahr?«
»Wie konnten Sie das ahnen?« Du Miststück.
»Ich habe zwei und zwei zusammengezählt. Sie interessieren sich für Candice, und Candice hat einen englischen Liebhaber, der zufällig gerade Shelley, seine Frau, und seine drei Kinder verlassen hat.« Sie bewunderte ihre eigene Schlauheit so sehr – das Grinsen würde ihr sicher gleich aus dem Gesicht fallen. »Den Rest habe ich mir zusammengereimt. Ich nehme an, Sie möchten, daß ich Ihnen helfe.«
Arme Candice. Wußte sie, daß sie eine so erbarmungslose Feindin hatte? Und auch arme Shelley! Ich hatte keinen Zweifel, daß Rikki potentiell auch meine Feindin war. Es war wohl nur eine Frage von Minuten, bevor ich herausfinden würde, wie gefährlich sie war. Ich mußte lächeln. Candice und ich hatten, wie sich herausstellte, mehr und mehr gemeinsam. »Ja!« Ich brauche deine Hilfe, verdammt.
»Nun, eines kann ich Ihnen auf jeden Fall sagen. Die Firma von Candice geht kaputt. Sie ist pleite und ist völlig abhängig von Ihrem Auftrag, der...« Rikki hob den Kopf und betrachtete mich prüfend. »...ziemlich lukrativ ist, wie ich vermute.«
»Einigermaßen.« Ich ahnte, worauf sie hinauswollte, aber ich hatte keine Möglichkeit, mich dagegen zu wehren. »Was glauben Sie, was sie tun wird?«
»Betteln oder borgen oder versuchen, diesen Job zurückzubekommen. Doch das schafft sie nie.«
»Da ist noch etwas.« Ich zögerte. Hätte es eine Möglichkeit gegeben, diesen Raum zu verlassen, ohne diese Frage zu stellen, dann hätte ich es getan. Aber wer sonst konnte mir helfen? »Kennen Sie jemanden namens Bob? Er und Candice waren vor einigen Jahren liiert.«
»Das tue ich in der Tat.« Sie lehnte sich zurück. Der Rauch, den

sie ausstieß, konnte nicht ganz das Lächeln in ihren Augen verhüllen. »Aber ich würde gern erst mit Ihnen etwas Geschäftliches besprechen.«
»Natürlich.«
»Ich will Ihren Auftrag.«
»Und was ist mit Candice? Wäre das nicht... unehrenhaft?« Ich wußte, daß meine Fragen sinnlos waren. Ich stellte sie auch nur, um Zeit zum Nachdenken zu gewinnen, um mich aus Rikkis Zugriff zu manövrieren.
»Ich bitte Sie, Shelley. Das hier ist New York, und wir spielen hier nicht im Sandkasten.«
»Wie schade.« Das rührte sie kein bißchen. Ich nickte schließlich zustimmend.
»In Ordnung. Am Montag werde ich es Candice sagen.« Das gab mir Zeit. Wozu? Ich hatte keine Ahnung.
Sie schüttelte den Kopf. »Ich finde, Samstag wäre besser. Wir könnten zusammen zu Mittag essen, und dann können Sie mir den Vorschuß geben. Wenn Sie sich wirklich entschließen, die Wohnung einzurichten, können Sie mir eine Vollmacht geben.«
»Samstag! So schnell kann ich das Geld nicht beschaffen.«
»Ich bin sicher, Sie können es. Ich muß am Samstag wegen einiger geschäftlicher Angelegenheiten mit Candice reden. Deshalb hoffe ich, daß wir bis dahin die Sache geregelt haben... Shelley.«
Ich nickte nur. Ich wußte, wenn ich jetzt den Mund aufmachte, dann würde ich schreien. Ich konnte nicht denken. Es blieb mir einfach nicht genug Zeit. Oh, Gott, ich hatte das Gefühl, ich würde gleich vor den Augen dieses Monsters in Tränen ausbrechen. Ich versuchte nur ein Lächeln und beobachtete, wie sie etwas auf ihren Block kritzelte. Sie riß den Zettel ab und reichte ihn mir: die Adresse und Telefonnummer eines gewissen Bob Gutenber.

»Wollen Sie mein Telefon benutzen?«

»Nein, danke.« Ich erhob mich und öffnete die Tür. Sie blieb sitzen und lächelte.

»Vergessen Sie unser Mittagessen am Samstag nicht. Ich werde Sie um, sagen wir elf Uhr, anrufen, um unser Treffen zu bestätigen.«

Irgendwie fand ich mich auf der Straße wieder und wußte nicht genau, wohin ich eigentlich ging. Es machte nichts. Ich hätte genausogut im Kreis herumlaufen können. Samstag, Samstag. Drei Tage von heute an. In dieser Zeit konnte ich nichts erreichen... ich konnte nur aufgeben und nach Hause fahren.

»Verdammt, verdammt, verdammt.«

Erst als ich bemerkte, daß jemand mir einen schnellen Seitenblick zuwarf, wurde mir klar, daß ich laut gesprochen hatte. Ich hatte es plötzlich eilig. Ich konnte nicht aufgeben. Wenigstens jetzt noch nicht. Ich winkte ein Taxi herbei und las dem Fahrer Bob Gutenbers Adresse vor. Es war eine lange Fahrt in Richtung Süden, und ich verbrachte die Zeit damit, aus dem Fenster zu starren und darüber nachzudenken, wie um alles in der Welt ich David in drei Tagen zurückholen konnte.

»Hier sind wir, Lady!«

Ich stieg aus, zahlte und schaute an den turmhoch aufragenden beiden Wolkenkratzern hoch. Als ich über den Vorplatz in die riesenhohe Eingangshalle eilte, versuchte ich, mir einen guten Grund auszudenken, warum ich zu ihm kam und, natürlich, über Candice sprach. Der Hochgeschwindigkeitsfahrstuhl hielt sanft auf dem fünfzigsten Stockwerk, und ich fand mich vor der Tür seines Büros wieder, mein Kopf vollkommen leer.

Die Tür öffnete sich, und der Herr, der herauskam, hielt sie für mich auf und gab mir durch ein Lächeln zu verstehen, ich solle eintreten. Ich wollte gerne ein paar Minuten über den Flur gehen und nachdenken, aber ich hatte keine Alternative. Der Empfangsraum war sehr geräumig. Es gab bequeme Lederses-

sel, große Pflanzen und Statuen auf Sockeln. Die Frau hinter dem Schreibtisch schenkte mir ein einladendes Lächeln.
»Ich möchte gerne Mr. Bob Gutenber sehen. Sagen Sie ihm, es ist ... Lady Middleton.«
»Natürlich. Sie haben keinen Termin, nicht wahr?«
»Es tut mir leid, nein. Ich war gerade hier in der Gegend und dachte, ich sollte mal bei Bob hereinschauen.«
Ich hoffte, mein Lächeln war verschwörerisch genug. Offenbar war es das. Sie redete über Telefon mit ihm, warf mir einen verwunderten Blick zu und nickte dann.
»Er ist im Augenblick beschäftigt, aber er wird Sie in fünf Minuten empfangen.«
Ich setzte mich auf den Ledersessel, der der Marmorskulptur gegenüberstand, die aber auf mich alles andere als inspirierend wirkte. Ich stellte fest, daß ich sie nicht mochte, sie irritierte mich. Ich mußte mich konzentrieren.
»Mr. Gutenber hat jetzt für Sie Zeit.« Sie wies den Korridor entlang. »Es ist die letzte Tür.« Der Weg war nicht lang genug.
Dank Candice erwartete ich, Bob Gutenber ausgesprochen unsympathisch zu finden. Er war ein kräftiger Mann, ungefähr in Davids Größe, und er hielt sich offensichtlich sehr fit. Seine Haare wurden allmählich grau und dünn, aber sein Gesicht war straff und leicht gebräunt. Sein Anzug saß perfekt.
»Lady Middleton?«
Er sah mich fragend an, und sein Kopf war höflich geneigt.
»Ja.«
»Ich hätte beinahe einmal eine Lady geheiratet. Ich war damals in Oxford. Es ist lange her. Lady Julia Lambton. Ich habe mich immer gefragt – hätte das einen Lord aus mir gemacht?«
»Ich fürchte, nein.«
Er lachte und führte mich zu einem Sofa am Fenster und nahm den Sessel mir gegenüber. Die Aussicht über den Hudson River

war überwältigend. Aus dieser Höhe sah die Freiheitsstatue wie eine kleine Puppe aus.

»Es wundert mich, daß Sie bei dieser Aussicht überhaupt arbeiten können.«

»Es ist nicht immer so wie heute. Es gibt Tage, an denen ich keinen Meter weit aus dem Fenster sehen kann. Einen Kaffee?« Er gab seiner Sekretärin Bescheid. »Ich glaube nicht, daß wir uns schon einmal begegnet sind, oder?«

»Nein. Es ist eigentlich ungehörig, daß ich so unangemeldet zu Ihnen komme, aber ich habe jemanden bei einer Dinnerparty getroffen, der sagte, Sie würden mich fabelhaft bei einigen meiner Investitionen beraten können.«

»Es tut mir leid, aber meine Firma verwaltet nur das Geld von Gesellschaften, Lady Middleton. Ich könnte Ihnen den Namen einer hervorragenden Firma nennen, die sich sicher freuen würde, Ihre finanziellen Angelegenheiten in die Hand zu nehmen.« Er zog einen kleinen ledernen Notizblock hervor und schrieb seinen Vorschlag auf.

»Übrigens, wer hat meinen Namen erwähnt?«

»Candice Schraft.«

Die Hand, die den Notizblock wieder zurück in die Tasche gleiten lassen wollte, hielt einen Augenblick lang inne, bevor sie ihre Bewegung fortsetzte. Er nickte. Sein Gesicht wirkte traurig, als er aus dem Fenster starrte.

»Wie geht es ihr?« Seine Stimme war weich. »Sie ist ein sehr nettes Mädchen.«

»Sie ist reizend. Ich weiß, ich sollte nicht darüber reden, aber sie erwähnte, daß Sie beide früher einmal sehr enge Freunde waren.«

»Liebende, keine Freunde.« Er brauchte einige Zeit, bis er sich wieder zu mir umdrehte. »Ich hasse Schönfärbereien. Es ist jetzt schon ein paar Jahre her. Sie ist so ein willensstarkes Mädchen und so voller Gier nach dem Leben. Haßt ... sie mich?«

»Sie ist nicht besonders gut auf Sie zu sprechen.«
Der Kaffee kam, und er verstummte, als das Mädchen das Tablett zwischen uns stellte. Ich goß die Milch ein, und er schüttelte bei dem Zucker ablehnend den Kopf.
»Das tut mir leid. Ich war sehr glücklich mit ihr.«
»Warum haben Sie sich dann getrennt?«
»Sie konsumiert die Menschen. Man muß ihr all seine Zeit und seine Energie widmen. Sie liebt es, etwas zu unternehmen, und wollte mehr und mehr meiner Zeit.« Er zuckte die Achseln. »Ich konnte nicht mithalten. Und sie wurde eifersüchtig auf meine Firma und natürlich auch auf meine Familie. Sie sagte, beides würde zuviel von meiner Zeit in Anspruch nehmen. Ich konnte sie nicht dazu bringen zu verstehen, daß ich einen Freiraum brauchte und daß ich nicht einfach alle Brücken hinter mir abbrechen und auf- und davongehen konnte, so wie sie es wollte.« Er schaute mich an und lächelte. Ein kleines, sanftes Lächeln. »Zweifellos höre ich mich genauso an wie der Mistkerl, als den sie mich sicher beschrieben hat.«
»Das tun Sie nicht. Ich hatte gedacht, Sie wären es, um ehrlich zu sein, aber ich hatte nur ihre Seite gehört. Sie erwähnte nicht, daß sie eifersüchtig auf Ihre Familie war.«
»Unglücklicherweise sogar sehr eifersüchtig. Sie haßte jede Minute, die ich mit meiner Frau verbrachte. Wir kommen nicht besonders miteinander aus, aber wir sind Freunde, und nach einer Weile ertrug ich die Kommentare von Candice über sie einfach nicht mehr. Ich vermute, wenn man jung ist, ist man in dieser Beziehung unsicher.«
»Das ändert sich nicht, wenn man älter wird.« Ich bemerkte, daß er einen Blick auf seine Uhr warf, aber er blieb aufmerksam und höflich. Mir gefiel seine Geduld. »Ich glaube, ich sollte lieber Ihren Freund konsultieren.«
»Bitte, tun Sie das. Ich werde ihm telefonisch Bescheid sagen.«
Er grinste. »Das war auch so etwas. Candice hat nie genau ver-

standen, was ich eigentlich tue.« Er begleitete mich bis zur Tür und öffnete sie. »Wenn Sie sie wiedersehen, dann sagen Sie ihr... ich lasse sie grüßen.«

»Das werde ich.«

Er zögerte und beschloß dann, mich durch das ganze Büro bis zur Eingangstür zu begleiten.

»Wieviel wollten Sie investieren? Ich möchte es gerne Mike sagen, damit er sich vorbereiten kann.«

»Oh...« Ich machte eine großzügige Handbewegung. »Eine Viertelmillion. Pfund.«

»Erstklassige Wertpapiere?«

»O ja, und Anlagen bei einigen sicheren Gesellschaften.«

Er lächelte. »Mike ist ein hervorragender Ratgeber. Er wird sich darum kümmern.«

Wir kamen an der Statue vorbei. Ich schnitt eine Grimasse angesichts des länglichen glänzenden Stück Marmors, von dem ich vermutete, es sollte Ähnlichkeit mit einer Frau haben. Der Mensch, der das geschaffen hatte, hatte eine bösartige Fantasie.

»Ihnen gefällt das nicht, nicht wahr?«

»Es... es tut mir weh.«

»Ich hasse es auch. Aber mein Partner liebt es.« Er blieb mit der Hand auf der Türklinke stehen, seinen Kopf für einen Augenblick gebeugt. »Ich habe mich immer gefragt, ob ich Candice wohl anrufen soll, um herauszufinden, wie es ihr geht. Ich habe es nie getan, weil ich nicht wollte, daß sich die ganze Affäre wiederholt. Glauben Sie, ich sollte sie jetzt einmal anrufen?«

»Oh, sie ist für eine Woche verreist. Versuchen Sie es am Montag.«

Ich lehnte mich gegen die Wand des Fahrstuhls und dachte über seine Bemerkung nach. Eifersüchtig! Wie um alles in der Welt konnte ich sie in den drei Tagen, die mir noch blieben, eifersüchtig machen? Sollte ich David anrufen und ihn irgendwie verführen? Das würde keineswegs leicht sein, und sie würde es irgendwie erfahren müssen. David war nicht einfach zu manipulieren; und er haßte es, wenn es auf primitive Weise geschah. In all den Jahren, die wir miteinander verheiratet waren, war ich feinfühlig mit ihm umgegangen, um ihm das Gefühl zu geben, daß meine Wünsche auch die seinen waren. Nun mußte ich ihn dazu bringen, nicht sie zu begehren, sondern mich. Mein Gott, wie sehr hätte ich Zeit gebraucht.

»Zum Plaza.« Das Taxi reihte sich in den Verkehr ein, und ich änderte meine Meinung. Ich wollte, daß die Halskette repariert wurde. Es war meine Lieblingskette, und ich trug sie gerne. »Nein, fahren Sie lieber zur Ecke Achtundfünfzigste und Dritte.«

Candices Freundin Anne hätte die Priesterin eines Inka-Tempels sein können: groß, mit dichtem schwarzem Haar, schweren Brüsten und der Blässe eines Jazz-Musikers. Die Augen eines Juweliers schauen einem immer nur ins Gesicht, und dennoch war in Sekundenschnelle kalkuliert worden, wie ich wohl einzuschätzen war, so wie ein Mann eine Frau mit den Blicken entkleidet.

»Kann ich Ihnen helfen?«

Sie beugte sich zu mir. Ihr Parfüm war süß und schwer wie ein orientalisches Halwa. Irgendwie paßte es zu ihr.

»Ich bin eine Freundin von Candice... Patricia Middleton.«

»Natürlich. Ihre englische Freundin.«

Sie richtete sich auf, und wenn sie lachte, war sie wirklich hinreißend. »Sie hat mir gesagt, Sie würden kommen.«

Ich nahm das Halsband heraus und reichte es ihr. Sie untersuchte das Schloß sorgfältig.

»Sie haben es wirklich zerbrochen. Es wird ein paar Tage dauern...«

»Vielleicht reise ich schon am Samstag wieder ab.«

Anne zögerte und nickte dann schließlich. »Es muß gelötet werden. Ich werde Edward holen, damit er es jetzt sofort macht. Es wird ungefähr eine halbe Stunde dauern.«
Sie ging in ein Hinterzimmer, und ich wanderte umher, von ihrer Assistentin prüfend betrachtet, während ich die wundervollen Schmuckstücke in ihren Samtkästen prüfend betrachtete. Alles sah entsetzlich teuer aus. Es gab einen Schrank mit altem Schmuck, wozu auch eine etwa zweieinhalb Zentimeter große Kamee gehörte. Das Gold war alt, und der Schnitt des Steins, der eine Frau im Profil zeigte, war zart und sehr hübsch.
»Ich würde mir das da gerne ansehen!« sagte ich zu Anne, als sie zurückkehrte.
Sie nahm sie heraus, und ich strich mit den Fingerspitzen über den Stein.
»Wieviel kostet das?«
»Einhundertfünfzig Dollar.«
»Wieviel ist das in Pfund? Ungefähr neunzig, nicht wahr?«
Ich hielt sie in meiner Hand. Sie war so wunderschön. »Ich nehme sie. Und was kostet die Reparatur?«
»Denken Sie nicht mehr daran.«
»Danke schön, das ist sehr nett von Ihnen. Nun . . . ich könnte in einer halben Stunde wiederkommen.«
»Anstatt in der Hitze herumzuwandern, warum trinken Sie nicht mit mir eine Tasse Kaffee in meinem Büro?«
»Das würde ich gerne tun.«
Es war ein hübscher Raum mit hellbeigen Wänden, Korbsesseln und Bücherregalen aus Korb. In die Wand hinter ihr war ein imponierender riesiger brauner Safe eingelassen, und daneben, auf einem Tisch, stand eine sehr empfindliche Waage. Ich fand, es war alles ein bißchen zu feminin. Sie hätte strengere Farben und Möbel haben sollen, die zu der Seriösität ihres Berufes paßten. Sie schüttete den Kaffee aus einer Kanne

ein, die irgendwo in der Ecke dampfte. »Wie lange sind Sie und Candice schon Freundinnen?« fragte ich sie.
»Seit der Schulzeit. Wir haben damals ein Zimmer geteilt, und dann wohnten wir hier in New York für eine Weile in einer gemeinsamen Wohnung. Als ich geheiratet habe, zog ich aus.«
»Ist Ihr Mann auch in dieser Branche tätig?«
»Es gibt jetzt keinen Mann mehr. Ich war Musikerin – mein einziger Traum war es immer, erste Geigerin bei den New Yorker Philharmonikern zu werden. Als mein Vater starb, erbte ich dieses Geschäft, und mein Mann und ich, wir hatten ein paar... ein paar? – eine ganze Menge... Meinungsverschiedenheiten. Ich habe mich einen Monat nach Canadice scheiden lassen.«
»Das tut mir leid.«
»Das braucht es nicht. Mein Mann war ein Mistkerl.«
»Was auch immer er war, ich denke, jedesmal, wenn eine Liebe zu Ende geht, stirbt ein kleines Stück von beiden. vom Mann und von der Frau.«
»Ich weiß. Aber es ist noch schlimmer, wenn man sich haßt, wie wir es taten. Ich habe immer noch nicht den Mut, mich wieder zu verlieben.«
»Es ist leichter, wenn es in Freundschaft endet.« Ich betete, daß, was auch immer geschehen mochte, zwischen David und mir das Ende freundschaftlich sein würde. »Ich meine, es ist einfacher, wieder zu lieben.«
Anne schüttelte leidenschaftlich den Kopf. »Es gibt kein freundschaftliches Ende. Wir alle zerfleischen einander wie die Tiere.«
»Candice hat mir von ihrem David erzählt.« Es fiel mir schwer, das zu sagen. »Haben Sie ihn schon kennengelernt?«
»Ja. Sie ist völlig verrückt nach ihm, und alles, was recht ist, er ist wirklich attraktiv. Aber die Sache macht mir Sorgen.«
»Warum?«

»Männer sind solche Mistkerle, und sie vertraut David zu sehr. Es dauerte sehr lange, bis sie die Sache mit Bob – das ist einer ihrer früheren Liebhaber – überwunden hatte, und die Burschen dazwischen waren wirkliche Arschlöcher. Sie verläßt sich ganz und gar auf David, und der Himmel weiß, was passiert, wenn sie feststellt, daß er sie an der Nase herumgeführt hat.« Sie dachte einen Augenblick lang nach. »Aber ich mag ihn. Ich bin sicher, das würden Sie auch.«

»Da bin ich sicher. Will sie ihn heiraten?«

»Oh, ja. Aber es macht ihr nichts aus zu warten.«

Wie konnte ich meinen geliebten Mann in kürzester Zeit in einen Mistkerl verwandeln? Wie konnte ich sie eifersüchtig machen, sie dazu bringen, jeder Zärtlichkeit, die er ihr je zugeflüstert hatte, zu mißtrauen?

»Sie sind auch geschieden, hat Candice mir erzählt.«

»Nein. Ich meine ja.« Patricia, Patricia, erinnere dich an deine verdammte Geschichte. »Ich bin mittendrin.«

»Candice hat mir eine Menge über Sie erzählt. Sie mag Sie sehr gerne.«

»Oh!« Verdammt. Ich wünschte, das hätte ich nicht gehört. So wie Chapmans Liebe würde auch dies nicht ohne Wirkung auf mich bleiben. Mich kraftloser machen, bevor ich zum Todesstoß ausholte.

»Sie ist so aufgeregt darüber, daß sie Ihre Wohnung einrichten soll. Für sie ist das nämlich ein sehr wichtiger Auftrag! Ihre Firma läuft nicht allzu gut.«

»Aber sie scheint so beschäftigt zu sein.«

»Das ist echt Candice... Sie hat so viel Energie, und in dieser Stadt muß man beschäftigt wirken. Wenn man das nicht tut, dann denkt jeder, daß man keinen Erfolg hat. Ich meine, Candice ist sehr begabt, aber jetzt ist die falsche Zeit. Ich habe ihr das auch gesagt, aber sie ist ein so impulsives Mädchen.«

Unser Gespräch wurde durch den Eintritt eines alten Mannes

unterbrochen, der ein starkes, weises Gesicht hatte und dessen Augen durch enorm dicke Brillengläser verzerrt wurden. Er hatte mein Halsband in der Hand. Ich nahm es. Er hatte hervorragende Arbeit geleistet – ich konnte die Bruchstelle nicht mehr erkennen. Er half mir, die Kette an meinem Hals zu befestigen, machte eine kleine Verbeugung und ging wieder.

»Es tut mir leid, das über Candice zu hören.«

»Vermutlich hätte ich Ihnen das nicht erzählen sollen, aber Sie sind so gute Freunde...« Sie biß sich auf die Lippe und zog die Augenbrauen zusammen.

»Ich verspreche Ihnen, ich sage kein Wort davon zu Candice. Eigentlich möchte ich ihr gerne helfen. Kann sie keinen Kredit bei der Bank oder so etwas bekommen? Ich fürchte, ich bin keine besonders gute Geschäftsfrau.«

»Den hat sie schon gehabt, und er ist abgelaufen. Die arme Candice. Schon seit ihrer Zeit im College wollte sie unbedingt eine eigene Firma haben. Ich möchte gar nicht darüber nachdenken, was passiert, wenn sie bankrott macht.«

»Was, glauben Sie, könnte geschehen?«

»Für Candice ist es so wichtig, Erfolg zu haben. Sie würde daran zerbrechen.«

»Glauben Sie das wirklich?«

»Ich bin sicher.« Sie beobachtete mich, während ich meinen Kaffee in langsamen Schlucken trank. »Ich habe am Freitag eine kleine Dinnerparty, und ich würde mich freuen, wenn Sie kommen würden. New York ist eine Stadt, in der man Tausende von Bekannten und keine Freunde hat – Sie kennen vermutlich nicht allzu viele Leute hier?«

»Abgesehen von Candice, nein. Wird sie auch da sein?«

»Ich fürchte, nein. Ich habe sie und David eingeladen, aber sie sagten, sie würden es nicht schaffen.«

»War das ganz sicher?«

»Ja.«

»Wie schade. Ich würde auf jeden Fall gerne kommen. Danke für die Einladung.«
Sie schrieb mir ihre Adresse auf, und ich verstaute die Karte in meiner Handtasche. Das Dinner würde eine willkommene Abwechslung sein. Anne erhob sich zusammen mit mir und begleitete mich zur Tür.
Die leere Wohnung war unerträglich. Die riesigen Glasfenster verwandelten sie in ein Treibhaus; doch anstatt die Klimaanlage einzuschalten, öffnete ich lieber alle Fenster. Aus dieser Höhe war vom Verkehr nur ein sanftes Murmeln zu hören. Da ich genug von der Aussicht auf den Central Park hatte – davon sah ich genug von meinem Hotelzimmer aus –, entschloß ich mich, im großen Schlafzimmer auf Candice zu warten. Ich folgte mit dem Blick einem Lastwagen den ganzen Weg die Seventh Avenue hinunter, bis er zu einem kleinen Fleck wurde, und hatte Sehnsucht nach den krummen, kurvenreichen Straßen Europas. Es hat nichts Abenteuerliches an sich, eine gerade Linie entlangzuschauen.

An kleine Dinge erinnert man sich so gut. Davids Kuß auf meine linke Schulter, als ich aus der Pension Foche auf den Place du Jardin schaute.
David wollte, daß wir unsere Flitterwochen in Blackpool verbrachten, eine Stadt am Meer mit unglaublich schlechtem Geschmack. Ich hatte mich nicht geschüttelt oder protestiert; ich hatte sanft geschmollt.
»Nun, wohin willst du denn fahren?«
David hatte nach zwei Wochen gemerkt, daß seine zukünftige Braut nicht direkt verliebt war in den Gedanken, eine Woche in einer Pension zu verbringen und morgens, mittags und abends Roastbeef und wäßrigen Kohl zu essen.
»Auf die Isle of Wight!«
Ein genauso schrecklicher Ort, und ich wußte, daß David ihn

haßte. Zwei Jahre, bevor wir uns kennengelernt hatten, hatte er die Insel mit ein paar Freunden besucht, sich sehr betrunken, auf eine Schlägerei eingelassen und schließlich eine Nacht in einer Polizeizelle verbracht.

»Dahin fahre ich nicht wieder, und das ist endgültig.«

»Aber es ist ein reizender Ort. Wir können mit dem Boot fahren, wir können reiten, wir können die Insel erforschen, und ich bin sicher, daß du ein paar der Wirtschaften von damals gerne wiedersehen würdest.«

»Shelley, ich habe nein gesagt.«

Ich zuckte mit den Schultern, offensichtlich verletzt, und ich schaute nach unten auf meine Zehen. Meine Hände blieben ergeben in meinem Schoß liegen. »Wie ist es denn mit Cornwall?« David liebte Tiere, wilde Tiere, aber nichts zog ihn zu Kühen, Schafen, Schweinen und Hühnern.

»Nein.« Ich spürte sein Bedauern. Ein weiteres »Nein«, und er würde aus Schuldgefühl beginnen, sich auf meine Wünsche einzulassen.

»Dann würde ich wirklich gerne nach Blackpool fahren. Ich bin nie dort gewesen, und du warst schon einmal da. Du kannst mir die ›Goldene Meile‹ zeigen, mir beibringen, wie man Wellhornschnecken ißt und...«

»Wir könnten irgendwo anders hinfahren. Vielleicht nach Europa. Ich bin noch nie dort gewesen.«

Danach war Paris eine leichte Sache gewesen. Der Kuß kam am Morgen nach der ersten Nacht. Ich stand am Fenster, wund und klebrig, nachdem unser Verlangen endlich zu irgendeiner unheiligen Stunde befriedigt gewesen war. Eigentlich hätte die Sonne scheinen müssen, die Straßen hätten angefüllt sein müssen mit spazierengehenden Liebespaaren. Statt dessen erstreckte sich, so weit mein Blick reichte, ein grauer Herbsthimmel über die Dächerspitzen, die Straßen glänzten von dem feinen Nieselregen, den man nur aus einem bestimmten Winkel sah, und sie waren leer, nicht nur ohne Liebespaare, sondern überhaupt menschenleer. Nichts davon beeinträchtigte meine Stimmung. Ich war glücklich. Ich wollte David bei der Hand nehmen und ihm, eng unter einem Regenschirm aneinandergeschmiegt, die Stadt zeigen.

Als ich hinausschaute, erwachte er und kam, um meine Schulter zu küssen und meine Brüste mit seinen Händen zu umfassen. »Ich glaube, ich mag Paris.«

»Bis jetzt hast du nichts als dieses Hotelzimmer gesehen. Komm, zieh dich an.«

»Laß uns ins Bett gehen.«

»Ich kann nicht schon wieder, mein Liebster.« Ich küßte ihn und schloß mich im Badezimmer ein.

Es waren Flitterwochen, die nur drei Tage dauerten; für länger hatten wir kein Geld. Das Abendflugzeug hatte uns am Donnerstag von London nach Paris gebracht und brachte uns am Samstag zurück. Die drei Tage jedoch waren nicht idyllisch gewesen.

Wir hatten schon früher gelegentlich eine Nacht miteinander verbracht. Aber wir waren Liebende, und Liebende sind keine Menschen. Sie sind träumende Geister in uns, die erwachen und von unseren Körpern Besitz ergreifen. Wir verlieren alle Kontrolle, denn sie stecken uns in Brand – unsere Hände, unsere Münder, unsere Nasenlöcher, unsere Ohren, unsere ganzen Körper und dann unsere Herzen und unseren Verstand. Ich weiß nicht, woher sie kommen, denn bisweilen sind sie von solcher Schönheit, daß ich mich darüber verwundere, wie bloße Menschen sie erschaffen konnten. Aber ich weiß auch nicht, wohin sie gehen, wenn jene traurige Zeit kommt. Vielleicht sind wir es selbst, Narren, die wir sind, die sie vertreiben, weil wir den langweiligen Zustand geistiger Normalität dieser manischen Besessenheit vorziehen.

Wir hatten diesen Zustand der Besessenheit noch nicht hinter uns gelassen, aber wir steuerten unmerklich darauf zu, wieder Menschen zu werden. Mr. und Mrs. Warwick! Für mich hatte das einen wunderbar ewigen Klang. Mr. Warwick jedoch war nicht glücklich in Paris. Ich, die ich die Stadt seit so langer Zeit liebte, glaubte, jeder würde das tun.

»Was gefällt dir denn nicht?« fragte ich beim Abendessen am Samstagabend. Sogar ich war mit meinen Nerven am Ende. Der Nieselregen hatte nicht aufgehört, mein Haar war strähnig, meine Schuhe waren durchweicht, und nach zwei Tagen zusammengekrümmt unter einem Regenschirm wurden wir allmählich zu zwei buckeligen Liebenden.

»Zum Beispiel das Essen. Zu viel von dem verdammten Knoblauch.« Er stocherte in seinem Fleisch herum und knabberte an dem Salat.

Wir aßen in einem Selbstbedienungsrestaurant auf dem Boulevard St. Germain. Es lag fünf Minuten Fußweg vom Fluß entfernt, und zu fast allen Tageszeiten waren die Straßen voller Spaziergänger; die Lichter spiegelten sich in der Seine, und in der Ferne ragte Notre-Dame in den Himmel. In der gedrückten Stimmung um uns herum entdeckte ich nichts wieder, was mir vertraut war.

»Es ist schmackhafter als gekochtes Rindfleisch und Karotten.«

»Für mich nicht.« Er lauschte den Gesprächen am Nebentisch. »Und ich kann kein einziges verdammtes Wort verstehen, das diese Franzmänner sprechen.«

»Das ist nicht deren Fehler. Ich kann für dich übersetzen. Der Mann dort sagt: ›Warum lernen die Engländer nicht unsere Sprache?‹ «

»Ach, tatsächlich.« Er grinste. »Das ist ziemlich clever. Was sagt er noch?«

»Er sagt, wenn du mit Vierzig Millionär sein willst, dann solltest du besser lernen, Froschschenkel zu essen, die Sprache der

Franzmänner zu sprechen und Bourbon und Quellwasser zu trinken.«

»Und was sagst du dazu?«

»Shelley sagt, daß du dich wie diese albernen Engländer benimmst, die immer noch glauben, über ein Weltreich zu herrschen, und die erwarten, daß jedermann ihre Sprache spricht.«

David brütete darüber. Ich glaubte damals, seine schlechte Laune würde die ganze Nacht über anhalten. Ich lernte fünf Minuten später, daß er nie lange schmollte und daß er, wenn er einmal eine Entscheidung getroffen hatte, daran festhielt.

»Du hast recht.« Ich lernte im Laufe der Jahre auch, daß er ein gerechter Mann war.

Die Türglocke hatte wohl drei- oder viermal geklingelt, bevor ich sie hörte. Candice, von der Hitze gerötet und in einem beigefarbenen Hosenanzug aus Leinen, gab mir einen zarten kleinen Kuß auf die Wange. Ich erwiderte ihn, und sie hielt meinen Arm noch einen Augenblick länger fest.

»Ich liebe Ihr Kleid.« Sie berührte die Baumwollärmel und studierte den perfekten Schnitt.

»Danke. Und ich muß mir einen Anzug wie Ihren anschaffen. Aber natürlich haben Sie auch die perfekte Figur dafür. Viele Frauen haben das nicht.«

»Meine diesjährige Extravaganz. Er ist von Lauren, und ich mußte ihn mir einfach kaufen.« Sie öffnete den Reißverschluß ihrer Mappe und zog ihre Zeichnungen heraus.

»Die Entwürfe sind wunderbar. Ich meine das wirklich. Haben Sie eine Vorstellung, wieviel das kosten wird?«

»Ich schätze, so um die fünfzehntausend Dollar. Ich habe hier eine Aufstellung gemacht.« Sie gab mir einen sauber getippten Stapel Papiere.

Ich stieß einen Pfiff aus. »Könnten Sie es nicht für weniger machen? Sagen wir für zehn.«

»Das wird schwierig. Ich würde den Gesamteindruck verlieren. Gut. Sagen wir dreizehn.«

»Zwölf ist alles, was ich mir leisten kann.«

Ich fühlte mich wie in einem Rausch, als ich ihre Zeichnungen mit meiner Unterschrift versah und einen weiteren Fünfhundert-Dollar-Vorschuß abzählte. »Ich werde Ihnen am Montag Fünftausend geben.«

Aber dann würde es wahrscheinlich zu spät sein. Das war der Rest des geborgten Geldes, und ich sollte auch noch Rikki einiges geben. Ich hatte keine Ahnung, woher ich es nehmen sollte. Es war gerade noch genug für die Hotelrechnung da, und ich schien meinem Ziel, David zurückzuholen, kein bißchen nähergekommen zu sein. Ich verspürte einen Anflug verzweifelten Selbstmitleids. Wie konnte ich mir in die Augen schauen, wenn ich allein zurückkam?

»Fünftausend sind in Ordnung. Anne hat mir erzählt, daß Sie zu ihrer Dinnerparty kommen. David und ich waren ebenfalls eingeladen, aber wir sind leider nicht dabei. David ist nicht in Stimmung dafür.«

Das bedeutete, ich wußte es, daß er Anne nicht mochte. Falls Candice je achtzehn Jahre lang mit ihm zusammensein würde, würde sie das auch lernen.

»Das tut mir leid. Ich hätte ihn so gerne kennengelernt.«

»Ich finde es auch schade. Ich habe David gesagt, daß Sie da sein würden ...« Sie starrte aus dem Fenster auf die klar umrissene, phallische Skyline. »... und er war ebenfalls sehr enttäuscht, daß er Sie nicht treffen wird.«

»Was haben Sie ihm über mich erzählt?«

»Alles!«

KAPITEL 10

Ihre Augen waren sehr weit aufgerissen und très Candice. »Sie haben doch nichts dagegen, oder? Er weiß genausoviel über Sie wie ich selbst.«

»Und was sagt er dazu?«

»Nichts, er findet nur, daß das alles sehr typisch englisch klingt.«

»Sonst noch etwas?«

»Er sagt, er kennt eine Middleton. Sie ist eine Verwandte seiner Frau.«

»Was für ein Zufall. Aber schließlich ist das in England auch ein ziemlich häufiger Name.«

»Das hat er auch gesagt. Er freut sich auch darüber, daß es noch jemanden in England gibt, der ein bißchen Geld hat. Ich frage mich manchmal, ob es eigentlich in Amerika noch jemanden gibt, der welches hat.«

»Warum, was ist los?«

»Sie sind meine Freundin, deshalb kann ich es Ihnen genausogut sagen. Ich bin total bankrott. Ihr Auftrag ist für mich sehr wichtig.«

»Das tut mir sehr leid. Wie steht es mit einem Bankkredit?«

»Keine Chance. Ich habe schon einen bekommen. Meine Arbeit gefällt Ihnen doch, nicht wahr?«

»Absolut. Wie steht es denn mit ...« Ich suchte nach den Worten, aber ich wußte verdammt genau, was ich sagen wollte. »... mit Ihrem Freund David.« Einhunderttausend Pfund wert unter Freunden, wenn ich mich recht erinnerte.

»Der Gute...« Sie hatte sich gerade noch rechtzeitig weggedreht, so daß sie nicht den Zorn in meinen Augen sah. »Er hat eine schlechte Investition gemacht. Er kam hierher, um wirklich groß ins Geschäft einzusteigen, aber...« Sie drehte den Daumen nach unten.

»Was macht er denn jetzt?« Der arme Liebling. Männer stürzen sich in ihre Mißerfolge wie Japaner in ihre zeremoniellen Schwerter.

»Das, was ich auch tue. Er kämpft. Er versucht, in London Kapital aufzutreiben, aber da hat es eine Verzögerung oder so etwas gegeben. Pleite zu sein ist für eine Beziehung nicht besonders günstig – aber ich nehme nicht an, daß Sie davon eine Ahnung haben.«

Sie sah mich mit sanften Augen an, die immer trauriger wurden.

»Ein bißchen Erfahrung habe ich schon.« Ich wich ihrem Blick aus, so gut ich konnte. Ich wanderte durch das leere Zimmer. Es gab keine Ablenkung für mich, keine Dekorationsstücke, hinter denen ich mich verstecken konnte. Nur Fußböden, Wände, Decken. Ich spähte in die Küche, bevor ich zu ihr ans Fenster zurückkehrte.

»Ich kann Sie mir überhaupt nicht arm vorstellen. Sie sehen aus, als ob Sie Ihr ganzes Leben lang reich gewesen wären. Sie haben so eine Ausstrahlung, und Sie haben immer so viel Selbstvertrauen.«

»Geld hilft. Aber Sie selbst sind ja auch nicht wirklich arm gewesen.« Ich dachte an ihren Vater, den Professor.

»Ich bin aber auch nicht reich gewesen. Mein Vater hat gesagt, ich würde eines Tages eine Million verdienen. Lieber Himmel, wenn er gewußt hätte, wie falsch er damit liegen würde. Ich wollte, daß er stolz auf mich sein könnte.« Ihre Augen glänzten zu sehr. »Und David auch.«

Er kam erst als Nachgedanke. Es war ihr Vater, der ihr am wichtigsten dabei war.

»Ich bin sicher, das werden Sie eines Tages schaffen. Sie sind doch noch ein Kind.«
»Eines Tages könnte ich auch tot sein.«
»Das werden wir alle sein. Ich hoffe jedoch, noch nicht so bald.« Aber was für ein angenehmer Gedanke.
Im Widerschein des Fensters konnte ich sehen, wie sie mich betrachtete. Ich hatte diesen Blick schon zu oft bei meinen Kindern beobachtet; nicht verschlagen, aber raffiniert kalkulierend. Ich wurde gewogen, damit sie die Frage entscheiden konnte, ob dies der rechte Augenblick war, mich um etwas zu bitten.
»Patricia.« Sie wählte ihre Worte sorgfältig, mich immer noch beobachtend, während sie ihre Finger ineinander verschlang. »Ich weiß, Sie tun schon so viel für mich. Ich ... ich frage mich, ob Sie wohl Lust hätten, in meine Firma zu investieren. Sie wissen, wie gut ich bin, und ich weiß, ich kann es schaffen, wenn ich nur ein bißchen mehr Zeit habe.«
»Ich bin sicher, daß Sie es schaffen werden.« Der Ehrgeiz verzerrte ihr Gesicht, während ich so tat, als würde ich nachdenken. »Ich glaube, ich könnte etwa zehntausend Dollar aufbringen.« Die Münzen waren meine letzte Reserve. Wenn sie fort waren, hatte ich nichts mehr. »Wie ist es mit ihm?«
Die Halsschlagader lag nun frei für meinen Biß. Ich mußte nur noch zubeißen. Aber ich brauchte Zeit. Eine Woche, nicht zwei Tage.
»Wenn ich Ihnen das Geld geben würde, würden Sie ihm dann nicht die Hälfte abgeben?«
»Nein. Warum? Wenn er eine Anleihe bekäme, dann würde er sie selbst nutzen und von mir erwarten, daß ich auf seine Kosten lebe. Wir haben eine sehr gleichberechtigte Beziehung.«
»Wie schön.«
Ich wußte, David würde niemals »auf ihre Kosten leben«. Er

würde eher fortgehen, als sich von ihr, von mir oder sogar von seinen eigenen Eltern unterstützen zu lassen.

»Wie rasch könnten Sie diese Investition machen?«

»In ein oder zwei Tagen. Ich muß meine Finanzberater in London unterrichten.«

»Oh, Patricia, ich danke Ihnen so. Ich schwöre Ihnen, Sie werden es nicht bereuen.«

»Bestimmt nicht.«

Sie kam rasch zu mir und nahm mich fest in ihre Arme. Ich war umgeben von ihrem Parfüm, ihrer Wärme, ihrer Kraft. Ich mußte sie ebenfalls an mich drücken. Wir lösten uns voneinander, und sie bückte sich, um ihre Mappe aufzuheben. Sie sah aus wie ein glückliches, aufgeregtes Kind, das wegrennen und seine Freude der ganzen Welt laut verkünden will. Das klare Licht hinter ihr gab ihrem Haar einen sanften, zarten Schimmer.

»Candice.«

»Ja.«

»Ich bin... ich bin...«

»Sie sehen traurig aus.«

»Es ist nichts.«

Das Hotelzimmer war wie ein Käfig. Ich schlich barfuß von einer Ecke in die andere. Meine Zähne schmerzten, weil ich meinen Mund über dieser pulsierenden Arterie offen hielt: Ein scharfer Biß, und es wäre vorbei, und das Blut würde fließen. Und trotzdem fühlte ich mich durch und durch elend. Das Problem war zu einfach und gleichzeitig gänzlich unlösbar.

Wenn ich alles, was ich hatte, Candice gab, und sie hatte Erfolg, dann würde das ihre Beziehung zu David zerstören. Ihr Erfolg bedeutete Davids Versagen. Er würde sie verlassen, allerdings nicht notwendigerweise, um zu mir zurückzukehren. Aber wohin sonst konnte er gehen? Und sobald er herausfand, wer Candice das Geld gegeben hatte – und das war unvermeidlich, denn »Patricia« würde nie seinem prüfenden Blick standhalten können –, würde er mich hassen. Nicht nur für einen Tag oder zwei oder vielleicht ein Jahr, nein, sein Zorn über meinen Betrug würde tief und ausdauernd sein. Wenn ich ihm die Münzen gab, wie er es von mir erbeten hatte, dann würde das bedeuten, daß ich allein nach Hause führe. Ich hatte sein Schicksal in meiner Hand, und, der Himmel war mein Zeuge, ich wollte es nicht.

Irgendwann, als es sowohl draußen als auch im Zimmer dunkel war, kam Chapman. Ich gab ihm einen Drink und saß schweigend da, von meinen Sorgen wie von einer Zwangsjacke eingeschnürt. Er sprach, und ich hörte ihn kaum, er berührte mich und küßte meine Hand, aber ich spürte seine Berührung nicht. Schließlich schüttelte er mich.

»Es ist so, als wäre ich überhaupt nicht hier.«

»Es tut mir leid, Chapman.« Inzwischen weinerlich und erschöpft, erzählte ich ihm alles.

»Du liebst diesen Schweinehund wirklich. Ich hätte ihm einen Tritt versetzt und ihr das Geld gegeben.«

»Ich kann es nicht.« Ich jammerte wie ein altes griechisches Weib, das den Tod eines Kindes beklagt.

»Dann gib es ihm.« Er sagte es mit jener Irritation, die nur jemand an den Tag legt, der den Schmerz ignorieren will.

»Er wird nie zu mir zurückkommen.«

»Arme Shelley.« Er umschloß mein Gesicht mit seinen Händen und küßte mich auf die Nase. »Ich wünschte, ich hätte so viel Glück wie er.« Er ging zur Tür und lächelte, so wie man lächelt, wenn man sich auf Nimmerwiedersehen ins Unbekannte davonmacht. »Ich fahre nach Watkins Glen, falls du also deine Meinung änderst...«

Ich antwortete nicht. Es war so, als hätte er mich gebeten, ihn auf den Mond zu begleiten, wo ich doch auf dem Meeresgrund angekettet war.

»Wollen wir morgen zusammen zu Abend essen? Zum Abschied?«

»Jemand hat mich zu einer Dinnerparty eingeladen. Falls ich nicht gehe...«

Ich hörte, wie die Tür sich schloß, und mein Elend kehrte zurück, zog sich um mich herum zusammen wie eine Decke, die mich erstickte. Nichts konnte mich vor der Nacht retten. Sie kam immer näher, schloß mich ein, isolierte mich von der ganzen Welt. Das Ritual, sich für das Bett vorzubereiten, ließ mich schon im Stich, als ich noch mein halbes Make-up trug: Ich fegte die Flaschen mit einer verzweifelt wütenden Handbewegung vom Frisiertisch. Auch das Fernsehen konnte mich nicht ablenken, als ich davor kauerte und dabei Wodka in mich hineinschüttete, als wäre es Wasser. Fred Astaire und Ginger Rogers wechselten Blicke, verschwanden und tauchten eine halbe Stunde später wieder auf, wobei sie immer noch »Wange an Wange« tanzten.

Um vier Uhr rief ich meine Mutter an. Sie holte die Kinder ans Telefon, bevor ich noch zwei Worte mit ihr wechseln konnte, und sie plapperten los über ihre Abenteuer und hörten mein unterdrücktes Schluchzen überhaupt nicht. Als meine Mutter wieder ans Telefon kam, erzählte ich ihr alles und fragte:

»Soll ich es ihr geben?«

»Sei keine Närrin. Das hieße, dein Geld zum Fenster hinauszuwerfen.«

»Aber wenn ich ihm die Münzen gebe, dann kommt er nicht zurück.«

»Nun, dann sei froh, daß du ihn los bist. Er hätte dich überhaupt nicht verlassen dürfen. Du hättest ihn nie heira...«

»Mutter, sei still.«

Ich knallte den Hörer auf die Gabel. Bisweilen hatte sie die Hartnäckigkeit eines verdammten Elefanten. Ich fiel zurück aufs Bett.

Als ich aufwachte, hatte ich einen Geschmack im Mund wie von einem algerischen Gully, meine Augen klebten von den Tränen, die ich in der Nacht geweint hatte, es war nach zwölf. Ich setzte mich mühsam auf: Nichts hatte sich geändert. Das Zimmer war da, der Fernseher jaulte weiter, und mein Problem lag in meinem Kopf begraben wie eine Streitaxt. Ich ging im Zimmer umher, badete mich, bestellte mir Mittagessen und nahm ein paar Bissen davon.

Ich ließ die Münzen auf die Bettdecke fallen und starrte darauf, als wären sie Tarotkarten, die mir den Weg in die Zukunft zeigen konnten. Ich nehme an, so war es tatsächlich. So unscheinbare Metallscheiben, die solche Macht über mein Leben hatten. Ein dutzendmal hob ich den Telefonhörer ab, um Candice anzurufen, und jedes Mal ließ ich ihn wieder fallen. Mit derselben Nummer hätte ich David erreicht. Neben dem Telefon lag die Adresse von Anne. Die Party würde schrecklich werden, aber wenigstens würde sie mich davon ablenken, über David und Candice nachzudenken. Ich brauchte eine halbe Stunde, um meine Kleidung auszuwählen. Aus Trotz heraus entschied ich mich schließlich für das, was ich am liebsten trug: ein schlichtes schwarzes Kleid und eine Perlenhalskette, die David mir zu unserem fünfzehnten Hochzeitstag geschenkt hatte.

Um sieben Uhr sah ich großartig aus und, wie Candice gesagt hätte, beeindruckend selbstsicher. Das Taxi brachte mich zu einem riesigen, imponierenden Gebäude am Central Park West. Die Eingangshalle schien aus Marmor und Messing zu bestehen; der Fahrstuhl brachte mich in einen kleinen privaten Vorraum. Ich klingelte, betrachtete prüfend mein Gesicht im Spiegel und wartete.

Anne kam heraus, faßte mich bei den Händen, zog mich herein.

»Ich bin so froh, daß Sie kommen konnten.«

Ich folgte ihr in Richtung der Stimmen, die aus einem anderen

Zimmer kamen. Wir durchschritten einen wunderhübschen Flur mit hoher Decke; auf der einen Seite standen Bücherregale und an der anderen Wand hing ein halbes Dutzend reizvoller Aquarelle. Das Wohnzimmer war riesig, mit großen Fenstern, die auf den Park hinausgingen. Auf der einen Seite war ein kleiner Wald aus Topfpflanzen, auf der anderen Seite ein Kamin aus Marmor. Ein halbes Dutzend Männer und Frauen drehte sich erwartungsvoll zu mir um. Ich begann zu lächeln.

»Dies hier ist...« Anne kündigte meine Ankunft mit der Stimme eines Herolds an.

»Oh, mein Gott!« Ich blieb abrupt mitten in der Bewegung stehen.

»...Patricia Middleton. Sie kommt aus Ihrer Heimat, David.«

Sie zog mich zu ihm hin, während er aufstand und sich umdrehte.

KAPITEL 11

»Was zum Teufel machst du hier?«

»Anne hat mich zum Abendessen eingeladen.« Ich lächelte. »Amerikaner sind so freundlich und...«

»Kennen... kennen Sie beide sich?« Annes verblüffte Stimme erhob sich zwischen uns wie eine zitterige weiße Fahne, die ein Zivilist in die Luft hält, der plötzlich in ein Kreuzfeuer geraten ist. Sie kannte die Antwort, aber sie wollte sie nicht wissen.

»O ja, das ist mein Mann. Wir haben nicht damit gerechnet, uns hier zu treffen.« Ich streckte meine Hand aus und griff nach ihrem schlaffen Arm. »Ich bin Shelley. Ich entschuldige mich, daß ich Ihnen einen anderen Namen genannt habe.«

»Ich meine, was machst du hier in New York?« fragte David. Meine Aufmerksamkeit richtete sich wieder auf ihn, während Anne begann, sich zurückzuziehen, wobei ihre Augen das Zimmer absuchten. Als sie ihr Ziel gefunden hatte, folgte ich ihrem Blick. Candice war mitten in einer Diskussion. Sie war zu weit weg, um uns hören zu können, und winkte mir glücklich zu.

»Ich bin gekommen, um dich zu holen.« Ich beantwortete seine Frage in dem Tonfall, in dem ich jede dumme Frage beantworten würde. »Du hast doch wohl nicht erwartet, daß ich einfach zu Hause sitze, während du mit Candice verschwindest, oder?«

Seine Schönheit hatte mir gefehlt. Er war kein gutaussehender oder hübscher Mann. Nur einfach schön. Ich hatte nur ein sehr undeutliches Bild von diesem Mann, den ich liebte, in mir getragen, und selbst wenn es am deutlichsten war, konnte ich nichts als die Umrisse seines Gesichts und seines Körpers erahnen. Zu anderen Zeiten existierte er nur in mir, wie Rauch, der in einem Zimmer eingeschlossen ist. Ich weiß nicht, warum, aber irgendwie hatte ich erwartet, daß irgendein undefinierbarer Wandel sein Gesicht verändert hätte, daß er in den Monaten, in denen ich ihn nicht gesehen hatte, häßlich geworden wäre oder daß er gealtert wäre oder daß ihm irgendeine Beule gewachsen wäre, die ihn mir zu einem Fremden machte. Er war derselbe. Sein Haar war dicht und schwarz, sauber über dem Kragen rasiert, und bei einem bestimmten Licht konnte man das Grau sehen. Die schweren Augenbrauen hoben sich zu scharfen Bögen über dem äußeren Ende seiner Augen. Seine üppigen Wimpern hätten sich nach oben biegen sollen, aber Männer kümmern sich nie um solche Dinge. Bisweilen hatte ich sie gebürstet und geformt, wenn er neben mir lag. Zuerst hatte er protestiert – die Eitelkeit einer Frau –, aber dann hatte er meine zarten Dienste geduldet. Ich hatte mir nie richtig über seine Nase klarwerden können. Er hielt sie für aristokratisch, ich für fleischig. Sie hätte gebogener und feiner sein müssen, um aristokratisch zu sein. Es gab da eine winzige Narbe, ein gekrümmter Halbmond, der nur aus allernächster Nähe zu sehen war. Als allmählich verblassende Erinnerung an eine Schlägerei war sie eine Quelle des Stolzes.

»Nein, die Art Frau bist du nicht. Ich habe mich schon gefragt, wie du es aufnehmen würdest.«

»Jetzt weißt du es.«

»Ja. Ich hätte es ahnen müssen, als Candice sie beschrieb, diese...« Er zeigte auf mich, als wäre ich ein Kunstwerk. »... Patricia Middleton. Ihr Stil, ihre Sprechweise, die Kleidung... Aber dieses Haar!« Er stöhnte. »Es ist ziemlich schrecklich.«

»Mir gefällt es. Ich fühle mich damit verändert.« Die Vertrautheit dieses Urteils gab mir zusätzlichen Auftrieb. Er hatte sich gewiß nicht verändert, und ich kannte ihn zu gut, um ihm jetzt

auszuweichen. Ich dachte an den Rat meines Vaters und stürzte mich in den Angriff mit dem Selbstvertrauen der Leichten Brigade, die die Kanonen attackiert.
»Du wirst dich daran gewöhnen, da bin ich sicher. Blondinen sind einfach unterhaltsamer.«
»Was ...?« Er begann zu lachen. »Du hast wirklich genausoviel Unverfrorenheit wie ich.«
»Ich habe viel mehr.« Ich sah über seine Schulter hinweg, wie Candice sich erhob. »Und das wirst du sehr bald herausfinden!«
Er schaute sich um. »Oh, zum Teufel, ich habe sie ganz vergessen.«
Die Frau, um die es ging, hatte schon den halben Weg zu uns zurückgelegt, als Anne sie aufhielt und in eine neutrale Ecke zog. Es dauerte nur ein paar Sekunden. Candice hob langsam den Kopf und schaute zu mir herüber. Ihr Gesicht war unbewegt; starr vor Staunen. Ich lächelte zu ihr hinüber, obgleich mir nicht im mindesten danach war. Hätte ich auf meine Unterlippe gebissen, hätte das meiner Stimmung mehr entsprochen. Sie sah noch jünger und hübscher als sonst aus, als sie Anne stehenließ und zu mir kam, ihr Blick argwöhnisch und verletzt.
»Candice.« David faßte nach ihrem Ellenbogen und zog sie zu sich hin. »Ich möchte, daß du meine ...«
»Ich weiß.«
Ich ignorierte ihren Ton und küßte sie auf die Wange. Ihr Gesicht und ihr Nacken waren verkrampft und kalt wie Stein. »Es ist so lieb von Ihnen, daß Sie nicht wütend auf mich sind, Candice. Ich weiß, ich wäre es, wenn ich an Ihrer Stelle wäre. Ich würde spucken und dieser gräßlichen Patricia die Augen auskratzen.« Ich hoffte, so unelegant würde sie nicht sein.
»Daran habe ich auch schon gedacht.«
»Nein, für so etwas sind Sie viel zu nett. Das ist sie doch, nicht

wahr, David?« Ich würde ihm nicht erlauben, sich auf einen ruhigen Logenplatz zurückzuziehen und uns aus der Ferne unbeteiligt zuzuschauen.

»Ah . . . ja.«

Achtzehn Jahre Erfahrung warnten ihn davor, was meine großzügige und freundliche Art zu bedeuten hatte. Er würde nicht erfahren, daß ich am Rande einer Klippe hing.

»Würde es etwas nützen, wenn ich mich entschuldige? Bitte!«

Candice kämpfte mit sich. Sie wollte mich hassen, aber das konnte erst später kommen. Im Augenblick versuchte sie, Patricia Middleton, ihr Honorar und den versprochenen Kredit über Bord zu werfen und sich auf Shelley Warwick zu konzentrieren, die es wirklich gab, die keinen Pfennig hatte und die leibhaftig vor ihr stand.

»Ich danke Ihnen, Candice.« Ich würde ihr keine Chance geben, meine Entschuldigung abzulehnen. »David, würdest du mir bitte einen Drink besorgen?«

»Das übliche, oder hat sich das auch geändert?«

»Das übliche.« Als er sich umdrehte, folgte ich ihm rasch und ließ Candice allein neben der Tür zurück. »Du mußt mich mit deinen Freunden bekanntmachen.«

»Ich kenne hier niemanden.«

Er stand mit dem Rücken zum Raum, während er meinen Drink einschüttete. Ich schaute direkt in den Raum hinein. Zwei Paare und ein einzelner Mann, der ein bißchen zu gut aussah, saßen um einen niedrigen Tisch mit gläserner Platte herum. Anne hockte auf der Kante eines geradlehnigen Stuhls, sie hielt sich krampfhaft an ihrem Drink fest. Niemand sprach; sie waren alle zu sehr damit beschäftigt, mich anzustarren. Als ich lächelte und sie ansah, schauten sie zuerst hinüber zu Candice und dann wieder zu mir. Nur die Musik, eine Sonate von Beethoven, war klar und deutlich zu hö-

ren. Anne zwang sich dazu, aus ihrer Trance aufzuwachen, lächelte mechanisch, ging zu Candice und legte den Arm um sie.
»Danke schön.« Ich nahm das Glas aus Davids Hand. Wir standen nur einen Viertelmeter auseinander, Auge in Auge und völlig allein. »Du bist immer noch der schönste Mann, den ich je kennengelernt habe.«
»Wenn nicht diese verdammten Haare wären, dann würde ich sagen, du bist die schönste Frau.« Er lächelte. »Wahrscheinlich bin ich einfach nicht daran gewöhnt.«
Unruhig bemühte er sich, unserer plötzlichen Intimität ein Ende zu machen. »Wie geht es den Kindern?«
»Sie...« Ich zögerte, wollte, daß er mich um diese Informationen bat, und hielt dann doch wieder an der Entscheidung fest, daß ich die Kinder nicht als Waffe gegen ihn verwenden wollte. »Es geht ihnen sehr gut, und sie vermissen dich schrecklich. Ich habe sie bei meiner Mutter gelassen.«
»Oh, verdammt, ich kann ihre Worte direkt hören.« Er versuchte, den geschliffenen Akzent meiner Mutter zu imitieren. »Seht ihr, euer Vater hat euch verlassen. Ich wußte, es würde so kommen, und ich habe eure Mutter davor gewarnt, diesen Mann zu heiraten. Aber nein, glaubt ihr, sie hätte auf mich gehört –«
»Und ich habe ja auch nicht auf sie gehört, nicht wahr? Achtzehn Jahre lang nicht. Selbst jetzt nicht...« Was zum Teufel würde jetzt geschehen? Ich hatte keine Ahnung. Ich mußte mich bei dieser Schlacht auf meine Intuition verlassen, von einem Moment zum nächsten überleben, so gut ich konnte.
»Ich liebe Candice.« Er war sanft, denn er wußte, wie tief mich das verletzen würde.
»Das habe ich vermutet. Und mich liebst du nicht mehr?«
Ich wartete auf den Todesstoß.
Und wartete. Er stand vornübergebeugt da, den Drink in der

Hand, starrte aus dem Fenster. In dem reflektierenden Glas konnte ich Anne und Candice sehen, die nebeneinander saßen. Candice schien sich allmählich erholt zu haben. Sie lachte und redete, ignorierte dabei David und mich bewußt.

Ich studierte sein Gesicht. Ich wußte nie, was er dachte, sein Gesicht war unbewegt und die Augen gesenkt. Achtzehn Jahre waren nicht genug. Ich hatte plötzlich das Gefühl, daß selbst sechsunddreißig zu kurz wären, ein ganzes Jahrhundert wäre nicht lang genug. Jeder von uns hatte Charakterzüge, die der andere nie würde verstehen können.

»Ich weiß nicht!« sagte er schließlich. »Ich bin nicht eines Morgens aufgewacht und habe festgestellt, daß ich dich nicht mehr liebte. Mit jemandem wie dir könnte es nie so simpel sein. Mit Candice ging ich zuerst bloß ins Bett, und dann wurde es mir zu wichtig. Und ich hatte auch das Geschäft über. Ich wollte etwas Neues und ...«

»Du hast dich gelangweilt?«

»Vermutlich.« Er zog den Kopf ein, so wie Charles es tat, wenn ihm etwas peinlich war.

»Wie läuft das Geschäft?«

Es gab etwas, das schlimmer war, als nicht mehr zu lieben, und das war, sich zu langweilen. O Gott, wie oft hatte ich mich gelangweilt? Es gab zahllose Abschnitte in meinem Leben, in denen ich so still wie ein gefrorener See dagelegen hatte. Ich hatte nicht an meiner Ehe festgehalten, weil ich mich als Märtyrerin fühlte, sondern weil ich wußte, wenn die Langeweile endete, würde ich David wieder lieben.

»Das Geschäft geht prima.« Er klang entschlossen, zuversichtlich, dann stockte er. »Nein, das tut es nicht. Deshalb brauche ich auch die Münzen.«

»Hast du eine Menge Probleme?«

»Ich würde sagen, ich war zu optimistisch ... Ich habe mein Kapital in eine Fabrik gesteckt, aber die anderen sind noch nicht

eingestiegen.« Er wollte noch etwas hinzufügen, beließ es aber bei einem Achselzucken. »Ich glaube, ich sollte jetzt besser wieder zu Candice gehen.«
»Das ist wohl wahr.« Ich berührte seinen Ärmel. Der Doug-Hayward-Anzug, den ich ihm zu seinem neununddreißigsten Geburtstag geschenkt hatte, stand ihm wirklich gut. »Du kannst dir die Münzen morgen früh im Hotel abholen.« Ich wollte so rasch wie möglich von ihm wegkommen, aber er hielt mich am Handgelenk fest.
»Danke, Herzchen.« Er schaute über meine Schulter in die Richtung von Candice.
»Sie hat mir erzählt, daß du in ihre Firma investieren wolltest. Du hättest das tun können, das weißt du, und ich hätte nichts dagegen unternehmen können.«
»Ich weiß aber auch, was dann geschehen wäre.« Ich berührte seine Wange. Sie fühlte sich ein wenig rauh an und so warm. »Ich möchte lieber, daß du unbeschädigt an Leib und Seele mit ihr lebst als mit mir als ein gebrochener Mann.«
Nach diesem großen Satz hätte ich meinen Abgang machen können, hätte für immer aus dieser Wohnung und aus seinem Leben spazieren können. Aber das wäre ein Rückzug gewesen; und der leere Stuhl am Eßtisch wäre sichtbares Symbol meiner überstürzten Flucht gewesen.
David ließ mich allein, und ich versuchte, mit mir und der Welt zufrieden auszusehen. Es war zu einsam. Ich merkte, wie ich mich langsam dem hübschen jungen Mann näherte, und irgendwie schaffte ich ein Lächeln.
»Ich bin Shelley Warwick.«
»Als ob wir das nicht alle inzwischen wüßten, meine Liebe. Ihretwegen hatte Anne so viele Herzanfälle, daß sie für den Rest ihres Lebens reichen. Ich bin Hal.« Er nahm mein Glas und füllte es erneut. »Sie bleiben doch zum Essen, nicht wahr?«

»Ich war eingeladen.« Ich hoffte, daß die Erschöpfung, die mir langsam in die Glieder kroch, nicht zu sehen war.
»Das waren Sie sicherlich, aber als jemand anderes.«
»Ich bin als eine andere zur Tür hereingekommen, aber diese andere hat sich in Luft aufgelöst. Ich hatte nicht erwartet, daß mein Mann hier sein würde.«
»Candice hat ihn in letzter Minute dazu gebracht, seine Meinung zu ändern; und ich möchte wetten, Anne wünscht sich, das wäre nicht geschehen.«
»Und Candice?«
David saß mit ihr in einer entfernten Ecke, eng aneinandergedrängt führten sie ein Gespräch, das ich liebend gern gehört hätte. David berührte ihre Hand. David beugte den Kopf vor, und ihre Haare berührten sich. David sprach. David...
»Sie ist verdammt wütend. Und sie hat Sie mit ein paar Namen belegt, die ich nicht gerne wiederholen möchte.« Er erhob sein Glas, und ich stellte fest, daß er mir immer besser gefiel. »Sie sind wirklich eine ungewöhnliche Frau.«
»Danke.« Ich erhob ebenfalls mein Glas und fühlte mich ein wenig beschwingter. »Das war nicht fair, nicht wahr?«
»Wem gegenüber? Candice? Erwarten Sie nicht, daß ich ihretwegen weine. Sie weiß, daß nichts im Leben fair ist.«
Ich fand, in ein Zimmer zu gehen und dort David zu finden, war das Allerunfairste, was man sich nur vorstellen konnte.
»Sie müssen den Burschen wirklich lieben.«
»Ja, das tue ich. Und ich habe in meinem ganzen Leben noch kein Geständnis abgelegt, das mir leichter gefallen wäre.« Die Intimität dieses Bekenntnisses ließ mich fast in Tränen ausbrechen. »Lassen Sie uns über etwas anderes reden. Wir sind doch bei einer fröhlichen Dinnerparty, nicht wahr?«
»Das wird schwierig werden. Sie sind das Hauptgesprächsthema.«
»Wir werden es versuchen. Was machen Sie?«

»Ich male, aber unglücklicherweise reicht es nicht zum Leben. Ich gebe Unterricht, um meine Brötchen zu verdienen...«

Das Gefühl des Sieges macht uns alle besitzergreifend. Candice hob langsam den Kopf, schaute mir direkt in die Augen und nahm Davids Hand. Wenn sie gekonnt hätte, hätte sie ihn triumphierend hochgehalten wie eine Trophäe.

»Sie hören mir nicht zu, nicht wahr?«

»Es tut mir leid. Meine Gedanken sind abgeschweift.«

Anne kam, um anzukündigen, daß das Essen bereit war. Ich vergaß mein Elend, denn ich war absolut ausgehungert. Niemand stirbt an Liebe oder Trauer oder Einsamkeit, so sehr wir uns das bisweilen auch wünschen.

»Ich vermute, das ginge mir auch so.«

David machte sich von Candice los. Er hatte es nie gemocht, wenn man sich an ihn klammerte, besonders nicht in Gegenwart Fremder. Eine weitere Angewohnheit, die sie sich würde merken müssen.

Anne zog Hal von meiner Seite, sobald wir das Eßzimmer betreten hatten; ich fühlte mich wie ein Soldat, der plötzlich seine schützende Rüstung verloren hat. Der Eßtisch – Mahagoni, liebevoll gepflegt und poliert – schimmerte warm im sanften Licht. Eine Schwarze mittleren Alters, grauhaarig und erschöpft, stand neben einer Tür am anderen Ende des Raumes. Sie trug ein sauberes blaues Kleid, das wie eine Uniform aussah. Ich lächelte ihr zu. Wir waren beide so allein in diesem Raum. Zuerst erwiderte sie es nicht, dann kam ein schwaches Lächeln auf ihre Lippen, als wäre es von weit her gereist.

David trat neben mich und beäugte den Raum.

»Sie denkt, daß ich die ganze Zeit gewußt habe, daß du es warst.«

»Wie um alles in der Welt kommt sie darauf?«

»Nun, sie hat mir Patricia Middleton beschrieben, wie sie sprach, ihren Stil, ihre Manieriertheit, ihre Kleidung, und sie denkt, ich hätte dich nach ihrer Beschreibung sofort erkennen müssen. Dieses Dummchen.«

»Ich hoffe, du hast sie nicht so genannt.« Er hatte mir ihre Achillesferse gezeigt. Ich mußte nur darauf zielen.

»Nein.« Er lachte, ich lächelte. »Ich brauchte einige Zeit, um sie davon zu überzeugen, daß ich nicht wußte, daß du es warst. Ich sagte, in England gibt es fünfundzwanzig Millionen Frauen, und eine ganze Reihe von ihnen stammt aus der Oberschicht. Und da kommt jemand, der sich Patricia Middleton nennt, nach New York und gibt dir einen Auftrag! Wie zum Teufel soll ich da wissen, daß es meine Frau ist? Ich habe sie nicht getroffen und habe nicht mir ihr gesprochen. Schließlich hat sie alles eingesehen.«

»Das will ich doch hoffen.« Dabei wußte ich genau, daß wir anderen nie mehr ganz und gar trauen, wenn wir erst einmal unsere eigenen Schlüsse gezogen haben.

»Ich mußte ihr eine Weile gut zureden. Amerikanische Frauen sind so verdammt unsicher.«

»Das sind wir doch alle, und Mistkerle wie du sind der Grund dafür.«

Es gab Augenblicke, in denen ich David am liebsten in die Eier getreten hätte. Dieser gehörte allerdings nicht dazu. »Und Gott stehe mir bei, ich liebe dich.« Ich sagte es so sanft wie möglich, so daß nur er mich hören konnte.

Er stand ganz still da, drehte sich nicht um, um mich anzuschauen. Während ich sein Profil betrachtete, wußte ich, daß meine Liebeserklärung für ihn so unerwartet gekommen war, daß er sich nicht gegen diese Worte schützen konnte. Sie hingen wie Seidenfäden zwischen uns und hielten uns zusammen. Ich wartete. Er hatte es in der Hand, sie beiseite zu wischen, so daß er für immer entkommen konnte.

»Ich weiß.« Er rührte sich nicht; es schien, als würde er die Worte genießen.

»Ist sie im Bett so gut wie ich?«
»Noch nicht.«
»Das wird sie nie.«
Anne trat zwischen uns, schenkte David ein Lächeln und warf mir einen angemessen bösen Blick zu.
»David, Sie sitzen dort drüben...« Sie schob ihn von mir fort und in die Richtung von Candice, die sich der Taktik bediente, mich ganz und gar zu ignorieren. »Und Shelley, Sie sitzen hier.«
Wir saßen alle drei auf derselben Seite des Tisches, ein Ehemann war zwischen David und mir plaziert worden. Hal saß zu meiner Linken am Kopfende des Tisches.
Er verdrehte seine Augen und schnitt ein komisches Gesicht. »Anne hat Magengeschwüre davon bekommen, sich eine neue Sitzordnung auszudenken. Sie sollten ursprünglich Candice gegenübersitzen, die nicht neben David hätte sitzen sollen.«
Hal war der ideale Tischnachbar, entschlossen, mich zu unterhalten und Anne ein wenig von der Belastung abzunehmen.
Bei einer köstlichen Minestrone erzählte er mir pfiffige Geschichten über Malerei und Theater, danach beim Braten und den Frühlingszwiebeln und dem letzten Gang, der hastig serviert wurde – der Kaffee zu, nicht nach dem absolut vollkommenen Limonensoufflé –, ging er zu kultiviertem Klatsch über; doch unsere Gastgeberin erhob sich, bevor ich auch nur einen Schluck getrunken hatte.
Hal zog meinen Stuhl zurück. »Könnte es sein, daß dies ein zarter Wink an uns alle ist, uns hinaus in die Nacht zu begeben?«
»Ich denke schon. Und, Hal, ich danke Ihnen, daß Sie sich um diese in Ungnade gefallene Frau gekümmert haben.«
»Hören Sie, das ist die interessanteste Dinnerparty, bei der

ich seit Jahren war. Eine Ehefrau, die durch Zufall ihrem Mann begegnet, der sich gerade auf Abwegen befindet – das passiert nicht jeden Tag.« Wir waren wieder im Wohnzimmer, und ich konnte die Verabschiedungen laut und deutlich hinter mir hören.

»Ich hoffe, wir sehen uns wieder. Warum geben Sie mir nicht Ihre Telefonnummer?«

»Unbedingt.« Er schrieb sie auf die Rückseite von Annes Visitenkarte und reichte sie mir.

Eines der Paare gab mir hastig und schlaff die Hände, ich schüttelte sie, obgleich wir kein Wort gewechselt hatten. Anne hielt meine Tasche in der Hand, und ich nahm sie ihr ab, als David zu mir herüberkam. Candice saß in einem Sessel und blätterte in einem Magazin.

»Meinst du, du kommst gut wieder zurück?« wollte er wissen.

»Warum fragst du? Hast du die Absicht, mich selbst ins Hotel zu bringen?«

Einen Augenblick lang glaubte ich, er würde es tatsächlich tun. Er schien zu schwanken, warf dann einen Blick auf Candice. Ich beneidete ihn nicht um den Rest seines Abends.

»Um wieviel Uhr sollen wir uns morgen treffen?«

»Wir werden uns nicht treffen. Ich bin übers Wochenende verreist. Ich werde die Münzen im Hotelsafe im Plaza für dich hinterlegen.« Ich wandte mich von ihm ab. Anne hielt die Tür offen. »Am Montag fliege ich nach London zurück.«

»Wohin fährst du morgen?«

»Gute Nacht, David.« Er hielt sich einen halben Schritt hinter mir, als ich zur Tür ging.

»Anne, es tut mir so leid, daß ich Ihre Dinnerparty verdorben habe.«

»Ich hoffe nur, daß ich so etwas nie wieder durchmachen muß.«

»Ich möchte rasch ein paar Worte mit Candice wechseln. Natürlich, um mich zu entschuldigen.«

»Sie will nicht mit Ihnen reden.«

»In diesem Fall kann ich unmöglich weggehen.« Ich stieß die geöffnete Tür weiter auf und wartete.

KAPITEL 12

Es können fünf Minuten oder auch fünf Stunden gewesen sein, die ich wartete. David blieb treu an meiner Seite und redete mit mir. Ich hörte ihn kaum. Ich brauchte all meine Konzentration für das, was jetzt kam.
Endlich kam Candice zu mir, bei jedem Schritt zögernd, ihr Gesicht so starr wie eine Maske.
Ich lächelte ihr zu. »Sie verstehen mich doch, nicht wahr?«
Ich trat hinaus in den winzigen Vorraum und drückte auf den Fahrstuhlknopf. Er mußte im richtigen Augenblick kommen.
Sie blieb auf der Schwelle stehen, kampfbereit, ihre Wut mühsam kontrollierend.
»Das tue ich nicht.«
»Oh, ich bin sicher, Sie hätten dasselbe gemacht, wenn Sie in meinen Schuhen stecken würden. Schließlich haben Sie sich schon einmal schwängern lassen, nicht wahr?« Das einzige, was zu hören war, war die Fahrstuhltür hinter mir. Candice hatte nicht die Absicht, auch nur ein einziges Wort zu sagen.
Ich ging rückwärts in den Aufzug und lächelte über ihre Schulter David an. Er erwiderte das Lächeln. Die Situation war perfekt.
»Es war eine so reizende Überraschung, dich wiederzusehen, Liebling.«
»Wiederzusehen?« fauchte sie, drehte sich um und sah sein Lächeln.
»Oh!« Meine Mutter wäre stolz auf dieses »Oh« gewesen: Es hatte geklungen, als hätte ich mich selbst bei einem Fauxpas

ertappt. »Ich meine natürlich... seit wir uns in London gesehen haben.«
Die Fahrstuhltür schloß sich, und der Aufzug senkte sich langsam nach unten. Ich hörte, wie die Wohnungstür mit dem Aufschrei »Dieses Miststück!« zugeworfen wurde.
Die Charade war endlich vorbei, und ich war erschöpft. Der Portier besorgte mir ein Taxi, und ich fiel in die Polster, wobei ich ein Gefühl hatte, als tropfte mir das Blut aus den Adern. Ein langsamer, stetiger Strom, der mich bald bewußtlos machen würde.
Wieder im Plaza, rief ich in Chapmans Zimmer an. Er war nicht da. Ich hinterließ ihm eine Nachricht. »Hol mich ab, wenn du dich auf den Weg nach Watkins Glen machst. Shelley.«
Ich hatte mich endgültig dazu entschieden, als ich David erzählte, ich würde am Wochenende nicht da sein. Ich brauchte eine Erholung, eine Ablenkung, bevor ich zu den Kindern zurückkehrte. Ich würde den morgigen Tag damit verbringen, Geschenke einzukaufen, und dann würde ich es zwei Tage lang genießen, von einem Mann geliebt und gebraucht zu werden.
Mein Zimmer schloß sich schützend um mich. Ich öffnete den Reißverschluß des schwarzen Kleides, ließ es fallen und schob es mit dem Fuß in Richtung Schrank. Die Schuhe nahmen denselben Weg. Ich fühlte mich so zerknittert und schlaff wie ein abgenutzter Strumpf.
Shelley... Shelley... du hättest es nicht tun sollen.
Was? Zu dem Abendessen gehen? Nach New York fahren? Ich zwang mich, nicht über das nachzudenken, was ich nicht hätte tun sollen und zerrte meinen Koffer aus dem Schrank.
Chapman rief an, während ich zusammengeknüllte Kleidungsstücke hineinwarf. Der kleine Koffer fürs Wochenende würde ordentlicher gepackt werden.

»Ich habe deine Nachricht erhalten...«
»Jetzt sag bloß nicht, du hast deine Gästeliste schon geschlossen, Chapman.«
»Um Himmels willen, nein. Ich wollte bloß sagen, daß es sicher wunderbar wird. Und ich wollte mich bedanken.«
»Willst du nicht wissen, warum ich mitkomme?«
»Nein. Ich habe schon vor langer Zeit gelernt, daß man eine Frau wie dich nicht nach dem Warum fragen sollte. Gute Nacht, Shelley.«
Ich schlief ein, sobald mein Kopf auf dem Kissen lag. Es war alles vorbei, es war wie der Tod, und es gab nichts mehr, worüber ich mir hätte Sorgen machen müssen. Niederlage und Sieg sind so endgültig, daß beide den Schlaf bringen.
Ich erwachte plötzlich, voller Erwartung und Ungeduld. Es war ein sonniger, wolkenloser Tag, und ich sprang aus dem Bett. Es war erst sieben Uhr dreißig, ich versuchte mich nicht zu beeilen, als ich badete, meine Übungen machte und mich anzog. Um neun ertrug ich die Spannung nicht länger. Ich rief Hal an.
»Hier spricht Shelley.«
»Laßt ihr Frauen denn einen Mann nie zu seinem Schönheitsschlaf kommen? Candice rief mich um acht an und hat mich zu sich befohlen. Das liebe Kind weiß eigentlich, daß ich nie vor zehn aufwache, und nach dem aufregenden Dinner gestern abend brauchte ich eine Beruhigungstablette. Ich fühle mich schrecklich.«
»Vergessen Sie jetzt mal Ihre eigenen Probleme, Hal. Was ist passiert?«
Ich hörte, wie er seufzte und gähnte. »Da ich nun schon mal wach bin, kann ich auch genausogut bei Ihnen vorbeikommen. Im Plaza, nicht wahr? Das liegt auf dem Weg zu Candice.«
Ich bestellte eine frische Kanne Kaffee und wartete. Er

brauchte anderthalb Stunden, und ich hatte die Tür schon aufgerissen, bevor er noch den Finger vom Klingelknopf genommen hatte.

»Langsam.« Er bewegte sich vorsichtig und setzte sich behutsam auf das Sofa. »Ich bin heute höchst zerbrechlich. Es ist ein Wunder, daß ich mich überhaupt auf den Beinen halten kann.«

Er sah nicht zerbrechlich aus, auch wenn die dunklen Gläser seine Augen verbargen. Das Lächeln auf seinem Gesicht war konspirativ, und ich schüttete den Kaffee so ruhig ein wie es nur ging, aber die Tasse klirrte auf der Untertasse, als ich sie ihm reichte.

»Nun?«

Er schlürfte aufreizend ruhig seinen Kaffee und ignorierte meine Ungeduld. »Hören Sie auf herumzuflattern. Meine Nerven sind absolut ruiniert. Setzen Sie sich einfach hin...« Er klopfte auf den Platz neben sich. »... und ich werde Ihnen alles erzählen. Und ich meine wirklich *alles.*«

Ich saß da und wartete, die Arme verschränkt. O Gott, es mußte einfach funktioniert haben. Eine zweite Chance gab es nicht. Alles hing davon ab, wie Candice auf den Hieb reagiert hatte.

»Das Kreischen und das Türenschmeißen haben ihr kein bißchen geholfen.« Hal ließ es sich nicht nehmen, ganz von Anfang an zu erzählen, und ich wußte, er hatte vor, jeden Augenblick seiner Erzählung zu genießen. »Candice hat buchstäblich vor Wut gezittert. Sie hätte eigentlich hinreißend aussehen müssen, aber das tat sie nicht. Sie hatte so einen häßlichen Zug um den Mund, und einen Augenblick lang glaubte ich, sie würde einen Schlaganfall bekommen. Ich nehme an, Sie wären ganz eisig und umwerfend schön gewesen. Sie hingegen kochte buchstäblich.« Er tätschelte liebevoll mein Knie.

»Was hat David gemacht?«

»Dazu komme ich auch noch, wenn Sie sich bitte gedulden würden! Candice hat Sie ›verdammtes Miststück‹ und dann ›Fotze‹ genannt. Sie muß ein ziemlich beschränktes Vokabular haben, was Obszönitäten betrifft – das war ungefähr ihr ganzes Repertoire. Dann ging sie an die Bar und schüttete sich soviel Brandy ein, daß es einen Seemann umgeschmissen hätte, meine Liebe. David war sich nicht sicher, ob er Sie verteidigen sollte – ich glaube, er war ziemlich in Bewunderung für Sie versunken – oder ob er die Partei von Candice ergreifen sollte. Er versuchte den typisch britischen Kompromiß: Er sagte gar nichts. Aber er ging hinüber zu ihr.«
»Sie könnten Hedda Hoppers Nachfolger werden, wissen Sie!«
Ich stand auf. Das Sitzen machte mich zu nervös.
»Ich bin ihre Reinkarnation. Und falls Sie die Absicht haben, ruhelos herumzuwandern, dann tun Sie es bitte hinter mir. Ich hasse es, abgelenkt zu werden. Wo war ich stehengeblieben?«
»David...«
»Oh, ja. Er versuchte, sie in die Arme zu nehmen, sie kreischte: ›Wag es ja nicht, mich anzufassen.‹ Sie hatte sich allmählich wieder unter Kontrolle, aber ich frage mich, was einige von uns tun würden, wenn ihnen nicht die alten Filme die Dialoge vorgeben würden. Candice schüttete ein weiteres Glas hinunter. ›Du hast die ganze Zeit gewußt, daß dieses Miststück Patricia Middleton deine Frau ist, oder etwa nicht?‹ Sie sah jetzt besser aus. Sogar ziemlich schön. David hatte einen väterlichen Ausdruck auf dem Gesicht, und ich nahm an, er wollte sie beruhigen. Verhängnisvoll, meine Liebe, verhängnisvoll.«
Ich starrte aus dem Fenster. »Das tut er bei mir nicht. Wir kämpfen.«
»Er weiß, wie er mit Ihnen umgehen muß, aber Candice ist in gewisser Weise immer noch eine Fremde für ihn. Ich hätte ihm sagen können, daß sie Konfrontationen liebt. David machte alles noch schlimmer. ›Sei nicht töricht. Ich wußte nicht, daß sie

es war.‹ Das brachte nichts. ›Natürlich wußtest du es. Wie oft hast du dich mit ihr getroffen, und sag mir um Himmels willen dieses Mal die Wahrheit, du Mistkerl.‹ David war sehr ruhig, was sie zur Raserei brachte. ›Heute abend war es das erste Mal, daß ich sie in New York gesehen habe. Du hast mir erzählt, daß du diese Frau namens Patricia Middleton getroffen hättest, und daß sie deine verdammte Retterin wäre. Ich hatte keine Ahnung, daß es Shelley war.‹ Candice wollte davon nichts hören. ›Verdammter Lügner. Sie hat doch selbst gesagt, ihr hättet euch getroffen. Ich habe es doch selbst gehört.‹ David verlor allmählich die Geduld, und er machte einen Fehler. ›Sie ist eine kluge Frau und...‹ Candice stürzte sich auf diesen Satz. ›Und ich bin ein Idiot, nehme ich an.‹«

Ich lächelte. »Das war ein Fehler.«

»Shelley, hören Sie auf, mich zu unterbrechen. Wer erzählt hier die Geschichte? Sie oder ich?«

»Tut mir leid, Hal. Erzählen Sie weiter!«

»Candice war jetzt rasend vor Wut. ›Shelley ist nicht klug‹, sagte sie, ›sie ist eine verdammte Schlange, und irgend jemand hat ihr geholfen. Sie wußte, wer ich war, wie ich aussah, was ich tat. Jemand hat mich reingelegt.‹ David zuckte nur mit den Achseln. Wenn er dem Urteil von Candice über Sie zugestimmt hätte, dann wäre die ganze Sache wie weggeblasen gewesen. Aber das wollte er nicht. Er lächelte bloß milde, während sie sich über Sie aufregte, und das stachelte sie nur noch an. ›Ich werde mich an ihr schon zu rächen wissen, an deiner verdammten Frau.‹ Meine Liebe, Betty Bacall hätte diese Zeilen nicht besser sprechen können.

Ich glaube, David machte sich allmählich Ihretwegen Sorgen. Er sagte Candice, sie solle Sie in Ruhe lassen, Sie würden am Montag nach London zurückfahren. Candice wußte zu diesem Zeitpunkt schon nicht mehr genau, was sie in ihrer Wut sagte. ›Ich lasse nicht zu, daß sie zurückfahren und sich einbilden kann, sie hätte einen Trottel aus mir gemacht. Das lasse ich mir von niemandem gefallen.‹ Danach wurde Candice ziemlich ruhig, in einer gefährlich kochenden Art. David war besorgt – er flüsterte ihr beständig etwas zu, und sie schüttelte immer nur ablehnend den Kopf und sagte andauernd: ›Die kriege ich schon noch.‹ «

»Sie glauben doch nicht, daß sie mich erschießen will, oder?«

An diese Möglichkeit hatte ich nicht gedacht. Ich empfand... nein, keine Angst, aber ich wurde unsicher, und Candice tat mir leid. *Dieses* Gefühl unterdrückte ich rasch.

»Ich habe keine Ahnung, was sie tun wird. Aber sie ist so ein törichtes Mädchen. Sie hat David und könnte ihn behalten, wenn sie ruhig bleiben würde, aber sie will Rache.« Hal stellte sorgsam Tasse und Untertasse auf das Tablett und stand auf. »Gestern abend ließ sie ihn einfach vor dem leeren Stuhl stehen, verabschiedete sich von uns und stolzierte hinaus. Sie war draußen und schon im Fahrstuhl, bevor David wußte, wie ihm geschah. Ich glaube nicht, daß er ein Mann ist, der seiner Dame gestattet, ihm einfach davonzurennen. Er verbrachte noch ungefähr fünf Minuten mit uns und plauderte, dann verschwand er.« Hal küßte mich auf die Wange, und ich begleitete ihn zur Tür. »Jetzt muß ich gehen und herausfinden, welche Pläne Candice geschmiedet hat. Ich glaube, das wird heute ein wundervoller Tag für mich. Ich liebe Verschwörungen.«

»Sie lassen mich wissen, was geschieht, nicht wahr?«

»Natürlich. Aber erwarten Sie nicht von mir, daß ich Partei ergreife. Ich applaudiere beiden Seiten, bis ich weiß, wer gewonnen hat. Dann schlage ich mich sofort auf die Seite des Siegers.«

»Wie reizend von Ihnen.« Ich schob ihn hinaus. »Rufen Sie mich an.«

Kaum hatte sich die Tür geschlossen, machte ich einen Luftsprung. Es hätte nicht besser funktionieren können – bis jetzt wenigstens. Je extremer ihr Benehmen war, desto mehr würde sie David dadurch zwingen, mich zu verteidigen. Ich wartete und versuchte zu lesen, während ich das Telefon bewachte. Anderthalb Stunden später klingelte es. Ich stürzte mich auf den Hörer und meldete mich, da wurde die Verbindung unterbrochen. Eine halbe Stunde verging, bevor es wieder klingelte. Diesmal war es Hal, der mitten aus einem Verkehrsstau anzurufen schien.

»Wo sind Sie?«

»Vor dem Plaza.« Das mußte er zweimal schreien, bevor ich seine Worte verstand.

»Nun, dann kommen Sie doch herauf und erzählen mir, was sie vorhat.«

»Das kann ich nicht. Sie würde mich sehen. Sie steht ein paar Häuser weiter und beobachtet den Eingang. Sie weiß nicht, daß ich hinter ihr bin. Sie ist nicht bewaffnet – wenn Sie den Anzug von St. Laurent, den Schal von Hermès und die Calandre-Wolke um sie herum nicht rechnen.« Er kicherte, und ich stöhnte. »Es ist so aufregend. Sie hat etwas ausgebrütet, aber sie will mir nicht erzählen, was es ist. Deswegen gehe ich hinter ihr her. Ich glaube, sie wartet darauf, daß Sie herauskommen. Sie wollte, daß ich eine Verabredung zum Mittagessen mit Ihnen arrangiere. Das kommt nicht in Frage, habe ich erklärt.«

»Sie haben ihr doch nicht gesagt, daß Sie mich besucht haben, oder?«

»Ich bin genauso schlau wie schön. Ich habe nicht die Absicht, mich mitten ins Sperrfeuer zu stellen.«

Über Telefon hörte ich den Verkehrslärm. Wenn sie auf mich wartete, dann konnte ich sie ewig warten lassen. Aber ich war darauf angewiesen, daß sie ihren Plan ausführte. Das war der einzige Weg, um sie aus der Deckung zu locken.

»Was war denn bei ihr zu Hause los?«

»Ich dachte schon, Sie würden nie danach fragen. Sie war sehr ruhig und wundervoll angezogen. Ich fragte sie, wo David wäre. Das Sofa war, nun, nicht direkt ungemacht, aber es sah entschieden so aus, als hätte jemand darauf geschlafen. ›Er arbeitet!‹ sagte sie, und dann öffneten sich die Schleusen. Lieber Himmel, sie war entsetzlich wütend auf David gestern abend, und was Sie betrifft, so beschimpft sie Sie immer noch und würde Ihnen am liebsten die Haare ausreißen. Als sie gestern abend aus Annes Wohnung gestürmt war, konnte sie kein Taxi finden, deshalb beruhigte sie sich, als David herunterkam. Aber was sie wieder in Rage brachte, war, daß er sich Sorgen darum machte, was sie Ihnen antun wollte. Das machte sie wütend – denn sie wußte ja noch gar nicht, was sie mit Ihnen machen wollte, außer Sie umzubringen. Wissen Sie, sie hat dieses freundschaftliche Verhältnis zu Ihnen entwickelt, und dann stellt sich heraus, daß Sie ihr schlimmster Feind sind...«

»Und wie kommt sie im Augenblick mit David aus?«

Ich krampfte die Hand ums Telefon und preßte den Hörer eng ans Ohr.

»Das habe ich sie auch gefragt. Sie sagte, vorher sei sie sich seiner so sicher gewesen, und jetzt wäre sie es nicht mehr. Sie weiß, daß das alles nur in ihrem Kopf passiert, und einerseits hat sie das Gefühl, daß er überhaupt nichts gewußt hat. Aber das Problem ist, meine Liebe, daß Sie wußten, wer sie war, was sie tat, alles. Und natürlich brachte es sie erst recht in Wut, als sie ihren Vater anrief und die beiden Personenbeschreibungen austauschten. Sie bildete sich dann ein, daß David ihnen alles erzählt hätte. Sie beschimpfte ihn, warf ihm ein Laken zu und schloß sich mit einer Flasche Cognac im Schlafzimmer ein.«

Ich lachte. Es wäre mir ein Vergnügen gewesen, das zu sehen.

»Wie hat David das aufgenommen?«

»Mit philosophischer Gelassenheit, nehme ich an. Aber er hat nicht allzuviel Schlaf bekommen.«
Hal unterbrach sich plötzlich, und ich spürte, daß er mich nicht verletzen wollte.
»Reden Sie weiter. Ich kann es ertragen.«
»Nun, gegen zwei hatte Candice einen Plan ausgeheckt, aber jetzt mußte sie David dazu bringen, ihr zu verzeihen. Also weckte sie ihn auf, umschmeichelte ihn, und die beiden schliefen miteinander. Sie sagte, das gehörte zu ihrem Plan, sich an Ihnen zu rächen.«
»Ich wünschte, Sie hätten mir das nicht erzählt.«
»Sie haben mich danach gefragt.«
»Ich weiß.« Natürlich hatten sie seit Wochen miteinander geschlafen, aber das war weit weg gewesen, ein Teil ihrer Vergangenheit. Das hier tat mir weh.
»Es tut mir leid, Shelley. Jedenfalls hat sie mich gebeten, mit Ihnen eine Verabredung zum Mittagessen zu vereinbaren. Nicht bloß gefragt, sie hat gebeten und gebettelt. Glücklicherweise bin ich immun gegen Frauen. Hat jemand bei Ihnen angerufen und dann wieder aufgehängt?«
»Ja.«
»Das war Candice, die sehen wollte, ob Sie da sind. Dann rief sie David an und schlug sehr zärtlich vor, zusammen zu Mittag zu essen. Sie ließ es sehr wichtig und sehr dringend klingen. Ich nehme an, er hat zugestimmt. Als sie wegging, bin ich ihr gefolgt, und jetzt bin ich hier.«
»Und Sie haben keine Ahnung, was sie vorhat?«
»Keine. Ich habe ihr gesagt, ich sei immer für einen Rat, wenn auch nicht für tätige Hilfe, gut, aber sie meinte, ich könnte sie mal. Das klang aufregend. Jetzt sind Sie wieder am Zug, Shelley!«
»Danke, Hal!«
Ich saß eine Viertelstunde lang neben dem Telefon, völlig ver-

unsichert. Wie tief ging die Versöhnung der beiden? Warum mußte immer ich es sein, die am Zug war? Ich wünschte, irgendeine Gottheit würde eingreifen und meine Angelegenheiten unter ihre Kontrolle stellen, dann könnte ich jemand anderem die Schuld an den Fehlern geben, die zu machen ich im Begriff stand. Ich mußte mich vergewissern, daß das, was ich tat, absolut richtig war.

Ich ging zum Fenster und spähte nach unten. Keine Frau, die ich kannte, kein Hal. Ich fluchte. Ich hatte vergessen, ihn zu fragen, welche Farbe sie trug.

Nun, dann mußte ich mich wohl selbst zeigen...

Ich griff nach meiner Handtasche und beschloß, Einkäufe zu machen, wie ich es geplant hatte. Die belebten Straßen würden mir einen gewissen Schutz bieten, und das Einkaufen gab mir Zeit, mich vorzubereiten. Ich blieb auf der Treppe vor der Eingangstür stehen und rückte meine Sonnenbrille zurecht. Immer noch sah ich keine Spur von ihr oder von Hal.

Während ich in Richtung Fifth Avenue streifte, blieb ich immer wieder stehen, um Schaufenster anzuschauen. Einmal glaubte ich, sie einen Augenblick lang erspäht zu haben, als ich mich rasch umdrehte; aber ich war mir nicht ganz sicher. Ich kaufte ein, ohne viele Gedanken darauf zu verschwenden – eine kleine Kamera für Charles, Spielzeug für die Mädchen, ein Feuerzeug für meinen Vater, eine Halskette für meine Mutter –, während ich mich ständig umdrehte. War es möglich, daß sie und Hal sich die ganze Geschichte ausgedacht hatten? Schließlich war er ja ihr Freund und für mich nur ein flüchtiger Bekannter.

Um dreizehn Uhr dreißig bog ich in die Vierundfünfzigste Straße ein. Sie war leerer als die Fifth Avenue, und ich hoffte, ich könnte sie erspähen. Sie hätte genausogut eine professionelle Detektivin sein können – ich konnte sie nirgendwo ausmachen.

»Zur Hölle damit.« Ich bog zum Dorset Hotel ab und ging geradewegs in die Bar.
Ich trank langsam meinen Cinzano mit Soda und lehnte mich zurück, wobei ich mein Lieblingssommergetränk genoß. Ich war auch dankbar für die Klimaanlage; im Augenblick ganz und gar nicht elegant, wedelte ich mit den Armen und löste mein Kleid überall da, wo es an mir klebte.
Ich saß mit dem Rücken zum Fenster, neben der Glaswand, durch die ich einen, wenn auch durch das Muster im Glas gestreiften, Überblick über die Bar und den Eingang hatte. Meine Pakete waren um mich herum verteilt wie knisternde Kinder, und ich streifte mit den Zehen beide Schuhe ab und streckte meine Füße aus. Was für eine Erleichterung! Der stille Raum beruhigte und tröstete mich. Er ähnelte der Bar im Connaught, und der alte Kellner, der ein paar Schritte weiter stand und wartete, erinnerte mich an Vaters alten Burschen. Aufmerksam, aber nicht servil.
Als ich meinen Drink zur Hälfte ausgetrunken hatte, schaute ich zufällig in Richtung Bar und Eingangstür. Candice und David, von dem gestreiften Glas gebrochen widergespiegelt, kamen gerade herein. Sie hing an seinem Arm, und trotz des Glases wußte ich, daß sie mich direkt ansah. David sah sie an.
»Oh, Scheiße!«
Der Kellner, an Zarinnen gewöhnt, schloß die Augen und entfernte sich einen Schritt. Ich schaffte es, mir Sekunden, bevor sie an mir vorbeigingen, eine Speisekarte vors Gesicht zu halten. Der Oberkellner ging vor ihnen her und gab ihnen, auf Weisung von Candice, einen Platz, der fast diagonal vor mir war, allerdings sechs Tische weiter. Candice ließ David so Platz nehmen, daß er mit dem Rücken zu mir saß. Sie hielt seine Hand, sie berührte sein Gesicht und seine Arme.
Einen Augenblick konnte ich die beiden nicht mehr sehen. Sie verschwammen vor meinen Augen, wurden flackernde Schat-

ten in dem Licht, das jetzt meinen Augen wehtat. ich beugte mich zu meiner Handtasche hinunter und suchte nach einem Kleenex.

»Fühlen sich gnädige Frau ganz wohl?«

Ich zwinkerte mit den Augen und sah nur die schwarzen Schuhe und Hosen in meinem allmählich wieder klarer werdenden Gesichtsfeld. Die Stimme war sanft und besorgt.

»Danke, ja. Kann ich bitte die Rechnung haben?« Er zögerte einen Augenblick, als wenn er mich trösten wollte, und dann war er fort.

Ich wollte eigentlich gehen, nachdem er mir die Rechnung gebracht hatte. Nur gab es in Wahrheit keinen Ort, an den ich hätte hingehen können, und wenn ich jetzt verschwand, dann hieß das, daß ich Candice ihren Sieg eingestand; und als stumme Zeugin ihre zur Schau gestellte Zuneigung zu beobachten, war viel zu schmerzhaft für mich.

Ich hatte keine Alternative. Ich stand auf, wodurch ich Candice zwang, plötzlich auf meine Gegenwart zu reagieren. Sie winkte mir und warf mir eine Kußhand zu.

»Könnten Sie meinen Drink an den Tisch dort drüben bringen?« Sie war noch so ein Kind in der Kriegführung. Ich hingegen konnte furchteinflößend sein.

»Und bitte die Pakete auch.«

»Ja, gnädige Frau.«

Ich gestattete ihm, vor mir herzugehen. Er zog einen weiteren Stuhl an den Zweiertisch heran und wartete. David wollte sich gerade umwenden, als ich mich vorbeugte und ihn auf den Mund küßte.

»Was für eine hübsche Überraschung, euch beide hier zu treffen.« Ich gab ihr einen raschen Kuß auf die Wange und setzte mich, während der Kellner meinen Stuhl heranrückte.

»Danke!«

»Gern geschehen.«

»Shelley!« Davids Überraschung war echt, nicht Teil ihrer Falle. »Zum Teufel, aus welchem Kasten bist du herausgesprungen.«

»Ich bin nicht gesprungen, David, ich saß dort drüben.«

Der Kellner brachte die Päckchen, und ich wendete meine Aufmerksamkeit Candice zu. David brauchte Ruhe und Zeit, um zu seinen eigenen Schlußfolgerungen zu kommen. Ich begann zu lächeln, als sie ihren Blick auf ihre linke Hand richtete, die unnatürlich weit vorgestreckt auf dem Tisch lag. Sie spielte mit einem großen Verlobungsring an ihrem Mittelfinger. Er glänzte wie eine Träne und schien alles Licht der Welt in sich zu vereinen. Als ich es endlich schaffte aufzublicken, war *sie* es, die lächelte.

O Gott, davon hatte Hal mir nichts erzählt. Was sonst hatte er mir verschwiegen? Ich warf einen Blick hinüber zu David. So etwas würde er doch nicht tun? Oder etwa doch? Was war sonst noch in der letzten Nacht geschehen?

Ich nahm mühsam einen Schluck Cinzano, dann zog ich die Kamera hervor, die ich für Charles gekauft hatte, und schob sie David in die Hand, noch bevor Candice ihre Attacke reiten konnte.

Er nahm sie und hielt sie fast zögernd, so als ob er erwartete, daß sie explodierte. Er schaute nicht auf die Kamera, sondern auf mich. Aus dem Augenwinkel sah ich, wie Candice nach seiner Hand griff.

»Seit wann bist du hier?«

»Sergei, seit wann bin ich hier?« Ich drehte mich nach dem Kellner um, während David mir einen fragenden Blick zuwarf. »Er erinnert mich an Alton, mit einem Hauch Tschechow.« Ich lächelte Candice zu. »Alton war der Bursche meines Vaters.«

»Seit einer halben Stunde, gnädige Frau.«

Er war sogar noch besser als Alton – er hatte einige Minuten hinzugefügt. David schaute auf seine Uhr und dann hinüber zu Candice. Ihr Lächeln schwankte nicht.

»Oh, *Sergei*!« Sie machte den Versuch, mich nachzuäffen, und hatte beinahe Erfolg damit. »Bringen Sie bitte der gnädigen Frau einen weiteren Drink. Wir wollen etwas feiern, nicht wahr, Liebling?«

David runzelte einen Augenblick lang die Stirn, dann endlich nickte er zustimmend. Er wollte sich gerade zu mir herumdrehen und etwas sagen, als Candice sich zu ihm vorbeugte.

»Auf unsere Zukunft, mein Liebster.« Und sie küßte ihn, ließ ihren Mund lange auf seinem ruhen.

KAPITEL 13

David zuckte zurück, als wäre er gebissen worden.
Ich wendete mich ab. Ich hatte das Gefühl, in Stücke zu zerbersten – Herz, Seele, Gedanken, Worte, das Leben selbst zerfielen, stürzten, zerbrachen. Ich mußte eine letzte Anstrengung unternehmen. Ich zwang mich aufzustehen. »Ich sollte jetzt besser gehen.« Ich machte dem Kellner ein Zeichen, der meine Pakete zusammenraffte.
»Nein, bitte nicht.« David erhob sich halb, wobei er sich den Mund abwischte. Seine Hand wurde von Candice festgehalten, die mich anschaute und lachte.
»Ich wollte es dir gerade erzählen!« sagte er. »Mein erster Vertragsabschluß war erfolgreich, und ich brauche...«
»Wie schön!« Ich beugte mich rasch zu Candice herunter und berührte zum letzten Mal ihre Wange mit meinem Mund. »Ich hoffe, Ihr Vater war nicht allzu böse auf mich, als Sie gestern abend mit ihm telefonierten!« sagte ich leise.
Candice zog ihren Kopf weg. »Wer hat Ihnen erzählt, daß ich mit ihm gesprochen habe?«
Ich setzte meine Sonnenbrille auf und lächelte. Sie drehte sich um und schaute David an, der damit beschäftigt war, meine Aufmerksamkeit auf sich zu lenken.
»Shelley, hör doch...«
Ich streichelte ihm übers Gesicht, nickte dem Oberkellner zu, der sich verbeugte, und war draußen in der Hitze, ohne einen Blick zurückzuwerfen. Als ich nach einem Taxi winkte, faßte Hal nach meinem Arm.

»Sie müssen mir alles erzählen, was da drinnen passiert ist!«
»Fragen Sie Candice!« Ich war schon halb im Taxi, als meine Hektik allmählich nachließ. Ich blieb stehen. »Ich bitte um Entschuldigung, Hal.« Ich küßte ihn. »Sie sind so lieb gewesen.«
»Möchten Sie, daß ich mit Ihnen mitkomme?«
»Danke, nein. Mir geht es gut. Das sollte es auch – ich habe ein tolles Wochenende vor mir. Ich verspreche Ihnen, ich werde Ihnen später erzählen, was passiert ist.«

Als Chapman um drei Uhr an meine Tür klopfte, war ich noch nicht fertig. Mein Make-up mußte ausgebessert werden. Fünfzehn Minuten später – ich sah so gut aus, wie es nur ging – holte ich ihn in der Eingangshalle ab. Als ich auf ihn zuging, fühlte ich mich wie ein junges Mädchen, das gerade im Begriff ist, seine Jungfräulichkeit zu opfern. Es war nicht so, als hätte ich das Wochenende von damals vergessen, aber diese Begegnung jetzt war irgendwie anders. Als wäre diese Shelley ebenfalls dabei, eine andere Person zu werden.
»Es tut mir leid.« Ich küßte ihn flüchtig auf die Wange. »Ich dachte, du würdest dich verspäten.« Seine Freude darüber, mich bei sich zu haben, ließ ihn jünger, schwungvoller erscheinen. »Wir sind immer noch rechtzeitig. Das Flugzeug wartet auf dem Flughafen La Guardia auf uns.«
»O Gott, doch nicht schon wieder ein Hubschrauber?«
»Das würde ich dir doch nicht antun. Es ist eine Comanche, und du wirst dich ganz sicher darin fühlen.«
»In Ordnung. Weißt du, wo wir wohnen werden? Ich möchte gerne hier im Hotel Bescheid geben, wo ich zu erreichen bin, falls Mutter wegen der Kinder anruft.«
Er schrieb mir den Namen und die Telefonnummer auf und wartete, während ich genaue Anweisungen hinterließ, wie man mich erreichen könnte. Und ich hinterließ die Münzen,

sorgfältig eingepackt – Für David Warwick, mit lieben Grüßen von Shelley – beim Hotelmanager.
Im Taxi nahm Chapman meine Hand und küßte sie. Ich erlaubte ihm, sie festzuhalten, wobei ich erneut das Verlangen verspürte, mich diesem Mann hinzugeben. Ich wußte nur, was in den nächsten zwei Tagen sein würde, aber wenn wir wollten, dann konnten von nun an alle Tage uns gehören. Ich versuchte nicht, mir einzureden, das wäre es, was ich wirklich wollte: Es war alles, was mir im Augenblick an Möglichkeiten geblieben war. Ich seufzte, und Chapman drehte sein Gesicht zu mir und küßte meinen Mund.
»Was ist los, Prinzessin?«
Mir fiel jetzt ein, daß er mich auch in Monaco so genannt hatte. Er nannte wahrscheinlich alle seine Frauen »Prinzessin«, aber ich war zu erschöpft, um daran Anstoß zu nehmen.
»Hast du manchmal das Gefühl gehabt, daß du Himmel und Erde in Bewegung versetzt hast, und überhaupt nichts ist geschehen?«
»Oft.« Das Taxi fuhr über ein tiefes Schlagloch, und wir wurden gegeneinander geschleudert. »Heute fühle ich mich auch so.« Er schaute auf meine Hände. »Du bist nicht wirklich hier bei mir, nicht wahr?«
»Du hast doch meine Hand.« Ich lächelte, aber er erwiderte mein Lächeln nicht. »Ich bin mit Haut und Haaren hier. Ich habe kein Stück von mir im Hotelzimmer zurückgelassen.«
»Du weißt, daß ich das nicht meine.«
»Ich kann ihn doch nicht über Nacht vergessen!«
Wenn ich es überhaupt je kann. Einen Augenblick lang wünschte ich mir, ich könnte mich wie durch Zauberhand in ihr Leben einschleichen und sehen, was passierte. Nein, das wollte ich doch nicht. Man kann nur ein bestimmtes Maß an Selbstzerstörung ertragen.
»Hast du Fortschritte gemacht?«

»Wir haben uns zufällig bei einer Dinnerparty getroffen. Wir haben miteinander gesprochen.«

»Und?«

Ich schaute aus dem Fenster, ohne ihm zu antworten. Ich war umgeben von unmenschlich hohen Gebäuden und achtspurigen Autobahnen, die mich erschreckten und einschüchterten. Umgeben von solch unbeugsamer Brutalität, wie kann man da lieben?

»Hast du ihm das Geld gegeben?«

»Ja.« Ich wich seinem Blick aus, denn ich ahnte das Mitleid und dann die versteckte Befriedigung. Noch ein verdammter Sieger.

»Also gibt es ein Happy-End. Er bekommt das Mädchen und das Geld und...« Er verstummte plötzlich.

»Und du bekommst mich. Ist es das, was du sagen wolltest?«

»Etwas in der Art.« Er gab mir das Gefühl, primitives Muschelgeld zu sein, das gerade eingetauscht worden ist.

»Jetzt gibt es keinen Grund mehr für ihn, zu dir zurückzukommen, nicht wahr?«

»Keinen.«

»Wir beide werden viel Zeit haben.« Er hob meine Hände an seine Lippen und hielt sie dort fest. »Das wird das schönste Wochenende meines Lebens.«

Er schenkte mir ein strahlend verführerisches Lächeln, und ich lachte. Mein Gott, sie waren doch wirklich alle gleich. Aber ich brauchte ihn.

Der Flug mit dem Hubschrauber an dem Abend vorher hatte wenigstens in der Dunkelheit stattgefunden. Im hellen Tageslicht sah dieses Flugzeug aus, als hätte Charles es aus einem seiner Baukästen zusammengebastelt.

»Glaubst du wirklich, daß es sicher ist?«

»Natürlich ist es das, Prinzessin. Komm jetzt.«

Er kletterte auf die Tragfläche und zog mich hinter sich her. Ich

trat so vorsichtig auf wie nur möglich und setzte mich behutsam neben ihn ins Cockpit. Er schnallte mich an, dann sprach er mit dem Kontrollturm. Sobald sich das Flugzeug in Bewegung setzte, schloß ich die Augen. »Ist alles in Ordnung?« Ich öffnete die Augen.
»So sicher wie auf festem Boden!«
Ich öffnete das andere Auge. Die Sonne war unnatürlich hell und klar; die weichen weißen Wolken über mir schienen so nahe, als ob ich sie berühren könnte. Chapman lächelte, als er die Nervosität auf meinem Gesicht sah. Es dauerte zehn Minuten, in denen ich in den Himmel starrte, bis ich den Mut aufbrachte, nach unten zu schauen.
»Kannst du denn nicht so hoch fliegen wie ein Jumbo? Ich kann die Gesichter der Leute erkennen!«
»Ich kann noch ein bißchen höher fliegen, aber zehntausend Meter? Wir würden erfrieren.« Er legte eine Hand auf mein Knie und begann, die Innenseite meiner Schenkel zu streicheln.
Ich nahm seine Hand fort, küßte sie und legte sie zurück auf den Steuerknüppel. »Ich will damit nicht sagen, daß es mir nicht gefällt, aber ich ziehe es vor, wenn du beide Hände am Steuerknüppel hast.«
»Ich könnte ein Looping machen, wenn du willst.«
»Wag das ja nicht!«
Nach ungefähr einer halben Stunde fing die Sache an, mir Spaß zu machen. Das Geräusch der Maschine war einschläfernd, und ich fühlte mich wie der unumschränkte Herrscher der Welt. Es war so wundervoll und so einsam. Ich wünschte, ich könnte ganz allein für immer himmelwärts fliegen.
»Konnte Betty eines dieser Dinger steuern?«
»Sie war eine der besten. Ich habe es ihr beigebracht. Möchtest du es versuchen?«
»Noch nicht.«

Er verlor sich in seinen Erinnerungen, und ich störte ihn dabei nicht. In der schwachen Reflexion des Fensters konnte ich sein weiches Lächeln sehen: Es waren glückliche Zeiten, an die er sich erinnerte.

»Einmal bin ich bei einem Rennen in Brand's Hatch von der Bahn abgekommen und habe mir den rechten Arm gebrochen, sie flog mich zurück nach London. Es war ein verdammt häßlicher Tag. Wir hatten starken Wind und Regen, und die Sicht war schlecht. Ich dachte, sie würde es nicht schaffen.« Er schüttelte voller Bewunderung den Kopf. »Sie brachte mich sicherer herunter, als ich es gekonnt hätte.«

»Es würde tausend Jahre dauern, bis ich fliegen lernen würde.«

»Es ist einfach.«

In den nächsten fünfzehn Minuten versuchte er, mir beizubringen, wie man die verdammte Maschine flog. Er hatte mich in Bettys Rolle versetzt – nicht, daß ich ihm einen Vorwurf hätte machen können. Wie Generäle, die ihr Leben lang die vergangenen Schlachten kämpfen, so verlieben sich Verliebte in ihre vergangene Liebe. Wir wollen unsere Jugendfreunde, unsere Liebhaber, unsere Ehemänner verdoppeln, um auf einen alle Eigenschaften zu vereinen, die bei den anderen erkennbar waren.

Bei Chapman konnte ich das Aufflackern des vertrauten Humors, dieselbe Stärke und Entschlossenheit, denselben jungenhaften Eifer erkennen wie bei David. Ich fragte mich, welche von Bettys Eigenschaften sich in mir widerspiegelten. Es konnte nicht meine Fähigkeit sein, dieses Flugzeug zu steuern. Es mußte etwas anderes sein, das nur er sehen konnte.

»Kommst du langsam auf den Geschmack?«

»Nein.« Ich küßte ihn. »Du solltest besser aufgeben. Ich habe nicht die Absicht, es zu lernen.«

»Was würde passieren, wenn ich mir das Bein brechen würde?«
»Dann würden wir den Zug nehmen, Chapman. Ich bin ein miserabler Pilot, aber ich bin ausgezeichnet, wenn es darum geht, Fahrkarten zu kaufen.«
Wir stritten scherzhaft miteinander; wir versuchten beide, uns nicht von unserer Vergangenheit ersticken zu lassen. Überraschend schnell war es Zeit zu landen; als er eine Schleife über einem Fluß flog, schloß ich die Augen, bis das Flugzeug ganz zum Stillstand gekommen war.
Watkins Glen war eine hübsche kleine Stadt, die an meinem Taxifenster vorbeiflog. Das Hotel war geräumig und kühl. Es gehörte zu einer weitverbreiteten Kette, bei der er immer wohnte, wenn er unterwegs war. Er buchte ein Doppelzimmer für uns.
»Ich würde zwei Einzelzimmer bevorzugen.«
»Also, komm schon, Shelley.«
»Ich will keine Schwierigkeiten machen, ich möchte bloß zwei Einzelzimmer. Ich werde für dich da sein, wann immer du willst, Chapman.«
Er hätte sich auf eine Diskussion eingelassen, wenn er nicht gewußt hätte, daß es zwecklos war. Wir füllten getrennte Anmeldungen aus, und mit Küssen im Fahrstuhl brachte ich seine gute Laune zurück.
Das Zimmer war mit Holzimitation getäfelt, hatte Farbfernsehen und ein winziges Badezimmer. Die Gauguin-Reproduktion gab dem Raum einen Hauch von Würde. Chapman klopfte und trat ein.
»Es ist deprimierend.« Ich schloß die Jalousien. Im Dämmerlicht sah der Raum viel besser aus.
»Wenn du schon in so vielen dieser Zimmer gewesen wärest wie ich, dann hättest du dich daran gewöhnt.« Er suchte sich eine Ecke und begann, sich auszuziehen, rasch und ordentlich.

»Ich kann die Städte nur an ihrem Telefonbuch unterscheiden.«
Bisweilen bin ich neidisch auf die Männer. Sie haben keine Brüste, die erschlaffen, und sie müssen sich auch keine Sorgen wegen Schwangerschaftsstreifen auf dem Bauch machen. Unsere Körper sind wie Uhren: Im Spiegel können wir sehen, wie sie ablaufen. Chapman hatte schlanke Oberschenkel und einen flachen Bauch. Seine Hüften wölbten sich vielleicht ein wenig, aber nicht genug, um ihn weniger athletisch wirken zu lassen. Sogar seine verdammten Falten sahen jugendlich aus. Und sein Schwanz fühlte sich ebenso an.
»O Gott, Shelley, du bist so schön!«
Mehr wollte ich gar nicht hören. Falls er mich anders in Erinnerung hatte, so hörte ich das weder aus seinen geflüsterten Zärtlichkeiten heraus, noch merkte ich es an der sanften Art, wie er mich berührte, küßte und streichelte. In seinen Fingerspitzen lag die Erfahrung unzähliger Frauen, und auch in der schwerelosen Bewegung seines Körpers auf meinem und in der Art, wie er mich hielt und umarmte, als ich kam. Er küßte mich sanft zurück in die Realität. Er war auch, und dafür war ich dankbar, ein Mann, der niemals fragte, ob die Frau auch gekommen war. Er wußte es instinktiv. Wie David auch.
»Ich hoffe, wir verbringen unsere ganze Zeit hier im Bett!« sagte ich.
»Ich wünschte, wir könnten es, aber ich muß arbeiten.« Er stand aus dem Bett auf und begann sich anzuziehen. »Hast du Lust, mit mir zur Rennstrecke zu kommen? Du hast nie an den Boxen gestanden, sozusagen im ersten Parkett, oder?«
»Im Theater schon!«
Er warf ein Kissen nach mir. »Ich werde dir eine ganz neue Welt zeigen.«
»Der Anfang war schon sehr gut. Aber erwarte nicht, daß ich mich so schnell anziehe wie du.«

»Ich muß James und einige andere treffen. Ich sehe dich dann in dreißig Minuten in der Bar.«
»Sagen wir in fünfundvierzig Minuten.«
Ein schneller Kuß, und er war fort. Ich lag in der winzigen Badewanne und wollte nur vergessen. Die Betterlebnisse mit Chapman hatten mich ganz gewiß entspannt, aber dennoch dachte ich angestrengt darüber nach, wie ich der Einengung durch Chapmans Anwesenheit entfliehen konnte. Ich zog mir rasch einen Hosenanzug und eine gelbe Seidenbluse an, die einzige Freizeitkleidung, die ich bei mir hatte.
Chapman saß mit fünf anderen Männern an einem Tisch. Als ich zu ihm trat, sprang er auf und machte mich bekannt. Ich nehme an, ich hätte diesen James und die anderen Namen erkennen sollen, aber ich tat es nicht. Charles hätte bei mir sein sollen: Einige von ihnen waren seine Idole.
Ich war in eine Welt eingetreten, die aus besonderen Männern bestand. Das trug nur noch dazu bei, meine Einsamkeit zu verstärken. In einer Sprache, die ich nicht verstand, redeten sie von anderen Männern, die ich nicht kannte. Und sie empfanden tiefe Zuneigung füreinander. Viele gemeinsame Jahre in Bars und fremden Städten und viele Tode verbanden sie, selbst für einen anderen Mann wäre es unmöglich gewesen, diese Barriere zu überwinden. Jede Frau war Lichtjahre von ihnen entfernt.
Chapman versuchte, mir seine Aufmerksamkeit zu widmen. Er unterbrach seine Unterhaltung, um mir Dinge zu erklären und mich in das Gespräch mit einzubeziehen, aber sobald wir die Boxen erreicht hatten, war ich vergessen. Betty mußte ihn maßlos geliebt haben, wenn sie diese Isolation so lange Jahre ertragen hatte.
Ich hatte vergessen, wie häßlich und phallusartig Rennwagen sind. Die nach vorne zulaufende ovale Schnauze verbreiterte sich hin bis zu dem riesigen Motorblock. Der Fahrer von Chap-

mans Wagen sah aus wie achtzehn. Sie alle sahen wie Knaben aus, die mit neuen und furchterregenden Spielzeugen spielten. Ich hatte auch vergessen, wie laut es war. Jedesmal, wenn ein Wagen die Boxen passierte, drohten meine Trommelfelle zu platzen.
Entlang der Boxen saßen noch andere Frauen. Sie alle sahen elegant aus und, so wie ich, sehr allein. Nach fünfzehn Minuten begann mir der Kopf weh zu tun. Ich tat nichts anderes, als hier zu sitzen und auf Chapman zu warten, so wie ich dagesessen und auf David gewartet hatte.
»Ich gehe zurück ins Hotel!« brüllte ich Chapman ins Ohr. Er nickte nur. Wenn er mich gebeten hätte zu bleiben, wäre ich vielleicht geblieben.
Die Sonne war noch warm, als ich das Hotel erreichte. Hinter dem Hotel war ein kleiner Pool; ich zog mir einen einteiligen Badeanzug an und schwamm ein paar Bahnen, dann ließ ich mich nieder, um ein Taschenbuch zu lesen.
Ich hatte das Gefühl, in der erstickenden kalten Luft des Wartens zu schweben. Soldatenfrauen, Seemannsfrauen, Rennfahrerfrauen, Vertreterfrauen, Hausfrauen, Mätressen: Wir alle sind verfluchte Penelopes, die auf ihren Odysseus warten. Und wir tun es, weil wir selbst es so wollen, das ist das Schlimmste daran.
Chapman kam zu mir an den Pool, als es langsam kühler wurde. Er sah erhitzt und glücklich aus. Für eine Weile war er wieder zu dem einzigen zurückgekehrt, das er von ganzem Herzen liebte.
»Es ist schade, daß es dir draußen nicht gefallen hat.« Er legte mir seine Jacke um die Schultern, wobei er mir zuerst einen Kuß auf die rechte Schulter gab.
»Ich finde es laut und langweilig. Die Wagen machen nur immer ›waarumm‹. Ich weiß nicht, wie die anderen Frauen das aushalten.«

»Sie wollen beteiligt sein an dem, was wir tun.«
»Das werden sie in Wirklichkeit doch nie. Es ist bloß ein Spiel, das ihr ihnen erlaubt.«
»Es ist kein Spiel.« Im Schatten konnte ich sehen, wie er die Lippen aufeinanderpreßte. Ich lächelte ihn an, aber er ignorierte es absichtlich. »Betty hat die Rundenzeiten gestoppt, und sie wußte verdammt viel über Rennwagen.«
»Rundenzeiten! Du meinst, sie hat auf eine Stoppuhr gedrückt, jedes Mal, wenn du vorbeigerast bist? Das könnte meine zehnjährige Tochter auch.« Ich richtete mich auf und zuckte zusammen, als mein Hintern eine kalte, nasse Stelle berührte. »Du würdest mich nie dazu bringen, mich an den Boxen herumzutreiben und auf einen verdammten Knopf zu drücken, um zu beweisen, daß ich zu dir gehöre.«
»Das ist nur, weil du dich für das, was ich tue, nicht interessieren willst!«
»Oh!« Ich wurde wirklich allmählich so gut wie Mutter. »Und wenn ich losziehe und male, dann wirst du zweifellos mitkommen und mir die Palette halten. Und wenn Betty irgend etwas machte, was sie gerne tun wollte, dann hast du alles stehen- und liegenlassen und bist mitgegangen?«
»Wenn ich Lust dazu hatte!«
»Dieser verdammte Mythos von ›Gemeinsamkeit‹ weckt in mir die Sehnsucht nach der guten alten Zeit, als Arbeit und Vergnügen getrennt waren. Gott sei Dank hat David mich nie gebeten, zu ihm zu kommen und in seinem Büro zu sitzen oder ihm zuzuschauen, wenn er Fußball spielte.«
»Vielleicht ist das der Grund, warum er dich verlassen hat.«
»Ein so empfindliches Ego hat er nicht. Und wenn er plötzlich bei Candice eines entwickelt hat, dann sollte er lieber bei ihr bleiben.«
Chapman antwortete nicht. Die Lichter am Pool gingen an, und das Wasser sah klar und schön aus. Die verschwommenen

Lichter und Schatten verliehen der häßlichen Umgebung des Pools einen unerwarteten Reiz. Die sanfteren Züge, die die Landschaft annahm, besänftigten auch meine Laune. Ich berührte Chapmans Hand, und einen Augenblick lang ließ er sie liegen.

»Ich weiß eigentlich überhaupt nicht, warum wir uns streiten.«

Seine Hand bewegte sich, und endlich reagierte er: »Ich hoffte, du würdest Autorennen so lieben, wie ich es getan habe.« Er zog mich hoch. »Das wirst du nie, nicht wahr?«

»Ich könnte anfangen, sie mit der Zeit weniger abscheulich zu finden.«

Wir gingen zurück zu unseren Zimmern, und ich hoffte, daß ich dazu nie Zeit haben würde. Ich fühlte mich scheußlich, weil ich mit dem einen Mann zusammen war, während ich doch eigentlich einen anderen wollte; und ich erschauderte bei dem Gedanken, daß ich dieses Gefühl vielleicht mein ganzes Leben lang haben würde. Chapman, der dachte, es wäre mir kalt, legte seinen Arm um mich.

»Du wirst darunter nicht so viel zu leiden haben wie Betty. Ich besuche die Rennstrecke nur noch gelegentlich.«

»Das freut mich.«

Er blieb mit mir vor meinem Zimmer stehen und wollte ebenfalls eintreten.

»Wann sind wir mit den anderen verabredet? Ich nehme an, so steht es auf dem Programm.«

»Es sind nur ein paar von uns, wirklich.« Er hatte immerhin den Anstand, dabei ein wenig reumütig auszusehen. »Ich dachte, wir würden um acht einen Drink nehmen und danach essen.«

»In diesem Fall haben wir keine Zeit für eine schnelle Nummer. Klopf an die Tür, ich werde fertig sein.« Wir küßten uns und gingen auseinander.

Ich wußte, an diesem Abend würde ich zuviel trinken. Es war eine Gesellschaft von acht Personen. Vier Männer, jeder von ihnen früher einmal Weltmeister, und ihre Frauen – Freundinnen, oder was auch immer. Ich war nur sicher, welchen Status ich selbst hatte: zeitweilige Mätresse – oder möglicherweise auch etwas Dauerhafteres. Mein Schicksal war mir gleichgültig. Ich war hier die Fremde. Ich hatte zwei der Frauen an den Boxen gesehen, und offensichtlich kannten die beiden sich gut. Sie plauderten miteinander und fachsimpelten mit den Männern. Das dritte weibliche Wesen – tizianrotes Haar und kaum erwachsen – war Frankies Abenteuer für eine Nacht. Wenn man es aus ihrer Sicht betrachtete, dann fiel ich vermutlich auch in diese Kategorie. Ich suchte den Trank des Vergessens: groß und kalt, mit einer Menge Eis.

Als wir bereit waren, zum Dinner aufzubrechen, hatte ich schon drei davon getrunken.

»Das ging ziemlich rasch!« Chapman sah beunruhigt aus, als wir hinter den anderen her zum Parkplatz gingen.

»Du bist nicht der einzige, der den Motor aufdrehen kann!« Bisweilen, sehr selten, hatte ich das auch bei David gemacht. Gewöhnlich, wenn ich sehr wütend auf ihn war.

»Ich hoffe bloß, du weißt, wann du aufhören mußt. Ich mag keine betrunkenen Frauen.«

»Und ich mag keine Männer, die keine betrunkenen Frauen mögen.« Er blieb stehen und schien zu überlegen, ob er mich ins Hotel zurückbringen sollte.

»Hast du nicht bisweilen auch den Wunsch, einen Rausch zu haben?«

»Doch.«

»Und heute bin ich in der Stimmung dazu.« Ich zog sein Gesicht zu mir herunter und küßte ihn voller Leidenschaft. »Paß auf mich auf, Chapman. Und erinnere mich morgen früh an nichts, was passiert ist.«

Als ich ihn losließ, nickte er und strich mir über das Haar. Er konnte wirklich wunderbar sein.
Die anderen Wagen starteten und fuhren los. Chapman hielt mir die Tür auf und blieb dann einen Augenblick hinter dem Steuer sitzen. Ich konnte sehen, wie sich sein Gesicht im Schatten veränderte. Er schien irgendwie zu altern, während ich ihn beobachtete, die Linien um seinen Mund wurden allmählich tiefer.
»Mist!«
Er ließ den Wagen an und lenkte ihn auf die Straße. Die entgegenkommenden Autos warfen Lichtflecke auf sein Gesicht, und jedes Mal wirkte es noch unbewegter. Er zuckte nicht einmal vor der plötzlichen Helligkeit zurück.
»Versuch nur, mich nicht David zu nennen!«
»Und wenn ich es tue, dann verzeih mir bitte.« Ich legte seine Hand an meine Wange, und er war zartfühlend genug, sie nicht wegzuziehen.
»Wird deine Mutter wirklich wissen wollen, wo du bist?« Er wandte sich zu mir um und schaute mich an. Ich schüttelte verneinend den Kopf. »Und sie würde sich auch keine Sorgen wegen eines Doppelzimmers machen, nicht wahr?«
»Bist du böse auf mich?«
Es dauerte eine Weile, bis er antwortete.
»Nein.«
Der Club, in dem wir essen wollten, war offenbar sehr beliebt. Es gab kaum einen freien Platz zum Parken, und wir fuhren einige Runden, bevor Chapman einen fand. Ich nahm seine Hand und hielt sie fest, als wir den hübschen Raum betraten, auf der einen Seite war ein großer Kamin und auf der anderen Seite saß ein hochgewachsener Schwarzer am Klavier und spielte romantische Melodien.
»Müssen wir mit den anderen zusammen an einem Tisch sitzen?«

»Ich fürchte, ja.« Er lächelte, aber es war wenig Fröhlichkeit in seinen Augen. »Vielleicht ist es das letzte Mal.«

Soweit ich mich erinnern kann, war Chapman an diesem Abend der perfekte Liebhaber. Als es an der Zeit war, trug er mich zurück in mein Bett. Jedenfalls vermute ich das, denn ich wachte dort auf.

Die Rollos waren heruntergezogen, aber die Sonne drang in weißen Streifen ein. Ich legte mich vorsichtig zurück. In meiner Erinnerung gab es nur die verstreuten Stücke eines Puzzles, von dem die meisten Teile auf immer verloren waren. Wir hatten uns geliebt, zumindest war ich mir dessen ziemlich sicher, und ich wünschte, ich wäre mehr bei Bewußtsein gewesen, um Chapman mehr Vergnügen bereiten zu können. Er hatte gesagt, er liebe mich. Er mußte es sehr oft gesagt haben, denn die Worte traten klar und deutlich aus meiner verschwommenen Erinnerung. Ich wußte nicht mehr, was ich gesagt hatte oder wie ich ihn genannt hatte.

Es dauerte noch ein paar Stunden, bis ich imstande war, mich aufzurichten und aus dem Bett zu schwingen. Ich fühlte mich ein bißchen besser, fast schon wieder wie ein Mensch. Auf dem Tisch lag eine Nachricht.

»Bin zum Rennen. Komme gegen sechs zurück. Du warst wundervoll. P. S. Du hast mich mit niemandem verwechselt.«

»Gott sei Dank.« Er hatte genug an seinem eigenen Leid zu tragen.

Als ich mich gebadet und zurechtgemacht hatte, war es sechzehn Uhr dreißig, und die Sonne hatte nicht länger diesen verheerenden Effekt auf meine Augen. ich nahm mein Taschenbuch, setzte meine dunkelste Sonnenbrille auf und ging hinunter an den Pool.

Um den Pool herum waren einige Frauen, ein paar Kinder und ein junger Adonis, der seine Springkünste vorführte. Er war der Typ, bei dem die ganze Männlichkeit im Bizeps steckt. Ich suchte mir einen Liegestuhl aus, der so weit wie möglich von ihm entfernt stand, und machte es mir bequem, um zu lesen. Es war warm und friedlich, und ich habe wohl tief geschlafen, denn als ich aufwachte, war die Sonne fast untergegangen. Der Schatten eines Mannes fiel quer über meinen Bauch, und eine ganze Minute lang bewegte er sich nicht, während ich ihn beobachtete. Zweifellos der Adonis.

»Gehen Sie fort.«

»Du gefällst mir wirklich, Herzchen.«

David setzte sich auf den Stuhl neben mich.

KAPITEL 14

»Was?«
»Als Ehefrau!«
»Hast du diesen Satz noch nie bei einer anderen... Puppe benutzt?«
Er lachte. »Nicht so. Ich habe nach dir gesucht. Ich bin froh, daß ich dich gefunden habe.«
»Das bin ich auch.«
Ich küßte ihn, ging geradewegs zu Chapmans Zimmer und klopfte. Er öffnete die Tür und trat zur Seite. Es sah so aus, als hätte er auf mich gewartet.
»Wie war das Rennen?«
»In Ordnung.« Er drehte sich um, zog sein Jackett aus und ein anderes an.
»Es tut mir leid, Chapman.« Ich wollte nach seiner Hand greifen, aber er entzog sie mir.
Er entfernte sich noch weiter von mir und ging zur Tür.
»Vielleicht können wir uns an einem anderen Wochenende in einer anderen Stadt treffen.«
»Das würde dir nicht gefallen.«
Er zögerte und kam zu mir. Er legte den Arm um meine Schultern und berührte meinen Mund. »Mir würde es auch nicht gefallen. Ich sah dich am Pool mit einem Mann. War das er?«
»Ja.«
»Er sah nicht nach viel aus.«
Ich lachte. »Chapman, nicht jeder Mann kann so gut aussehen wie du.«

Er lächelte, streichelte mich erneut und war fort. Das Zimmer wirkte plötzlich trostlos, und ich eilte hinaus. Ich fing nicht sofort an zu packen.
David würde im Wagen auf mich warten; dort einzusteigen, das würde die Rückkehr zum vertrauten Komfort sein, so, als würden wir nach einer lange dauernden Party gemeinsam nach Hause fahren.
Jetzt brauchte ich ein paar Augenblicke zum Nachdenken, um wieder zu Atem zu kommen. O Gott, was für einen Preis bezahlen wir dafür, daß wir lieben, und es hört nie auf. Was würde bei meinem Tod von mir übrig sein außer einem schwachen Abglanz jener Unschuld, mit der ich geboren wurde? Es war nie genug Zeit da, um sich darauf vorzubereiten, aber sie mußte mir ausreichen.
Fünfzehn Minuten lang saß ich da, eine Atempause vor den nächsten achtzehn Jahren.